BÁS TOBANN

Anna Heussaff

BÁS TOBANN

Anna Heussaff

Bord na
Leabhar
Gaeilge

Tá Cois Life buíoch de Bhord na Leabhar Gaeilge agus den
Chomhairle Ealaíon as a gcúnamh.

Foilsithe den chéad uair 2004 ag Cois Life

An dara cló 2005

© Anna Heussaff

ISBN 1 901176 47 9

Clúdach agus dearadh: Eoin Stephens

Clódóirí: Betaprint

www.coislife.ie

Nóta ón údar

Tá an t-úrséal seo suite i gceantar ficseanúil ar leithinis Bhéarra, ar thaobh amháin nó a chéile den teorainn chontae idir Corcaigh is Ciarraí. Tá áiteanna fíriciúla luaite sa scéal freisin, ach baineann an Glaisín, Ros na Caillí, Gob na Caillí agus an Cuas Crochta, mar aon le gach carachtar sa leabhar, le réimse na samhlaíochta amháin.

Buíochas

Ba mhaith liom buíochas mór a ghabháil leis na daoine a léigh dréachtaí den úrscéal le linn a scríofa, agus a rinne moladh is cáineadh araon orthu. Gan an spreagadh is an taca a fuair mé uathusan, ar éigean a scríobhfaí an scéal. Is iad sin: Kintilla Heussaff, Máirín Nic Eoin, Muireann Nic Éinrí, Tadhg Mac Dhonnagáin, Caelinn Largey, Mary Mulvihill, Tadhg Ó Loingsigh agus Órnait Ní Loingsigh.

Fuair mé comhairle luachmhar freisin maidir le ceisteanna paiteolaíochta is dlí-eolaíochta, coistí cróinéara, tarrtháil sléibhe is cleachtais an Gharda Síochána. Tá liosta na ndaoine a chuir an chomhairle sin orm rófhada le háireamh, áfach, ach tá súil agam go dtuigeann siad féin chomh sásta is a bhí mé gur roinn siad a gcuid saineolais liom, agus go maithfidh siad dom freisin an léiriú a thugtar sa scéal ar a gceird.

Ní fhéadfainn an scéal a scríobh, ach oiread, gan an cúnamh airgid a thug Bord na Leabhar Gaeilge dom, ná an mhuinín a chuir Cois Life ionam.

Agus buíochas ó chroí le Simon is le Conall, a bhí foighneach, tuisceanach agus síorthacúil ó thús go deireadh an tionscnaimh.

1

Bean óg, ghealgháireach, a cuid gruaige á séideadh ag an ngaoth. A súile dírithe ar an gceamara go socair, féinmhuiníneach. Í ag féachaint amach ar a saol féin ag síneadh roimpi, de réir cosúlachta, beag beann ar an tragóid a bhí le teacht.

Thug Aoife spléachadh eile ar an scéal a ghabh leis an ngrianghraf. Tubaist a tharla i lár na hoíche, a dúradh, múinteoir bunscoile sa Ghlaisín a maraíodh nuair a thit sí le faill in áit éigin iargúlta ar an gcósta. Uafás is mórbhrón ag preabadh mar fhocail ar fud an scéil. Ach bhí an páipéar nuachtáin féin buí le haois, ar nós craiceann seanduine a bhí éirithe briosc, tirim, leochaileach. 1986 an dáta a léigh Aoife ar bharr an leathanaigh, sular leag sí an nuachtán i leataobh.

Blúire staire de chuid an cheantair a bhí sa scéal, a dúirt sí léi féin, ach ní raibh am aici suí síos á léamh. Bhí cófraí is tarraiceáin le glanadh amach aici, seomraí le cóiriú is le maisiú, teach iomlán le réiteach do chuairteoirí. Pé iarsmaí a bhí thart uirthi ón saol a caitheadh sa teach cheana, seans gurbh fhearr iad a scuabadh chun siúil, agus saol nua a chur ina n-áit. Saol nua agus gnó nua, a mbeadh obair gan stad ag teastáil chun ullmhú chucu.

'Táimid as ár meabhair. Glan craiceáilte.'

Níor thug Aoife faoi deara gurbh os ard a labhair sí. D'fhéach sí ar an tranglam seantroscáin is bruscair mórthimpeall uirthi. Bord briste, é bunoscionn ar sheantolg. Cuirtíní is pluideanna a raibh boladh taise orthu ina luí ar fud na háite. Tarraiceán amháin lán de stocaí níolóin, ceann eile líonta le hirisí seoltóireachta. Páipéir is cártaí carntha ar an urlár in aice léi, agus an nuachtán a bhí curtha i leataobh aici mar aon leo.

'B'fhearr dúinn tine a chur leis an iomlán. Sin an leigheas is tapúla ar an scéal.'

'Cad a dúirt tú?'

Bhí Pat, a fear céile, ina sheasamh taobh léi. Níor chuala sí ag teacht aníos an staighre é, agus chorraigh sí leis an ngeit a bhain sé aisti.

'Cheap mé go raibh tusa ag obair ar an ríomhaire?' a dúirt sí leis. 'Ar éirigh leat aon dul chun cinn a dhéanamh leis an suíomh idirlín? Agus cad faoi na siopaí troscáin a rabhamar ag caint fúthu...?'

'Aoife, fan ort, fan ort go fóill. Rud amháin san am. Tá sé in am lóin, tá's agat, agus beidh orainn an bheirt óg a bhailiú ón scoil i gceann leathuaire, nach mbeidh?' Chrom Pat agus rinne sé carnán néata de na seanchuirtíní a bhí ina gcnapáin ar an urlár. 'Ach ar aon nós, cad a dúirt tú faoin seomra seo?'

Shín Aoife a géaga agus chroith sí deannach dá cuid éadaigh. Lig sí osna trína cuid fiacla.

'An seomra seo? Féach an riocht ina bhfuil sé! Dá bhféadfainn an tranglam a ghlanadh amach as, chuirfinn ár gcuid boscaí féin ann, seachas a bheith ag dreapadh tharstu istoíche, nuair a bhímid ag dul a luí. Ach tá uair an chloig go leith caite agam leis an diabhal obair, agus níl dul chun cinn ar bith...'

'Aoife, nach féidir leat dul go réidh, mar a deirim?' Srac Pat mála plaisteach dubh den rolla a bhí ina luí ag a chosa, agus thosaigh sé ar charnán páipéir a bhí ar an urlár a bhrú ann. 'Níl an seomra ag teastáil do na cuairteoirí, an bhfuil?'

'Níl sé ag teastáil do na cuairteoirí, ach mar a deirim, tá sé ag teastáil mar spás stórála. Tá na seomraí codlata eile folamh anois, agus tá súil agam tosú ag baint páipéir de na ballaí an tráthnóna seo, má éiríonn liom ord éigin a chur ar an áit seo. Tá an iomarca le déanamh, sin í an fhírinne.'

Ní dúirt Pat tada. Bhí clár ama déanta amach aige an mhaidin sin dá chuid oibre féin, agus bhí a fhios aige cén brú a bheadh air á chur i gcrích. Sular thosaigh siad ar an teach a chóiriú in aon chor, bhí sé buartha faoin sceideal a bhí rompu.

'Tá's agam, tá's agam,' arsa Aoife leis ansin. 'Tá cathú ort a rá gur thug tú foláireamh dom roimh ré, agus nár éist mé leat. Scata seomraí codlata le feistiú do na cuairteoirí, a thuilleadh dúinn féin, gan trácht ar na seomraí suite is an chistin is na diabhal seomraí folctha ar fad. Agus gan againn ach trí mhí don obair. Tá's agam, agus ní gá é a rá arís liom.'

'Deich seachtaine atá againn, measaim, má táimid ag súil le cuairteoirí ag tús mhí Iúil.'

Chas Aoife a droim lena fear céile agus rug sí ar sheanscian a bhí ina luí ar leac an tinteáin. Bhí cúinne den pháipéar balla in aice léi sractha, agus chorraigh sí é leis an scian, chun an taos lenar greamaíodh é fadó a scaoileadh. Dath glas a bhí ar an bpáipéar, agus fáinní buí ina ngréasán glórach air, an patrún ag scréachaíl suas is anuas, anonn is anall go síoraí. Tharraing sí air go mífhoighneach, go dtí gur éirigh léi stiall mhór páipéir a réabadh go tobann den dromchla.

'Féach gur féidir an páipéar gránna seo a sracadh go héasca, ar aon nós,' ar sí lena fear céile, 'agus go bhfuil sásamh éigin le baint as an torann a dhéanann sé.'

Tháinig an grianghraf a bhí feicthe aici ar an sean-nuachtán chuici arís gan choinne, pictiúr na mná a fuair bás go hóg sa cheantar. Táimid beo, a dúirt sí léi féin, agus má tá, b'fhearr dúinn bheith dóchasach ná a mhalairt.

'Níl neart ar an méid atá le déanamh,' ar sí le Pat ansin. 'Agus cá bhfios nach n-éireoidh sé níos éasca de réir a chéile?' Rinne sí iarracht ar mhiongháire. 'Ach b'fhéidir nach *highclass walking holidays* ba chóir dúinn a fhógairt i mbliana in aon chor, ach campaí oibre!'

'Bíodh do lón agat, 'Aoife, agus glac sos ón seomra.' Thóg Pat an stiall páipéir a bhí caite aici ar chathaoir agus chuir sé sa mhála dubh é. Ina dhiaidh sin, thosaigh sé ar na seanirisí a aistriú ón tarraiceán go dtí an mála. 'An dtabharfaidh mé liom an bruscar seo as do bhealach?' a d'fhiafraigh sé.

Bhí Aoife ag spléachadh ar a huaireadóir, agus níor thug sí aird ar a cheist. 'Cad faoi na buachaillí báire?' ar sise ansin. 'Ar tháinig siad in aon chor ar maidin, nó an raibh leithscéal nó glaoch ar bith uathu?'

'Cé acu buachaillí? Larry atá i gceist agat, an leictreoir?

'Sea, Larry lúfar, agus pé leaid é sin a bhí leis, Darren nó Aaron nó pé ainm atá air. Níl an obair ar na cithfholcaí ach leathdhéanta, tá's agat. Agus cuireann sin i gcuimhne dom nach raibh scéal againn ach oiread ón dream úd istigh i gCorcaigh a bhaineann péint de dhoirse gan ceimicí nimhneacha a úsáid...'

'Éist, éist nóiméad, 'Aoife,' arsa Pat. 'Cá mhéad uair is gá dom a mholadh duit cloí le rud amháin san am? Cuirfidh mise glaoch ar Larry, más maith leat, agus glaofaidh mé ar ais freisin ar na daoine eile a luaigh tú. Má tá tú buartha i ndáiríre, is féidir linn na pleananna don ghnó a phlé arís.'

'Ní fiú aon phlé nua a dhéanamh, ach díreach dul ar aghaidh leis an obair, nach shin atá ráite agam?' Chuala Aoife crostacht ina glór nach raibh ar intinn aici a chur in iúl. Shuigh sí ar imeall an tseantoilg, a raibh dath tréan oráiste air. Bhí an mála bruscair líonta go béal ag Pat, agus é ar tí é a dhúnadh le snaidhm.

'A Thiarcais!' a d'fhógair sí air go tobann. 'Níor fhiafraigh tú díom an raibh aon rud sa charnán á choimeád agam. Tá's agam go bhfuil an áit trí chéile agus go bhfuil tú ag iarraidh cabhrú liom. Ach tháinig mé ar shean-nuachtán tamaillín ó shin, a bhí caite i gcúl cófra anseo, agus theastaigh uaim é a léamh i gceart. Nach bhfuil a fhios agat nach gcaithim nuachtán amach riamh, gan scrúdú éigin a dhéanamh air?'

D'fhág Pat an mála fúithi, agus d'imigh sé as an seomra gan focal. Chuardaigh Aoife i measc na bpáipéar, go dtí gur aimsigh sí an rud a bhí á lorg aici. Thug sí léi é go dtí leac na fuinneoige, ar an taobh thall den seomra, chun é a chur i leataobh as bealach an tranglaim. Bhí spléachadh deireanach á thabhairt aici air, nuair a thug sí faoi deara go raibh breacadaíl déanta le peann luaidhe ar chiumhais amháin den leathanach tosaigh. Cruthanna éagsúla mar líníocht gharbh ar an bpáipéar, triantáin is cruthanna eile ina slabhra lúbach leanúnach. Agus pictiúr de shúil mhór, a raibh súil bheag le feiceáil istigh ina lár, ag faire amach ón mac imrisc.

Líníocht a rinne duine éigin a raibh suim ar leith aige nó aici, b'fhéidir, sa scéal tragóideach a foilsíodh ar an bpáipéar. Duine a bhí lonnaithe sa teach fadó, agus a d'fhág a rian mar iarsma ag na daoine a thiocfadh ann ina dhiaidh.

* * *

Dé Luain a bhí ann, i lár mhí Aibreáin. Naoi lá ó chuir Aoife is Pat fúthu, mar aon lena mbeirt chlainne, sa teach mór gar do chósta an iardheiscirt. Míonna fada ó leag siad súil air den chéad uair. Ar an Aoine, an tríú lá déag de Mheitheamh, a tharla sé sin, ach ní raibh aon phisreog faoin dáta úd ag cur as dóibh nuair a bheartaigh siad a gcuid airgid ar fad a chaitheamh air. Ní athródh uimhir a trí déag imeachtaí an tsaoil, dar leo, go mí-ámharach nó a mhalairt. Bhí siad buartha faoin teach, ceart go leor, ach ar chúiseanna praiticiúla.

Roinnt blianta roimhe, is dócha, a thosaigh siad ag caint ar a leithéid de phlean. Ábhar comhrá a bhí ann ar dtús, b'in uile, agus iad ag diúgadh gloiní fíona go sásta istoíche le linn a gcuid laethanta saoire in iarthar Chorcaí. Trí nó ceithre shaoire as a chéile a thug siad sa cheantar céanna i nDún Mánais, agus caradas déanta acu le clann amháin go háirithe. Slán le Strus na Cathrach, Dóchas Linn sna Daichidí—leasainmneacha a bhí acu ar an bplean. An saol i mBaile Átha Cliath a fhágáil ina ndiaidh, teach mór a cheannach ar ghob talún niamhrach iargúlta, gnó bríomhar a bhunú ag cur lóistín is turais siúlóide ar fáil. Pat i mbun na siúlóidí a threorú, ó tharla go raibh an taithí sin aige cheana. Aoife i mbun béilí is cúraimí eile sa teach. Na páistí, Sal is Rónán, sona sásta, agus saoirse na tuaithe ar a dtoil acu.

B'in croílár na seifte. Cá mhéad a chosnódh teach oiriúnach, agus cá bhfaighidís an t-airgead chuige? An mó duine ab fhearr i ngrúpa siúlóide, agus cad a bheadh le tairiscint ar an mbiachlár gach tráthnóna? Bhí ceisteanna dá leithéid pléite go mion acu, sula raibh aon cheapadh acu dul sa seans leis an mbrionglóid.

Iriseoir nuachtáin ba ea Aoife, agus cáil áirithe bainte amach aici as a cuid scéalta iniúchta. Scéal amháin acusan faoi scéim tithíochta galánta, áit ar thosaigh an bhunsraith talún faoi na tithe ag sleamhnú san abhainn. Scéalta faoi chamscéimeanna eile, a tharraing aird is díospóireacht. Bhain Aoife sult as an obair nuair a fuair sí greim ar scéalta móra, ach b'annamh go leor a tharlaíodh sé sin, agus bhíodh stró is ciapadh uirthi go minic, ag iarraidh freastal ar a cuid fostóirí, a chreid go raibh a hanam ceannaithe acu chomh maith lena cumas iriseoireachta.

Ealaíontóir grafach ba ea Pat, conarthaí aige le hirisí is le heagraíochtaí éagsúla. Bhíodh a chuid uaireanta oibre siúd rialta, tomhaiste, i gcomparáid le cuid Aoife. Ba eisean a thugadh na páistí abhaile ón bhfeighlí ag a sé gach tráthnóna, ba eisean a thugadh cluas le héisteacht do Shal is do Rónán nuair a bhíodh a máthair gafa le mórdhrámaí poiblí.

Níor chreid Pat go n-éireodh Aoife as fuadar is flosc na hiriseoireachta chun socrú síos go suaimhneach cois sléibhe is cuain. Níor chreid Aoife go bhfágfadh seisean an chathair, mar go raibh céim mhór glactha aige an lá a tháinig sé go hÉirinn ar dtús. Ba as deisceart na hAfraice dá mhuintir, agus bhí a óige caite aige i sé nó seacht dtír dhifriúla ar an mór-roinn sin, san Áis agus san Eoraip, cúrsaí gnó a mhuintire á stiúradh ó áit go chéile. Patrick a baisteadh air, ach Pat a tugadh air ón lá ar leag sé cos in Éirinn. Dhéantaí suntas dá chraiceann dorcha nuair a chuir sé faoi i mBaile Átha Cliath sna hochtóidí, agus cé go raibh athrú as cuimse ar chúrsaí dá leithéid ó shin, mheas Aoife go mbeadh leisce air dul chun cónaithe i gceantar tuaithe iargúlta. Bheadh eagla air go ndéanfaí seó aonair ilchultúir de, dar léi.

Pé scéal é, chuaigh siad ar saoire samhraidh chun na Meánmhara cúpla bliain as a chéile, agus lig siad Taibhreamh na Tuaithe i léig. Bhí Sal agus Rónán breá sásta ar scoil, agus bhí saol an teaghlaigh ag éirí socair, sócúlach freisin, de réir cosúlachta. Tháinig bláth ar sceach *wisteria* a bhí acu lasmuigh de dhoras na cistine, seacht mbliana tar éis dóibh é a chur ag fás. Bhí an gairdín i mBaile Átha Cliath ag druidim chun maitheasa, na plandaí a chuir Aoife agus Pat ann i gcaitheamh na mblianta ag freagairt dá chéile gach séasúr.

Is léir gur sa choirnéal beag seo den domhan a chaithfidh mé mo shaol feasta, a dúirt Aoife léi féin, agus más ea, ba dheacair aon locht a fháil air. Ach go luath ina dhiaidh sin, chuaigh sláinte a máthar féin i léig, agus b'éigean d'Aoife éirí as a bheith ag faire ar bhláthanna fíneáilte. Sealanna fada aici ag plé le dochtúirí, le hospidéil is le tithe banaltrais. Trí lá tar éis di ceiliúradh ciúin a dhéanamh ar a daicheadú lá breithe, fuair a máthair bás. Lá fómhair fuar, feanntach a bhí ann.

Nuair a bhí an tsochraid thart, shuigh sí féin is Pat i seomra suite a máthar i gCill Fhionntain. Bhí a deirfiúr Muireann, a tháinig abhaile ón Astráil coicíos roimh ré, imithe amach ag féachaint ar an gcuan le Sal is Rónán. Bhí an scata col ceathracha is gaolta eile imithe abhaile. Rug Aoife greim láimhe ar Phat. Ba bheag an seans a bhí acu suí síos lena chéile go ciúin i gcaitheamh na míonna crua a bhí thart.

Níor labhair siad ar feadh tamaill, ach iad ag éisteacht leis an tost sólásach ina dtimpeall. Ansin dúirt Aoife lena fear céile go mall go raibh an tsean-aisling úd ag filleadh uirthi le tamall anuas. Bhí sí bréan den bhrú is den síorshodar sa chathair. Ba bhreá léi dúiseacht ar maidin agus fothram na dtonnta ina cluasa.

'Tóg go bog é, a stór,' arsa Pat. 'B'fhéidir go bhfuil tú á rá sin toisc go bhfuil tú tuirseach, traochta? An bhfuil tú ag smaoineamh i ndáiríre ar thosú as an nua, a Aoife? An teach a dhíol, slán a fhágáil ag ár gcuid post agus na páistí a aistriú go scoil nua?'

'Nílim cinnte cad atá uaim,' a dúirt sise. 'Bhí mé ag éisteacht leis an sagart i rith na sochraide, agus é ag trácht ar an bplean a bhí ag Dia do mo mham. Ach mar is eol duit, ní chreidimse go bhfuil a leithéid de phlean ann, seachas an méid a leagaimid amach dúinn féin. Agus tá amhras orm faoi mo shaol uile a chaitheamh i mBaile Átha Cliath.'

'Ach is mór an rud é athrú dá leithéid.'

'Tá's agam, tuigim é sin. Ach braithim go bhfuil an saol gearr. Róghearr do na rudaí go léir a theastaíonn uaim a dhéanamh. Má leanaim san áit chéanna ar feadh mo shaoil, braithim go mbeidh aiféala orm nuair a bheidh mé sean agus cos agam féin san uaigh.'

Ní dhearna siad aon chinneadh críochnúil an lá sin, ná lá ar bith eile ina dhiaidh ach oiread. Ach thosaigh siad ag tabhairt cuairte ar an iardheisceart arís, agus ag féachaint ar thithe a bhí ar díol. Gleann a' Phúca is Cnoc na Madraí, Béal an Dá Chab is Bá na hEornan—cuid de na háiteanna a ndeachaigh siad, agus teach oiriúnach á lorg acu. *Mission Impossible*, a deireadh Rónán, gach turas a thugadh an teaghlach. Teastaíonn capall uaimse nuair a bheidh teach nua againn, a deireadh Sal.

'*In need of some renovation*', b'in a dúradh ar an bhfógra don teach sa Ghlaisín. '*Sea glimpse view*', a gheall an fógra céanna, agus '*surrounded by the finest vistas in Ireland*'. Bhí amhras ar Aoife is ar Phat an mbacfadh siad leis an bhfógra, áfach, mar go raibh an Glaisín suite i gceantar nach raibh aon aithne acu air, ar an taobh ó thuaidh de leithinis Bhéarra, idir an Neidín agus na hAilichí. Bhí sé i bhfad óna gcairde ar leithinis Charn Uí Néid, agus i bhfad ó bhailte is ó bhóithre móra freisin. Agus nuair a chuaigh siad ann den chéad uair, b'amhlaidh a mhéadaigh ar a n-amhras.

Cinnte, bhí radharcanna sciamhacha thart ar an nGlaisín, trasna uisce farraige an Ribhéir go dtí beanna bioracha na gCruach Dubh, agus trasna inbhir is caoráin go dtí sléibhte maorga Bhéarra. Bhí an teach féin fairsing, spás ann do dheichniúr nó dáréag cuairteoirí, agus seomraí cónaithe breátha ar fáil freisin don teaghlach. Ach ní bheadh fothram na dtonnta le cloisint ann, agus b'éigean do chloigeann a shíneadh amach ó fhuinneoga áirithe thuas staighre, chun spléachadh a fháil ar thriantán beag uisce, míle nó dhó i gcéin. Bhí an teach neadaithe idir cnocáin, agus b'éigean freisin siúl suas tríd an cúlghairdín, agus suas arís trasna an ghoirt lastuas de, chun aon radharc a fháil ar an tírdhreach, pé acu sciamhach nó a mhalairt é.

Ní amháin sin, ach bhí an foirgneamh féin pas beag gránna. Nó, ar a laghad ar bith, ní raibh grástúlacht ná cuannacht le feiceáil air. Bhí dath liath ar an gcloch as ar tógadh é, agus bhí cruth géar, corrach ar na ballaí is ar na fuinneoga móra chun tosaigh.

Mar sin féin, d'fhill an teaghlach ar an nGlaisín an dara huair, agus arís eile ina dhiaidh sin. D'fhéadfaí eidhin a chur ag fás ar aghaidh an tí, a d'fhógair Aoife, agus dathanna geala a chur ar na seomraí laistigh. Fairsinge agus féidireachtaí, b'in iad na tréithe a bhí ag roinnt go fial leis an áit, dar léi. Nuair nár easaontaigh Pat léi, chuir siad scéal go dtí an ceantálaí go raibh siad sásta an teach a cheannach.

Bhí súil acu aistriú ó Bhaile Átha Cliath in am don scoilbhliain nua i mí Mheán Fómhair. Ach tharla moill is útamáil le cúrsaí dlí agus leis an mbunobair chóirithe a bhí riachtanach sa teach. Shleamhnaigh Oíche Shamhna tharstu agus arís an Nollaig. Le himeacht ama, d'éirigh sé níos deacra an rogha a bhí á dhéanamh acu a cheistiú ná a phlé os ard, maidir leis an saol a bhí rompu i mBéarra.

***

'Ní maith liom an múinteoir.'
'Conas is féidir leat é sin a rá chomh luath seo? Níl ach lá amháin…'
'Ní maith liom é, tá's agam nach maith…'

'Sé an príomhoide é freisin, tá's agat, agus b'fhearr duit gan trioblóid a thabhairt sa rang, nó sin mar a mheasaimse ar aon nós.'

Sal agus Rónán a bhí ag argóint le chéile, mar a bhíodh go minic, agus iad ag teacht isteach an doras ón scoil in éineacht le Pat. Ghlan Aoife spás do dhá phláta ar bhord na cistine, a raibh fuílleach a lóin féin air fós, mar aon le leabhair is nuachtáin. Bhí doirtlín, sorn is cuisneoir sa seomra, ach bhí na gréithre, giúirléidí is eile stóráilte i mboscaí is i málaí. Bhí brat bog deannaigh, a d'éirigh ón stroighin úr ar an urlár, ina luí ar fud an tseomra.

'Téigí go réidh,' arsa Pat. 'Tógfaidh sé tamall socrú síos ar scoil, a Rónáin. Fiachra atá ar do mhúinteoir, nach ea? Fear cairdiúil é, ón méid atá feicthe agam?'

'Ní maith liom é, a dúirt mé. Anois, an bhfuil cead agam dul agus mo *Ghameboy* a fháil?'

Ocht mbliana d'aois a bhí Rónán, agus bhí an chéad lá curtha isteach aige i mbunscoil an Ghlaisín. Sé bliana níos sine ná é a bhí a dheirfiúr Sal, a bhí ag freastal ar an meánscoil i mBaile Chaisleán Bhéarra. Bhí Rónán caol, seang, é beag dá aois agus nós aige bheith ag pocléimneach is ag corraí de shíor, seachas nuair a bhíodh a chloigeann cromtha aige sna cluichí leictreonacha. Bhí Sal caol agus measartha ard, agus bhí sise socair, staidéarach inti féin. Dath an chaife *latté* a bhí orthu beirt, mar a deireadh Sal, caife a n-athar is *latté* a máthar roinnte eatarthu.

'Bhí mé ag caint leis an bhfear seo, Fiachra, ar ball,' arsa Pat le hAoife, 'agus déarfainn gur chuir sé fáilte ar leith roimh Rónán sa rang.' D'fhéach sé i dtreo an dorais, áit a raibh a mhac ag éalú. 'Agus ní bheidh deacracht ar bith ann faoin gCéad Chomaoineach, ón méid a thuig mé uaidh.'

'An bhfuil páiste ar bith eile sa rang nach mbeidh ag glacadh páirte san ócáid?' Bhí Aoife ag folmhú an mhála siopadóireachta a thug Pat isteach leis ar an mbord. Thug seisean faoi deara, mar a thugadh go rialta, conas mar a chruthaigh a bhean chéile easord seachas ord sa chistin. Leag sí bosca uibheacha anuas ar na plátaí salacha, agus charnaigh sí glasraí taobh le meall nuachtán.

'Níl a fhios agam faoi sin,' arsa Pat. 'Ach an gnáthnós, de réir mar a thuig mé an scéal, ná go bhfanann páiste ar nós Rónáin ina shuí sa rang nuair a bhíonn an teagasc creidimh ar siúl. Glacaim leis gurb shin a bheidh i gceist, agus dúirt an príomhoide go bhféadfadh Rónán páirt a ghlacadh sa searmanas, dá mba mhian linn sin.'

'Cad atá i gceist agat, páirt a ghlacadh sa searmanas? Cén fáth ó thalamh an domhain a ndéanfadh Rónán é sin?'

Thóg Pat an seaicéad a bhí fágtha ina luí ag Rónán ar an urlár, agus leag sé ar bhosca pacála é. Chaithfí crúcaí a chrochadh sa chistin go luath, a dúirt sé leis féin, nó rachadh sé le báiní.

'Ní dúirt mé go ndéanfadh, ní dúirt mé aon rud ach go bhfuil an fear seo, Fiachra, ar a airdeall go socróidh Rónán síos go maith sa scoil. Agus tá a chuid tuairimí féin aige faoin tslí is fearr chun tabhairt faoi sin, ní nach iontas.'

'An tuairim atá aige,' arsa Aoife, 'ná go bhfoghlaimeodh an leaid s'againne paidreacha nach gcreideann sé iontu. Sin é a chiallaíonn sé, tá's agat, a bheith páirteach sa rang. Ar aon nós, cheap mé gur phléamar an scéal cheana, agus gur insíomar do mo dhuine nár baisteadh Rónán, nuair a bhí a ainm á chur againn ar an rolla.'

'Aoife, níl Fiachra ag iarraidh orainn Rónán a bhaisteadh, ná aon rud dá shórt.' Rinne Pat a dhícheall a ghuth féin a choimeád séimh, mar a dheineadh i gcónaí nuair a chloiseadh sé faobhar ag teacht ar chaint a mhná céile. Thuig sé go rí-mhaith cé chomh taghdach is a bhí sí mar dhuine, fearg is gliondar ag malartú inti gach re seal. 'Ach ní hionann, b'fhéidir, an rud a bhí oiriúnach i scoil mhór sa chathair, agus an rud a oireann i scoil nach bhfuil fiú leathchéad dalta inti.'

'Ó, ní hionann, gan amhras,' arsa Aoife. Bhí a cuid lámh á n-oibriú aici, mar a dheineadh i gcónaí nuair a bhíodh greim faighte ag ábhar argóna uirthi. 'Ní hionann, agus dá réir sin, ba chóir dúinn ár gcloigeann a choimeád síos agus géilleadh don slua, an é sin atá á rá agat?'

'Aoife, níl á rá agam ach go mb'fhéidir go bhfuil dhá thaobh ar an scéal.'

Thug Aoife suntas don achainí i gcaint a fir chéile, sa tslí ar ghlaoigh sé uirthi as a hainm cúpla uair, nós a bhí aige nuair a bhíodh sise corraithe. Ach ní raibh fonn uirthi srian a chur lena racht go fóill.

'Tá dhá thaobh leis an scéal, sin díreach é,' ar sí. 'Ach geallaim duit nach dtabharfar aird ar an taobh s'againne de. Caithfidh Rónán éisteacht le giob geab an chreidimh, an dtuigeann tú, agus cuirfear in iúl dó gurb iad na Críostaithe amháin a bhíonn go deas lena chéile, agus nach dtuigeann ár leithéidí cad is olc ná maith ann, nuair nach bhfuil duais na síoraíochta romhainn...'

'A Mham, nach féidir leat labhairt faoi rud mar seo gan scéal mór a dhéanamh as?'

Bhí Sal ina suí sa chistin i rith an ama. Thug Pat faoi deara go raibh leabhar dá chuid féin á léamh aici, cur síos ar eachtraí taistil i Meiriceá Theas. D'fhéach sí ó dhuine go chéile dá tuismitheoirí.

'Ní gá daoibh achrann a tharraingt faoi rud mar seo, an gá?' arsa Sal. 'Is féidir labhairt faoi go réasúnta, dar liomsa, seachas tusa bheith ag léim ar ardán, a Mham, chun seanmóir a thabhairt dúinn.'

'Nílim ag seanmóireacht, Salomé, ach cuireann sé olc orm...' arsa Aoife.

'Ná tabhair an t-ainm sin orm,' arsa Sal. 'Tá's agat nach maith liom é. Ar aon nós, cén fáth gur thug sibh ainm ón mBíobla orm, nuair atá tusa chomh diongbháilte...'

'Tá's agat go maith gur roghnaigh do mhamó i Malawi an t-ainm,' arsa Aoife, 'agus bhíomar sásta glacadh lena rogha. Ar aon nós, d'fhéadfá a bheith bródúil as a bheith difriúil leis an slua...'

Stop Aoife go tobann. Bhí a cuid lámh ag corraí san aer de réir mar a bhí sí ag argóint, agus bhí an bosca uibheacha leagtha i leataobh aici ar an urlár. Bhí slaba buíocáin is blaoscanna ag leathadh go mall ón mbosca.

'Ceart go leor, ceart go leor, ní gá daoibh gáire fúm!' D'éirigh sí agus d'aimsigh sí páipéar cistine. 'Éirím róghafa le rudaí, nach shin a deir an bheirt agaibh i gcónaí...'

'Níl éinne ag magadh fút,' arsa Pat, cé go raibh aoibh an gháire ag briseadh air féin. Chrom sé chun cabhrú le hAoife an slabhastar a ghlanadh. 'Is féidir linn cruinniú a shocrú leis an bpríomhoide, má tá tú chomh buartha faoin scéal is a deir tú. Ach ní fheicimse aon dochar sa rud atá molta, maidir leis an obair ranga...'

'B'fhiú dúinn cruinniú a shocrú,' arsa Aoife, 'chomh fada is atá an príomhoide, cad é seo is ainm dó? Chomh fada is atá seisean oscailte faoin scéal, agus nach gceapann sé go gcaithfidh gach duine creideamh sna rudaí a chreideann sé féin.'

'A Mham, is tusa a cheapann sin!'

Stán Aoife amach an fhuinneog ar an ngairdín. Tranglam eile a bhí amuigh ansin, fiántas fiailí is sceacha a bhí imithe ó smacht. Bhí scamaill reatha á séideadh os cionn na talún ag an ngaoth aniar. Theastaigh uaithi labhairt go héadrom, ach chuala sí an faobhar ar a glór arís nuair a tháinig na focail uaithi.

'An rud a chreidim,' ar sí, 'ná nár cheart fanacht i do thost ar son na síochána, ná géilleadh don ghaoth is láidre.'

Ní raibh aoibh an gháire ar Phat ach oiread, nuair a d'fhreagair sé í.

'Aoife, tóg go bog é, in ainm Dé. Tá tú ag iarraidh a rá go bhfuilimse róghéilliúil, ach dar liomsa, ní hionann géilleadh agus éisteacht. Theastaigh uait go dtiocfaimis anseo go Béarra chun cónaithe, agus más ea, ba chóir go dtuigfeá cad a chiallaíonn sé sin. Caithimid teacht an uisce ina bhfuilimid ag snámh a bhrath, seachas a bheith ag tarraingt achrainn le daoine nach bhfuil aithne ar bith againn orthu? Ní thuigim cad atá ort, go bhfuil fonn troda ort le gach éinne.'

***

Réaltaí gan chuntas ag glioscarnach sa duibheagán os a gcionn. Soilse na spéire, a thug turais gan áireamh trasna fairsinge shíoraí na cruinne. Tost i réim faoi dhíon ollmhór na hoíche, seachas suantraí na farraige a bhí ag seinm go bog ag a gcosa.

Í féin is Pat ina seasamh ar an trá, tamall saor acu ó chúraimí an tí is an teaghlaigh. Dreas deochanna ólta acu in óstán an Ghlaisín, agus a mbealach déanta acu ón óstán síos chun na farraige, greim láimhe acu ar a chéile. Seal suaimhnis ag an mbeirt acu lena chéile, arsa Aoife léi féin, agus í ag cuimhneamh siar ar an tráthnóna roimh ré.

Seal suaimhnis, a bhí millte aici féin le hargóint amaideach eile, cosúil leis an argóint a bhí díreach déanta acu faoin gCéad Chomaoineach. Bhí Pat ag cur oilc uirthi an dá uair, agus níor thuig sí féin i gceart cén fáth. B'in mar a bhí ag tarlú eatarthu le tamall anuas, dar léi. Míthuiscintí beaga a mhéadaigh as cuimse gan choinne, focail gan aird a cuireadh as a riocht, teannas is cantal san aer.

Chuaigh Aoife siar ina hintinn ar imeachtaí an tráthnóna. Duine dá gcairde ó Dhún Mánais, Mary, ar cuairt acu agus í ag fanacht thar oíche leo. Tairiscint uaithi aire a thabhairt do Shal is do Rónán ar feadh tamaill, chun deis a thabhairt d'Aoife is do Phat bualadh amach go dtí an t-óstán áitiúil. Éirí meanman orthu is iad ar a mbealach síos an cnocán i dtreo an Ghlaisín. Oíche Dhomhnaigh, an chéad uair dóibh dul amach i dteannta a chéile ó chuir siad fúthu sa cheantar.

Bhí an bóthar cúng, casta, agus cruthanna is dathanna na tíre ag athrú rompu ar a slí go dtí an sráidbhaile. Thíos fúthu, tháinig leithinis bheag ar a n-amharc ar ball, í ina luí ar bhrat lonrach na farraige, agus cnocáin ag éirí uirthi mar a bheadh tonnta. Chonaic siad an pointe stuacach a raibh an t-ainm Gob na Caillí air, agus dúirt Aoife gur mheas sí go raibh cosúlacht aige le smig chaillí, nó b'fhéidir le smig is le srón chaillí araon. Dhá phointe stuacach seachas ceann amháin, dar léi. Dúirt Pat go mb'fhéidir go raibh an t-ainm ag tagairt don Chailleach Bhéarra. Ní raibh mórán ar eolas aige fós faoin mbéaloideas a bhain léi, a dúirt sé, ach go raibh scéal éigin ann faoi bhandia i mbun coimhlinte le naomh.

Ní raibh stró ar bith ar cheachtar acu míle de bhóthar a shiúl, ach a mhalairt. Bhí an aclaíocht le haithint ar Phat, go háirithe, é seang, téagartha mar ba dhual do shléibhteoir. Bhí a chuid gruaige gearrtha go teann lena chloigeann agus a aghaidh pas lom, cnámhach. Ba dheacair go minic a aoibh a léamh, seachas nuair a bhriseadh meangadh tobann gáire ar a bhéal.

Bhí Aoife chomh haclaí leis, nach mór, ach bhí sí níos troime ná a fear céile. Róbheathaithe, dar léi féin, ach ní raibh sí sásta íobairt a dhéanamh de gach pléisiúr bia is dí ar son meáchan a chailliúint ach oiread. Níorbh ionann is Pat, d'athraigh a gnúis go réidh de réir mar a d'athraigh a haoibh, agus labhair sí lena corp uile seachas lena súile is lena béal amháin. Bhí a cuid gruaige an-díreach, agus glibeanna spíceacha léi. Dath rua dorcha, a tháinig ón mbuidéal *henna* sa seomra folctha seachas ó nádúr, a bhí ar a folt.

Shiúil siad in uillinn a chéile síos le fána, agus iad ag tabhairt suntais do gach teach is gach casadh rompu. Ní raibh an Glaisín féin cosúil le sráidbhailte áirithe i mBéarra is in iardheisceart na Mumhan ar fad, iadsan a taispeánadh ar chártaí poist, ildaite, dea-chumtha. Bhí an Glaisín streachlánach mar áit, foirgneamh anseo is ansiúd, an séipéal is an scoil, an t-óstán is an siopa, tithe scaipthe aonaránacha idir eatarthu. Gan tús, lár ná cruth críochnúil ar bith air. Sin agat an ailtireacht dúchais, a dúirt Aoife le Pat, agus rinne siad gáire lena chéile.

Sna seascaidí a mheas siad a tógadh an t-óstán, a bhí suite os cionn trá duirlinge ar imeall an bhaile. Dath scéiniúil bándearg a bhí péinteáilte air lasmuigh, agus bhí na seomraí cosúil le boscaí cipíní a cuireadh sa mhullach ar a chéile. Ainm simplí, Óstán na Trá, a bhí breactha os cionn an dorais. Bhí beár eile ar an mbaile, Tigh Uí Dhonnabháin, a raibh siopa is garáiste ag gabháil leis. Bhí cathú orthu dul ag ól ann seachas san óstán, ach bhí cúthail orthu freisin. Beár den tseanstíl a bhí ann, stólanna le hais an chuntair agus bord nó dhó i gcúinne cois na fuinneoige. Mar a dúirt Pat, bhí an áit chomh beag, teolaí gur airigh tú gur chóir cuireadh pearsanta a fháil chun dul isteach ann.

'Cuairteoirí sibh, an ea?,' arsa fear a bhí suite ag an gcuntar san óstán leo.

'Ó, ní hea, go deimhin,' arsa bean an tí, a bhí ag tarraingt a gcuid deochanna dóibh. 'Ní hea, in aon chor. Seo iad na *townies,* a raibh mé ag caint leat fúthu cheana. An dream a cheannaigh teach Osbourne, tá's agat, agus atá á chóiriú is á mhaisiú.'

Chlaon an fear a cheann, agus é ag déanamh staidéir orthu. Bhí sé féin meánaosta nó os a chionn, ribí gruaige slíoctha ar a bhlaosc, agus súile géarchúiseacha ag faire orthu. Bhí sé gléasta ar mhaithe le compord, ba chosúil, culaith reatha bánghorm ina luí go fial ar a cholainn, agus bróga bána ag gabháil leis. Bhí madra mór gruagach ar dhath gormliath sínte ar an urlár lena thaobh.

'Óra, *fair play* daoibh, más ea,' arsa an fear, 'agus tá sibh le moladh as bhur ngaisce, agus an baile mór fágtha ar bhur gcúl agaibh.' Shín sé lámh amach chucu. 'Pius atá orm féin, ó tharla nár chuir bean an tí in aithne sinn fós.'

'Go raibh maith agat,' arsa Pat, go béasach. 'Seo í Aoife, agus Pat atá ormsa.'

'Pat, go deimhin!' Bhain Pius lán na súl as an bhfear a bhí ina sheasamh roimhe. 'Patrick nó Pádraig s'againn féin! Agus tú tagtha chugainn, is cosúil, leis na fáinleoga ón Sahára! Bhuel, féach air sin anois.' Chas sé arís go bean an tí, agus chaoch sé súil uirthi. 'Rita, a stór, níor inis tú dom go raibh fear dubh fillte ó na misiúin, agus ainm breá dár gcuid féin air.'

Leag Rita dhá phionta leanna i leataobh, go socródh an cúr iontu. Bhí sí caol, tanaí, agus sciorta leathair tarraingthe go teann uirthi, nár fheil go hiomlán dá haois. Bhí slán fágtha aici lena leathchéad bliain, dar le hAoife, agus bhí cuma an leathair bhuí ar a craiceann ón ngrian.

'Patrick, nó Paddy féin, b'fhéidir', arsa Pius arís, agus a ghloine tógtha aige chun sláinte a ghuí leo. '*Paddy the African man* atá inár measc, agus pionta Guinness ordaithe le hól aige!' Stad sé agus d'fhéach sé go grinn ar an mbeirt acu arís. 'Ach insígí dúinn, le bhur dtoil, cad atá á dhéanamh agaibh leis an teach breá, fairsing a cheannaigh sibh? Ná habair liom go mbeidh sibh ann fós i rith an gheimhridh, nuair a bheidh an spéir anuas go talamh inár dtimpeall?'

'Sin an plean atá againn, ar aon nós,' arsa Aoife go cúramach. Bhí sé ar bharr a teanga insint do Phius gurbh Éireannach í duine de shinsear Phat. Fuil ghlas na tíre folaithe faoina chraiceann dorcha, fiú má bhí tuin iasachta ar a chuid cainte.

'Teach B&B atá ar intinn agaibh, nach ea?' arsa Rita ansin.

'Ní hea, go baileach,' arsa Aoife, 'ach turais saoire speisialaithe, mar a thugtar orthu. Beidh lucht siúlóide ar lóistín againn, agus cuirfimid turais ar fáil dóibh gach lá.'

'Ó, tuigim go maith thú,' arsa Pius. 'Ní *hitch-hikers* ná aon dream dá sórt, ach daoine breátha ó na cathracha, atá spíonta ag *stresses* an tsaoil, agus fonn orthu a scamhóga a líonadh le haer milis na tuaithe? Iad amuigh ar na cnoic i rith an lae agus tae déanta de neantóga á ól acu istoíche. Go deimhin, nach breá an saol acu é!'

Choimeád Aoife a guth cairdiúil, éadrom. Má bhí blas ar bith den fhírinne ag Pius, dar léi, níor mhaith léi an méid sin a admháil leis. 'Tá tóir ag a lán daoine ar laethanta saoire dá sórt, ar ndóigh,' a dúirt sí.

'Tá, cinnte, a bhean álainn' arsa Pius, 'agus gan dabht, caithfear freastal orthu, agus brabach a bhaint astu más féidir in aon chor é. Tá an saol chomh bog acu go gcaithfidh siad dua is stró a chur orthu féin le linn a gcuid *down time*. Dá dhéine an tsiúlóid, is ea is fearr a thaitneoidh sé leo, agus mura mbíonn na sléibhte lom, folamh agus sceirdiúil, beidh cúis ghearáin acu oraibhse!'

'An bhfuil tú féin ag plé le cúrsaí turasóireachta?' a d'fhiafraigh Pat de Phius. Bhí Aoife ag útamáil lena sparán, agus d'fhág sé fúithi íoc as na deochanna.

'Ó, n'fheadar féin,' arsa Pius. 'Bíonn gnóthaí difriúla ar siúl agam, mar is deacair aon phingin a shaothrú sa chúinne bhocht dhearóil seo den domhan.' D'ardaigh sé a ghloine arís, agus shín sé i dtreo a ngloiní féin í. 'Ach guím rath ar bhur ngnó, agus má tá aon chomhairle uaibh, ná bíodh leisce riamh oraibh í a iarraidh.'

Ghabh Aoife is Pat buíochas leis go béasach, agus d'fhéach siad timpeall ar an seomra, go n-aimseoidís áit chompordach dóibh féin. Bhí siad ar tí éalú óna gcomhluadar ag an gcuntar, nuair a chas Pius a aird orthu arís.

'Tá súil agam nach mbeidh trioblóid ar bith agaibh le bhur gcomharsa béal dorais,' ar seisean go lách.

'Cad atá i gceist agat?' a d'fhiafraigh Aoife. 'De réir mar a thuigimid, tá na comharsana is gaire dúinn imithe go Barbados ar feadh sé mhí, toisc go bhfuil mac leo ag obair ar long thall…'

'Ó, nílim ag caint ar an dream úd,' arsa Pius. Chrom sé go dtí a ghadhar, a bhí ag drannadh leis na strainséirí, agus chuimil sé ar a mhuinéal é. 'Ach n'fheadar ar chóir dom aon ní a rá, mar sin féin?'

Thiontaigh Rita ón scipéad, áit a raibh málaí sóinseála á n-oscailt aici.

'Faoi úinéir an ghoirt lastuas díobh atá Pius ag caint,' ar sí le hAoife agus Pat. 'Is bean í a raibh trioblóid ag daoine áirithe léi, tráth den saol.'

'Cén sórt trioblóide?' arsa Aoife. 'Nach le bean éigin i Sasana an talamh?'

'Bhuel anois, is amhlaidh a tugadh an talamh di, ceart go leor,' arsa Pius. D'ísligh sé a ghlór, amhail is nár mhaith leis go gcloisfeadh aon chustaiméir eile a chuid cainte. 'Ach ní hionann sin is a rá gur léi ó cheart é. Bhíodh an talamh ag gabháil leis an teach s'agaibhse, gan dabht, agus de réir scéala, ní raibh gaolta Mharcella Osbourne róshásta nuair a rinneadh an socrú.'

'Má thuigim i gceart tú,' arsa Aoife, 'tá tú ag iarraidh a rá go bhfuil fadhb éigin leis an teideal úinéireachta don ghort?' D'aithin sí ar ghnúis Phius go raibh sí ar an gcosán ceart. 'Nuair a fuair Marcella, bean an tí s'againne, bás, tugadh an gort le huacht do bhean éigin nach raibh gaolmhar léi siúd, agus bhí daoine eile míshásta dá bharr sin?'

'*Full marks*, a bhean bhreá, *full marks!*' Choimeád Pius a ghlór íseal. 'Agus tá ráfla eile ann go bhfuil sí ag iarraidh an talamh a dhíol, ach go mbeidh deacrachtaí ag baint leis an ngnó.'

'An rud a thuigeamar,' arsa Pat go cúramach, 'ná go bhfuil ceart siúlóide trasna na talún, agus as sin suas ar an gcnocán.'

'Ó sea, go deimhin féin, ceart siúlóide,' arsa Pius. Leag Rita trí nó ceithre bhonn airgid ar an gcuntar lena thaobh, mar shóinseáil a bhí ag dul dó, agus rolláil sé anonn is anall faoina mhéara iad. 'Ceart siúlóide, anois, sin scéal eile a bhfuil deacrachtaí leis. Ach ní foláir nó go dtuigeann sibhse an méid sin, a dhaoine córa, nuair atá gnó siúlóide á phleanáil agaibh?'

'Níor thuigeamar go mbeadh aon deacracht againn leis an mbean Shasanach.' Lig Aoife uirthi nár mhiste léi an madra gruagach a bheith ag smúrthacht uirthi, fad a bhí sí ina seasamh taobh leis an gcuntar.

'Ó, ní Sasanach í,' arsa Rita, 'ach duine a tógadh san áit. Cailín óg a bhí inti, nuair a bhíodh Marcella Osbourne ag tabhairt aire di.' Chrap sí a liopaí, a raibh beoldath smeartha go fial orthu. 'Ba dheacair do dhaoine a thuiscint, i ndáiríre, cén fáth go raibh muintir Osbourne chomh flaithiúil léi, ná le héinne dá muintir.'

Thaosc Pius a ghloine agus rinne sé meangadh gnaíúil leis an gcomhluadar.

'An bhean bhocht,' ar sé go mall. 'Is dócha gur chóir dúinn bheith carthanach fúithi. Úinéir an ghoirt, atá i gceist agam. Seans nach raibh neart aici ar a cuid trioblóidí.' Chuir sé a mhéar lena chloigeann chun a thaispeáint go raibh sé ag caint ar thrioblóidí intinne. 'Tinneas, tá a fhios agaibh. Agus gan dabht, ní déarfainn faic fúithi ach go mbaineann sé le bhur ngnó, agus gur mhaith liom cabhrú libh.'

Bhí an ghealach ag éirí os cionn na farraige nuair a chuaigh Pat is Aoife ag siúl ar an trá tamall níos déanaí. Ní raibh aon chaint déanta acu go dtí sin ar a gcomhrá le Pius agus Rita. Sheas siad seal ar imeall na taoide, ag éisteacht leis an lapadaíl shuaimhneach.

'Cad a bhí ar bun ag ár gcara?' arsa Aoife ar deireadh. 'Mo dhuine ag an gcuntar, a bhí chomh fiosrach faoinár ngnóthaí?'

'B'fhéidir go raibh sé ag iarraidh a bheith comharsanúil,' arsa Pat.

'A Thiarcais, ná lig ort go bhfuil tú chomh soineanta. Nár chuala tú mar a bhí sé ag snámhaíocht is ag sleamhnú thart ar an gcomhrá? Ní ar mhaithe linne a bhí sé, dar liom féin.'

'A Aoife, nílim soineanta faoi,' arsa Pat. 'Ach nílim ag déanamh breithiúnais air, ach oiread. Pé rud a bhí ar a intinn, seans nach ndéarfadh sé amach linne go lom é, toisc nach bhfuil aithne ar bith aige orainn.'

Chuir Pat a lámha timpeall ar chom Aoife. Bhí solas na gealaí spréite ina bhrat airgid ar an bhfarraige. 'Ná bí do do chrá féin,' a dúirt sé ansin go ciúin. 'Cuirfimid aithne ar na comharsana ar fad in am trátha. Agus beidh deacrachtaí go leor romhainn, geallaim duit é, ach ní gá dúinn a bheith ag argóint fúthu sula dtarlaíonn siad.'

Chlaon sise a cloigeann ar a ghualainn. Bhí cathú uirthi géilleadh don chiúnas timpeall orthu, ach bhí corraíl nó míshásamh éigin fós á priocadh.

'Beidh, is dócha. Agus is féidir leatsa i gcónaí seasamh siar ó dhaoine seachas éirí corraithe fúthu, mar a dhéanaimse.'

D'fhan Aoife ina tost tamall is í ag éisteacht le suaitheadh rithimiúil na dtonnta. Ach nuair a labhair sí arís, bhí dúshlán le cloisint ag Pat ina glór.

'Ar aon nós, má tá aighnis ann faoi chearta siúlóirí, ní féidir linne ligean orainn nach mbaineann sin linn. Beidh orainn ár gcearta a éileamh ar úinéir an ghoirt, mar shampla, má bhí fírinne ar bith sa mhéid a dúirt mo dhuine, Pius. Ach ba bhreá liom a fhios a bheith agam cén sórt *agenda* a bhí aige, i ndáiríre.'

Scaoil Pat a lámha dá com.

'Aoife, nach féidir leatsa glacadh leis,' ar seisean, 'nach gcaithfear gach cor sa saol a iniúchadh is a scrúdú? Ní iriseoir síorcheisteach, síoramhrasach tú níos mó, más cuimin leat. Agus más ea, nárbh fhearr duit glacadh le daoine go réidh, socair, pé dearcadh atá acu ar an saol?'

'A Thiarcais, ní gá duitse bheith chomh leochaileach faoi gach ceist bheag a thógaim. Ní féidir le gach éinne againn bheith ar ár sáimhín só, tá's agat, is a bheith ag súil go réiteoidh duine éigin eile gach dúshlán a bheidh rompu!'

***

Chorraigh Aoife ar a gogaide. Bhí glórtha na bpáistí le cloisint aici píosa uaithi, ar an taobh thall den chúlghairdín. Bhí uair an chloig caite acu triúr lasmuigh, agus cluiche folach bíog ar siúl acu. Ba í Sal ba mhó a chuir dua uirthi féin leis an gcluiche, i ndáiríre, fad a bhí sí féin cromtha istigh faoi fhál fiúise, agus í ag machnamh ar chomhráití na hoíche roimhe.

Beidh orm leithscéal a ghabháil le Pat, ar sí léi féin. Tá sé ag cur oilc orm le tamall anuas, ach bhí an ceart agam mo bhéal a choimeád dúnta aréir. Tá sé damanta deacair aon argóint a dhéanamh leis, agus mar a dúirt sé, tá ár ndóthain deacrachtaí againn cheana, gan cur leo.

D'éirigh sí tar éis meandair agus chuaigh sí ar thóir na bpáistí. Chuir sí ag obair iad i seomra an tranglaim, agus mionscrúdú á dhéanamh acu le tóirsí ar adhmad an tseantroscáin. An jab a bhí acu ná féachaint cá raibh a rian fágtha ag an réadán, an chruimh a fhágann poill bhídeacha ina diaidh. Níorbh fhada gur dhein Sal comórtas as, í ag mionnú go n-aimseodh sise a dhá oiread poll is a d'aimsigh a deartháir. Choimeád Aoife cluas lena gcuid spraoi, fad a bhí a cuid oibre féin ar siúl aici sa seomra. Chuireadh sé iontas uirthi, uaireanta, go raibh a hiníon chomh toilteanach cabhrú le pé cúram a bhíodh le déanamh de Rónán. Thaitin sé le Sal ceannas a ghlacadh ar a deartháir, b'in cuid den scéal, ach ba chailín ciallmhar í lena chois sin. Ba ghearr a mhairfeadh sé sin, dar lena máthair, nuair a thosódh a cuid hormón á suaitheadh.

Bhí dhá mhála bruscair líonta ag Aoife, nuair a chuala sí Pat ag glaoch aníos uirthi ó íochtar an halla. Stad sí dá cuid oibre agus dhreap sí thar an tolg oráiste go dtí an doras.

'Bhí mé do do lorg nuair a tháinig mé isteach ón ngairdín,' a dúirt sí leis, agus é ag teacht faoina déin. Thóg sí an cupán tae a thairg sé di. 'Theastaigh uaim rud éigin a rá leat…'

'Ceart go leor,' ar seisean. 'Ach tá glaoch fóin faighte agam nach dtaitneoidh leat.'

'Cad atá i gceist agat?' Bhain sí taca as an mballa ar a cúl, agus bolgam den tae á ól aici. 'Larry, an ea?'

'Sea, Larry. Ar an bhfón tí a ghlaoigh sé.'

'Agus cén uair a bheidh a chomhluadar arís againn?'

'Drochscéal, is eagal liom. Tá jab eile tosaithe inniu acu, é féin is a leaid óg. Scéim éigin tithe saoire in Uíbh Ráthach, áit a ndéanann sé cóiriú gach bhliain. Ní raibh coinne aige le glaoch uathu go ceann seachtaine eile, ach níor mhaith leis diúltú dóibh…'

'Mallacht an diabhail air, cén uair a bheidh sé sin déanta aige, agus a chuid cáblaí is soicéad ar crochadh ar fud an tí seo fós?'

Shuigh Phat ar uillinn seanchathaoireach in aice léi. Rith Rónán amach an doras ag an am céanna, agus Sal sna sála air.

'A Aoife, sin é an drochscéal a bhí i gceist agam. Níl a fhios aige cén uair a fhillfidh sé, mar go bhfuil jab mór eile roimhe go luath.

Rinne sé leithscéal cúpla uair, ar ndóigh, agus dúirt sé go raibh súil aige go n-éireodh go geal linn anseo sa teach.'

Ní dúirt Aoife aon rud go ceann tamaill. Bhí athleictriú déanta ag Larry ar an teach ó bhun go barr, ach bhí cláir urláir tógtha aníos i ngach seomra, agus an obair leathdhéanta. Gan críoch ar an leictriú, níorbh fhéidir dul ar aghaidh leis an obair mhaisithe, ná le míle rud eile ar an liosta.

Dhún sí a súile is í ag iarraidh greim a bhreith uirthi féin. Chaithfí fear oibre eile a aimsiú, b'in uile. B'fhéidir go bhféadfaí fiafraí de thuismitheoirí sa scoil. Nó den phríomhoide úd, Fiachra, mar go mbeadh aithne aigesean ar gach éinne. Bheadh fáil ar dhuine éigin, ach an cheist a chur. Chaithfí glacadh leis an sórt seo moille, agus aithne a chur ar na gréasáin sa cheantar.

'Tá brón orm,' a dúirt sí le Pat ar deireadh.

'Ní ortsa an locht nach bhfuil leictreoir againn.'

'Ní hea, tá brón orm faoinar tharla aréir.' Leag sí a lámh ar a ghualainn. 'Ní raibh sé ar intinn agam olc a chur ort.'

Thug Pat póg éadrom di ar a leiceann, agus d'fhág sé an seomra gan a thuilleadh a rá. Tá sé míshásta go fóill, a dúirt Aoife léi féin, agus níl fonn cainte air. Is dócha nach féidir liom é sin a thógáil air, nuair atá gach rud trí chéile, mar atá.

Thóg sí a cupán ina lámh, agus rinne sí a bealach tríd an tranglam go dtí an fhuinneog. Chonaic sí Sal lasmuigh, agus í ag déanamh ar an mbearna idir an cúlghairdín agus an gort lastuas de. Bhí fothrach cloiche i gcúinne an ghoirt, agus bhí Sal ag caint le tamall anuas ar iniúchadh a dhéanamh air. Mheabhraigh Aoife di féin go gcaithfí geata ceart a chur sa bhearna. Bhí lána suas go dtí an gort le taobh an ghairdín freisin, ach má bhí aon bhaol trioblóide le húinéir an ghoirt, b'fhearr dóibh an geata úd a bheith slán.

Nuair a chas sí ar ais ón bhfuinneog, chonaic sí an nuachtán a bhí leagtha aici ar leac na fuinneoige níos luaithe sa lá. Scéal tragóide, a tharla i mí an Mheithimh 1986, an bhliain chéanna ar casadh Pat uirthi. An bheirt acusan óg, dóchasach agus lán de phleananna. Díreach mar a bhí an bhean a taispeánadh sa ghrianghraf ar an leathanach tosaigh. Lelia Ní Dhubháin ab ainm di, de réir mar a bhí scríofa ar an scéal. Í ceithre bliana is fiche d'aois nuair a múchadh coinneal na beatha inti.

'Fuarthas corp na mná ag bun na faille in áit iargúlta ar Ros na Caillí, gar don Ghlaisín,' a dúradh ar an gcéad leathanach den nuachtán. Lean Aoife á léamh ar feadh meandair. 'Níl aon eolas cinnte ar fáil fós ó na Gardaí faoin uair ar tharla an tubaist. Ach seans go raibh an corpán ina luí ar an láthair ar feadh roinnt laethanta sula bhfuarthas é. Deireadh seachtaine na Cincíse a bhí ann, agus bhí na scoileanna dúnta ar feadh cúpla lá. Ag am lóin Dé Céadaoin a aimsíodh corp Lelia Ní Dhubháin, an lá céanna ar fhill na daltaí ar scoil an Ghlaisín. Deir foinsí áitiúla nach bhfacthas an múinteoir óg sa cheantar ón Satharn nó ón Domhnach roimhe sin, ach gur ghlac daoine leis go raibh sí imithe ar saoire. Dá bharr sin, níor thuig siad go raibh sí ar iarraidh.'

D'iompaigh Aoife an leathanach, go bhfeicfeadh sí cá mhéad eile a bhí sa scéal. Leathanach eile, ar a laghad. Léifeadh sí i gceart é lá éigin, a dúirt sí léi féin. Ach bhí glaonna le déanamh aici an tráthnóna sin, chun leictreoir nua a aimsiú. Freastal le déanamh ar chúraimí an tí is an teaghlaigh, seachas suí cois fuinneoige i mbun léitheoireachta.

Ar an leathanach taobh istigh, chonaic Aoife rud a chuir iontas uirthi. Bhí roinnt focal scríofa le peann luaidhe sa chúinne, agus comhartha ceiste nó dhó breactha ar imeall na gcolún. D'iompaigh sí an leathanach ar ais, agus d'fhéach sí ar an mbreacadaíl a bhí tugtha faoi deara aici níos luaithe. Ba chosúil go raibh an peann luaidhe céanna in úsáid sa dá chás.

D'fhéach sí ar na focail a scríobhadh. Ceist a bhí iontu, nó dhá cheist, seans, ach go raibh cúinne an leathanaigh sractha. 'Ach cé eile a bhí ar an nGob ag an am?' B'in an cheist iomlán. Agus thíos faoin abairt, dhá fhocal bheaga, cuid de cheist eile, tráth den saol, seans. 'Nó cad—', b'in uile.

Cé a scríobh na ceisteanna, agus cén chiall a bhí leo? Nó cén bhaint a bhí ag an té a bhreac iad leis an teach a raibh cónaí uirthi féin ann anois? Caithfidh gur coimeádadh an nuachtán d'aon ghnó. B'fhéidir, fiú, gur cuireadh i bhfolach é, ar chúis éigin a bhain leis an scéal a foilsíodh ann. Cúis nach raibh soiléir gan mionscrúdú a dhéanamh ar an méid a scríobhadh, agus eolas éigin a fháil ar na daoine a bhí lonnaithe faoin díon céanna seo tráth.

2

'Cosc ar Shiúlóirí'.

Bhí an fógra crochta go feiceálach ar an ngeata, a raibh claí deilgne ar gach taobh de. Claí láidir, doicheallach, ba chosúil. Chlúdaigh Pat a lámh lena chóta, agus leag sé ar an tsreang í go héadrom. Níor airigh sé aon phreab leictreach inti, ach ba léir nach raibh fáilte ag an úinéir roimh chuairteoirí.

Bhí an mhaidin caite aige ag iniúchadh bealaí siúlóide a d'oirfeadh do ghrúpaí. Bhí sé ag iarraidh a fháil amach cá raibh na radharcanna ab fhearr, mar shampla, agus conas iad a bhaint amach. Bhí sé ag bailiú eolais faoin méid ama a thógfadh gach siúlóid acu, cé chomh géar agus a bhí fánaí na gcnoc is cá mbeadh foscadh le fáil ón mbáisteach. Theastaigh uaidh bealaí dá chuid féin a aimsiú, mar bharr orthu siúd a bhí i gcló sna treoirleabhair cheana. Agus bhí sé ag iarraidh bileoga eolais a sholáthar dá chuid grúpaí, a thabharfadh tuiscint dóibh ar bhlúirí staire is seandálaíochta, ar logainmneacha is ar an tírdhreach.

Ach ní raibh sa mhéid sin ach tús na hoibre. Mar thuig Pat go maith go raibh achrainn is díospóireachtaí ar fud na tíre le tamall maidir le cead do shiúlóirí dul ar thalamh príobháideach. Bhí an scéal i bhfad níos simplí ar an mór-roinn, áit a raibh cearta bealaigh leagtha amach leis na céadta bliain. D'fhéadfá tíortha iomlána a shiúl gan filleadh choíche ar do rian féin. Bhíodh cónaí air tráth sa Fhrainc, agus ba chuimhin leis na comharthaí treorach do choisithe a bhíodh le feiceáil go flúirseach taobh le talamh feirme, le coillte is aibhneacha. Sa Bhreatain agus san Iodáil mar an gcéanna, bhí mogalra cosán is bealaí traidisiúnta snoite go mín i gclúmh na tuaithe.

'Tú féin atá ann, a Phaddy?'

Pius a bhí ag teacht i dtreo Phat ar an gcosán. Culaith reatha a bhí á chaitheamh aige arís, dath bánbhuí air an uair seo. Dhá mhadra a bhí ar iall aige, Alsáisigh nó pór éigin gaolmhar leo siúd, dar le Pat. Bhí cuma níos bagarthaí orthu ná mar a bhí ar an mbrocaire mór gruagach a bhí feicthe aige le Pius san óstán.

'B'fhéidir go bhfuil tú imithe ar strae, a bhuachaill?' ar seisean. 'Mar a dúirt mé leat cheana, measaim, is féidir liom comhairle a sholáthar duit ar na háiteanna nach n-oirfidh do na cuairteoirí sin agat.'

Thug Pat sracfhéachaint ar an léarscáil a bhí ina lámh. Bhí súil aige a bhealach a dhéanamh timpeall ar Ros na Caillí, an leithinis stuacach a shín amach san fharraige míle nó breis ón nGlaisín. Bhí píosa siúlta aige ar bhóithrín cúng a bhí marcáilte ar an léarscáil, amach ó chaol na leithinse agus in aice le góilín farraige. Murach an geata a bhí dúnta trasna an bhóithrín, shiúlfadh sé chomh fada le pointe Ghob na Caillí, agus as sin timpeall ar chósta an Rosa go dtí go mbeadh radharc aige arís ar an sráidbhaile.

'Nílim ar strae,' ar sé le Pius. 'Ach níor thuig mé ón léarscáil gur bhóithrín príobháideach é seo?'

'Níor thuig, is dócha,' arsa Pius. Tharraing sé ar iallacha na madraí, a bhí ag tafann ar an bhfear nár aithin siad. 'Nár inis mé duit go bhfuil deacrachtaí ag feirmeoirí áirithe sna cúrsaí seo? Bhfuil a fhios agat go raibh cara liom féin ina shuí síos ag ithe bricfeasta, maidin bhreá Domhnaigh amháin, agus a pháipéar nuachta á léamh go socair, sibhialta aige? Go tobann, a dúirt sé liom, ba dhóigh leis gur múchadh solas an lae air, agus nuair a d'fhéach sé in airde, cad a chonaic sé ach dream *hikers* ag stánadh isteach an fhuinneog air! An gcreidfeá é?'

D'fhéach Pat mórthimpeall air. Bhí crainn ghiúise ag fás taobh leis an ngóilín, agus níos faide anonn i dtreo an ghoib, ba léir dó go raibh an talamh lom, sceirdiúil. Ní raibh ach teach beag nó dhó feicthe aige gar don bhóithrín.

'Is mór an trua go dtarlódh a leithéid,' ar sé le Pius. 'Tuigim go maith go bhfuil dhá thaobh ar an scéal, agus measaim gur féidir comhréiteach...'

'Go deimhin féin,' arsa Pius, 'is féidir comhréiteach a dhéanamh, más comhréiteach é a bheidh in oiriúint don té ar leis an talamh an chéad lá. Rófhada a bhí muintir na tíre seo ag troid go dian, diachrach chun seilbh a bhaint amach ar ár gcuid stráicí suaracha. Agus anois féach go bhfuil strainséirí ag bagairt *compensation* orainn, is gan cuireadh acu cos a leagan ar ár ngabháltais.'

'Nílim ag iarraidh aon argóint a dhéanamh leat faoi chearta,' arsa Pat. Rinne sé a dhícheall mionngháire cairdiúil a dhéanamh lena chompánach. Bhí an dá Alsáiseach ag tarraingt go teann ar na hiallacha, agus corrthafann astu fós. 'Ach séard atá á rá agam leis na húinéirí talún a chastar orm ná go bhfuilim breá sásta socruithe réasúnta a phlé leo...'

'Ó, *fair play* duit, *fair play* duit,' arsa Pius, ag gearradh isteach air don dara huair. 'Mar tuigeann tú, gan dabht, go bhfuil tú féin ag iarraidh brabach a bhaint as talamh nach leat in aon chor é.' Scaoil Pius an glas ar an ngeata agus léim an dá mhadra roimhe nuair a d'oscail sé é. 'Nárbh fhearr duit gan bacadh leis an leithinis bheag thréigthe seo in aon chor?' a d'fhiafraigh sé de Phat ansin. 'Caitheadh airgead maith an phobail ar Shlí Bhéarra, ar an mórleithinis, agus féach go bhfuil comharthaí beaga buí feistithe ansin do chuairteoirí ar feadh na mílte slí.' Dhún sé an geata ina dhiaidh, an slabhra á cheangal aige go gliograch. 'Ach tá súil agam go n-éireoidh go geal leat, a Phaddy, mar is breá liom daoine a fheiceáil a bhfuil *initiative* iontu, mar atá ionaibhse, tú féin is do bhean chéile bhríomhar.'

Ghabh Pat buíochas leis le mionngháire béasach eile. Nuair a bhí Pius imithe as radharc, rinne sé scrúdú eile ar a léarscáil. Ní bealaí siúlóide amháin a bhí le hiniúchadh aige, ach ionaid a bheadh oiriúnach chun faire ar éin. Bhí scil aige féin san fhairtheoireacht, agus bhí Aoife ag moladh go mbainfeadh sé tairbhe as a scil don ghnó. *Added value*, mar a dúirt sí leis. Múineadh do na cuairteoirí conas an cág a aithint ón bhfiach dubh, agus an gainéad ón bhfaoileán. Treoir a thabhairt dóibh maidir le gnáthóga is nósanna na n-éan a aithint.

Bhí moltaí eile luaite aici freisin chun cur leis an ngnó. Lón intinne is anama, chomh maith le dúshlán fisiciúil. Cuairteanna ar mhórghairdíní áitiúla, mar shampla, gan trácht ar mharcaíocht capall nó ar gharraíodóireacht orgánach. Dá mbeadh múinteoir oiriúnach ar fáil sa cheantar, d'fhéadfaí seachtainí péinteála a thairiscint, dar léi. Imeachtaí a bheadh in oiriúint d'íomhá na dúiche, a bhí ráite aici de gháire.

Pleananna breátha, dar le Pat, ach gur chosúil go mbeadh deacrachtaí acu leis an gcuid ba bhunúsaí den obair. Cosc siúlóide ar an gcéad stráice cósta a bhí á iniúchadh aige, agus bac orthu mar an gcéanna dul trasna an ghoirt lastuas dá dteach. An scata cuairteoirí le tiomáint i ngach áit i veain, seachas saoirse spaisteoireachta a bheith acu ar leac an dorais.

Shroich Pat gabhal sa bhóithrín. Bealach amháin a thabharfadh é ar ais go dtí an Glaisín, agus an bealach eile go dtí carrchlós beag ar an ros, a mbeadh radharc uaidh síos ar an sráidbhaile. Bhí sé idir dhá chomhairle, cén treo ab fhearr a ghlacadh. Dhreap sé suas ar ardán creagach in aice leis, chun radharc níos fearr a fháil ar an leithinis bheag. Bhí ribín an Ribhéir le feiceáil idir Béarra agus Uíbh Ráthach, agus dhá oileán amuigh san fharraige i bhfad uaidh. An Scairbh agus Duibhnis, iad ina luí mar a bheadh míolta móra san uisce, an mháthair is an leanbh taobh lena chéile.

Tharraing sé péire déshúileach as a phóca, chun na hoileáin a fheiceáil níos soiléire. Go tobann, taibhsíodh pictiúr eile dó. É féin mar threoraí siúlóide ar oileán i gcéin. Tréimhse na Cásca, ar shléibhte arda Mallarca. É ina sheasamh ar ardán creagach, radharc aige ar stráice gléigeal d'uiscí na Meánmhara agus péire déshúileach lena éadan. Bean óg spleodrach sa chomhluadar, a d'iarr cead air féachaint tríothu. An splanc a las eatarthu gan choinne nuair a d'fhéach siad sna súile ar a chéile, míniú éigin ciotach á thabhairt aigesean di ar conas an fócas ab fhearr a aimsiú.

Aoife ag caitheamh saoire seachtaine i Mallorca, í ag teacht chuici féin, ba chosúil, tamall tar éis di scarúint go nimhneach le fear éigin in Éirinn. Thug Pat féin faoi deara í an chéad nó an dara lá, ach ní bhíodh sé de nós aige aon suirí a shamhlú leis na mná a thagadh ar na turais saoire úd. Ní i *gClub Med* a bhí sé fostaithe, ná baol air, agus pé scéal é, scanraigh sí méid áirithe ar dtús é, mar go raibh sí réidh tabhairt faoi argóint le daoine nach raibh ach beagán aithne aici orthu.

Trí lá is trí oíche a bhí acu le chéile an tseachtain sin. An splanc eatarthu ina bladhm tine gan mhoill. A chéad turas ar Éirinn mí ina dhiaidh sin, turais eile ag Aoife ar Mhallorca. Faoi dheireadh Lúnasa, bhí gealltanais dílseachta á dtabhairt acu dá chéile go ciúin. Sceitimíní agus taomanna dúile, glaochanna fóin a lean leathuair an chloig as a chéile, drámaí beirte i hallaí aerfoirt.

Sular casadh Aoife air, bhíodh an claonadh ann féin seasamh siar saol ina thimpeall, amhail is go raibh sé ag faire ar chluiche ó na taobhlínte. D'airigh sé gur tharraing sise amach ar an bpáirc imeartha é, is go raibh sé beo, bríomhar den chéad uair riamh. Dúirt sise leis gurbh aoibhinn léi suí in éineacht leis amuigh faoin aer, iad ag caint is ag cur síos ar na sléibhte, nó ag éisteacht le monabhar an dúlra. Níor thuig sí roimhe sin, ba chosúil, go raibh an oiread le cloisint sa chiúnas.

Ach ba iad na tréithe céanna a mheall ar dtús iad, dar le Pat, a chuireadh stró go minic ar a gcaidreamh. Díomá air féin, uaireanta, go raibh sé chomh deacair an saol a roinnt go socair, suaimhneach le duine daonna eile. Splancanna teannais eatarthu gan choinne, dúshlán is argóintí nuair ab fhearr gan tada a rá.

Tharraing sé chuige na déshúiligh arís, agus dreach tíre an rosa á bhreathnú aige. Sceacha aitinn i measc na gcloch, iad buí le bláthanna an earraigh. Paiste bánbhuí i gcéin, a bhí ag gluaiseacht ina threo féin. Pius agus a chuid gadhar, de réir mar a chonaic sé, iad fós ar a gcamchuairt shiúlach. Patról cosanta ar an ngabháltas, ábhar coimhlinte an athuair idir úinéirí talún is a gcomharsana.

* * *

Chonaic Aoife veain oibre páirceáilte lasmuigh den doras nuair a d'oscail sí é. Bhí fear fionnrua ina sheasamh cúpla coiscéim ón tairseach, toitín ina lámh aige agus é ag féachaint suas ar an teach go fiosrach.

'An tusa Máirtín?' ar sí leis, agus í ag preabadh anonn chuige. 'Mar más tú, is mór an fháilte atá romhat.' Lean sí uirthi nuair a chonaic sí an miongháire gnaíúil a rinne seisean léi. 'Más amhlaidh, ar ndóigh, go bhfuil sé ar intinn agat jab maith críochnúil a dhéanamh den obair leictreoireachta!'

'Dé bheathasa,' ar seisean go héadrom, 'ach nílim cinnte go bhfuil fáilte ar bith romham.' D'fhan sé féin soicind nó dhó sular lean sé ag labhairt. Bhí amhras ag teacht ar ghnúis Aoife go dtí gur bhris a gháire air. 'Ná bí buartha,' ar sé ansin, 'tá súil agam an obair is gá a dhéanamh. Ach de ghnáth, tugann daoine m'ainm féin orm, sé sin Mattie seachas Máirtín. Ar ndóigh, is tusa atá i do *bhoss* sa tigh seo, *so* más Máirtín is fearr leat...!'

'Tá brón orm,' ar sise, 'cuirim ainmneacha trí chéile go minic. Ní le strainséirí amháin, bhfuil a fhios agat, ach leis an líon tí s'agam féin. Tugaim Pat ar mo mhac corruair, agus Rónán ar m'fhear céile. An tseanaois ag breith orm, seans maith!'

Bhí Mattie ina sheasamh istigh sa halla faoin am seo, agus é ag féachaint go grinn ar an staighre maorga os a chomhair. Scuab sé siar glib dá chuid gruaige óna chlár éadain, agus thug sí faoi deara gur mhó liath ná fionnrua a bhí sa dath. Bhí liath mar an gcéanna ar a fhéasóg, a bhí bearrtha go mín ar a ghiall.

'Tá áthas orm bualadh leat, ambasa,' ar sé, agus lámh á síneadh aige chuici. 'Agus tá áthas orm freisin leithscéal a fháil féachaint i gceart ar an teach breá seo agaibh, nó bhí sé folamh tamall fada go leor. Caithfidh go bhfuil plean éigin agaibh chun slí bheatha a fháisceadh as an áit, nó an ar mhaithe libh féin amháin atá dosaen seomra codlata agaibh? Ón méid a thuigim, níl dosaen clainne oraibh ar aon nós!'

'Tá do chuid foinsí eolais iontaofa faoin méid sin,' arsa Aoife, agus í ag gáire ar ais leis. 'Beirt pháistí atá againn.'

'B'in a chuala mé,' arsa Mattie, 'agus an rud eile a chuala mé ná gur de shliocht na hAfraice d'fhear an tí agus gurbh é a thug bhur mac ar scoil gach lá go dtí seo. Ach ná bí buartha, ní hamhlaidh go bhfuil an baile ar fad ag caint fúibh. Rinne mé roinnt bleachtaireachta sular tháinig mé ag triall oraibh anocht, an dtuigeann tú?.'

'Maith thú féin,' arsa Aoife, agus í chomh gnaíúil lena compánach. 'Cuirfidh mé fear an tí aithne duit ar ball.' Bhí súil aici go dtuigfeadh Pat go raibh sí gafa, is go gcuirfeadh seisean Rónán a luí. D'fhéach sí go grinn ar a compánach. 'Ach thuig mé nach ón gceantar seo tú féin, agus dá réir sin, tá iontas orm go bhfuil tú chomh heolach…?'

'Ná bíodh iontas ar bith ort, a chailín, mar ar ndóigh tuigeann tú nach bhfuil aon ghá againn le *press releases* amuigh faoin tuath! Agus tarlaíonn sé ina theannta sin gurbh as an taobh seo tíre do mo mháthair, agus má tá aon tobar biadáin in Éirinn, 'sí a bhíonn ag tarraingt as!'

D'fhéach siad ar a chéile, agus d'aithin Aoife go raibh sí ar a compord leis.

'Ar mhaith leat cupán tae a ól?' ar sí leis ansin. 'Nó an dtaispeánfaidh mé an láthair oibre duit ar dtús?'

'Séard ba bhreá liom ná an *guided tour* a fháil,' arsa Mattie, 'dá mbeadh treoraí ar fáil don turas!'

Ar a slí suas an staighre dóibh, mhínigh Aoife dó an plean a bhí acu don ghnó. Chuir Mattie an-chuid ceisteanna uirthi, le linn dóibh camchuairt a dhéanamh ar an áit, is gan baint ag a lán dá cheisteanna leis an obair leictreoireachta ar chor ar bith. Cén stíl troscáin a bhí roghnaithe acu do sheomraí na gcuairteoirí? Cé acu leapacha dúbailte nó péirí leapacha a chuirfí sna seomraí móra, agus an mbeadh *jacuzzis* sna seomraí folctha mar aon le *power showers*? An ngearrfaidís *single room supplement* ar dhaoine aonair nó an mbeidís cóir, cothrom do chách? Conas a d'oibreodh na painéil ghréine a bhí curtha acu ar dhíon an tí?

Bhí cuid dá cheisteanna seanphléite aici féin is Pat, agus cuid eile nár rith leo in aon chor. Thug sé ardú meanman di a bheith ag caint le strainséir a chuir an oiread spéise sa tionscnamh.

'Tá míle cinneadh le déanamh, tá's agat,' ar sí le Mattie. Bhí cláir urláir á dtógáil aige i seomra an tranglaim, agus scrúdú á dhéanamh aige ar cháblaí thíos fúthu. 'Cuirtíní nó dallóga, súsaí nó bratacha urláir? Ceisteanna tromchúiseacha dá leithéid, agus an t-airgead ag imeacht le gaoth dá réir.'

'Mhuise, is mór an t-ualach atá oraibh, ceart go leor,' arsa Mattie. 'Ach dá dteipfeadh oraibh leis na siúlóidí, nach bhféadfadh sibh an áit a láinseáil mar *honeymoon hideaway*? Beidh éileamh ar a leithéid feasta, tá's agat, ag na *gay couples* ar fad atá ag pósadh os comhair an tsaoil!'

'N'fheadar nach bhfuil seantithe á gcóiriú agat féin,' a d'fhiafraigh Aoife de, agus í ag gáire. 'Seans go bhfuil tú san iomaíocht linn maidir le custaiméirí, pé acu aerach nó a mhalairt iad. Mar is cosúil go bhfuil tuiscint mhaith agat ar an ngnó?'

'Ná creid focal de, a chailín,' arsa Mattie. 'Tá sé breá éasca agamsa a bheith ag spalpadh cainte, ach feictear dom gur leochaileach an tslí bheatha atá sa turasóireacht. An t-am is mó sos ag daoine eile, sin é an t-am is mó sclábhaíocht agatsa.'

'A dhiabhail!' arsa Aoife, 'cuirfidh tú drochmhisneach orm, agus 'sé a mhalairt atá uaim faoi láthair.'

'Ambasa, ná bíodh aon drochmhisneach ort go fóill, nach féidir libhse *niche* a aimsiú i measc na *high-earners,* agus teach breá galánta agaibh chun iad a mhealladh?'

'Dúirt duine eile a leithéid sin linn an tráthnóna cheana. San óstán a bhíomar, ag caint le bean an tí, agus le fear darbh ainm dó Pius.'

'Tá súil agam,' arsa Mattie de ghuth rídháiríre, 'go raibh sibh go deas le mo chol seisear Rita?'

'A Thiarcais,' arsa Aoife, 'b'fhearr dom bheith cúramach is mé ag caint fúithi, má tá tú gaolmhar léi.'

Scaoil Mattie leis an dáiríreacht chomh tapa céanna.

'Táim gaolmhar léi, ar shlí éigin, ach ní fhéadfainn a insint duit cá mhéad den *DNA sequence* céanna atá againn. Agus pé scéal é, is beag eile atá i gcoitinne eadrainn. Bhínn an-mhór lena mac is sine tráth den saol, ach d'imigh seisean go dtí an Astráil i bhfad ó shin. An Tasmáin, b'fhéidir, nílim cinnte. Chomh fada ar shiúl óna mháthair, measaim, is a bhí ar fáil ar chlár an domhain!'

'Is dócha go mbeidh mé ag foghlaim,' arsa Aoife, 'go bhfuil gaol idir a lán daoine a chastar orm.'

'Beidh, ambasa, ach mar a deirim, ní hionann gaol agus grá, go háirithe don dream againn a chaith blianta dár saol ar an taobh thall den Atlantach.' Chuir Mattie na cláir urláir ar ais ina n-áit féin, agus shuigh sé siar ar a ghogaide. 'Ach deir tú gur casadh Pius beannaithe oraibh freisin?'

'Is dócha go bhfuil tú gaolmhar leis siúd chomh maith?'

'Nílim, ach rinne mé dreas oibre dó cúpla uair. Agus is breá an *chandelier* atá aige sa seomra folctha!' Shín Mattie a dhroim le cúl an tseantoilg oráiste, agus a fhéasóg á cuimilt aige le cúl a láimhe. 'Ar ndóigh, tá sé féin is Rita mór le chéile.'

'Bhí an chosúlacht sin orthu, ceart go leor.'

'Cailleadh fear céile Rita roinnt blianta ó shin, beannacht Dé leis. Doiminic a bhí airsean.' Rinne Mattie miongháire easurramach le hAoife. 'Sea, measaim go raibh Pius ceanúil ar na mná riamh, agus maidir le Rita, creidim go mbeadh sise ceanúil ar an stór airgid atá bailithe ag Pius.'

'Dúirt seisean go raibh sé deacair aon phingin a shaothrú sa cheantar.'

'Dúirt, gan amhras, agus tá. Tá go leor feirmeoirí beaga i ndroch-chaoi, ach níl Pius ina measc, ná ní raibh le fada. Bhí *Volvos* á dtiomáint aigesean nuair nach raibh ach *Volkswagen Beetles* ag an gcuid eile againn. Agus is fada an lá ó cheangail sé an chéad bhád breá seoil leis an gcé taobh thíos dá áras.'

'Cén sórt gnó atá aige?' a d'fhiafraigh Aoife. Rith sé léi go raibh sé in am di Mattie a stiúradh go dtí an chistin, ach bhí leisce uirthi deireadh a chur leis an gcomhrá.

'Is fear é a bhfuil a ladar sáite aige i mórán nithe. Infheistíocht, is dócha, talamh a cheannach is é a dhíol arís, foraoiseacht. Feirmeoireacht, go háirithe nuair is amhlaidh atá seiceanna sa phost le saothrú. Agus ar ndóigh, *holiday homes*, ceann mór é sin le blianta beaga anuas. Greim a fháil ar an *site* ceart, an cead pleanála a chinntiú agus *bingo*, slám airgid eile ina phóca.'

'Casadh é ar Phat níos luaithe inniu. Is cosúil gur leis cuid den talamh ar Ros na Caillí,' ar sí, 'agus go bhfuil cosc curtha aige ar shiúlóirí ann. Bhí mé le ceangal nuair a d'inis Pat an scéal dom…'

Bhí Mattie ar tí freagra a thabhairt ar Aoife nuair a chuala siad béic chaointe. Ó chúl an tí a tháinig sí, áit a raibh a sheomra codlata ag

Rónán. Léim Aoife de phreab ina threo, agus athrú tobann ar a gnúis. Bhí dearmad iomlán déanta aici go raibh a mac ag dul a luí, agus cá bhfios cé chomh fada a bhí caite aici ar thuras an tí leis an leictreoir.

***

Bhí Rónán trí chéile, ba chosúil, agus cumha air i ndiaidh Bhaile Átha Cliath. Níor theastaigh uaidh dul ar scoil an lá dár gcionn, ná lá ar bith eile ina dhiaidh sin. Theastaigh uaidh filleadh ar a sheomra codlata sa chathair, áit a raibh radharc i gcónaí aige ar thithe eile. Ní raibh faic le feiceáil nuair a d'fhéach tú amach ón teach seo, a dúirt sé. Bhí an teach róchiúin is ródhorcha. Bhí an scoil róbheag.

Bhí Pat in éineacht leis ina sheomra nuair a shroich Aoife an doras. Bhí Sal ann freisin, í ag iarraidh comhairle a thabhairt dá hathair. Bhí Rónán cuachta ar a leaba agus a ordóg ina bhéal aige, rud nach raibh déanta aige le blianta.

Thug Pat comhartha d'Aoife go ndéanfadh sé féin cúram dá mac, agus stiúraigh sise Sal síos go dtí an chistin. Thug sí spléachadh ar a huaireadóir agus chuir sí an citeal ar siúl. Bheadh uirthi a mhíniú do Phat go raibh carnán eolais á bhailiú aici faoin gcomharsanacht, le huair an chloig anuas.

Nuair a d'fhill sí ar an seomra tranglaim, bhí Mattie ina sheasamh cois na fuinneoige, agus a dhroim aige leis an seomra. Chas sé nuair a chuala sé a coiscéim.

'Mo mhíle leithscéal,' a dúirt sé. 'Ba cheart dom imeacht uair an chloig ó shin, seachas tusa a choimeád ag geabaireacht. Tá sibh faoi bhrú, is cosúil?'

'Ná bac sin, is ormsa an locht,' arsa Aoife. 'Féach, tar anuas go dtí an chistin agus beidh an cupán tae sin againn.'

Níor chorraigh Mattie láithreach ón bhfuinneog. Thug Aoife faoi deara go raibh an nuachtán a chuir sí i leataobh cúpla lá roimhe ar an leac in aice leis. D'fhéach sé síos air agus labhair sé go ciúin.

'Ní raibh sé ar intinn agam bheith ag smúrthacht sa seomra, ar ndóigh, ach fad a bhí mé ag feitheamh leat, ní fhéadfainn gan é seo a thabhairt faoi deara. Caithfidh mé a admháil gur bhain sé geit asam.'

Bhí mearbhall ar Aoife. Bhí sí ag smaoineamh ar Rónán agus a ordóg ina bhéal aige.

'Cad atá i gceist agat?'

Thóg Mattie an nuachtán ina lámh ar feadh meandair, agus é ag féachaint ar an ngrianghraf ar an leathanach tosaigh.

'Tá scéal anseo, tá's agat, faoi bhean óg a maraíodh sa cheantar tamall maith de bhlianta ó shin. Go tobann, tubaisteach a tharla sé.'

'Tuigim an méid sin,' arsa Aoife. Ní raibh sí cinnte an bhfaca Mattie na focail a bhí scríofa ar an leathanach taobh istigh sa nuachtán. 'An raibh aithne agat ar an mbean óg?'

'Aithne agamsa uirthi? Bhí…sórt aithne. Ní fhéadfainn a rá go ndearna mé mórán comhrá agam léi riamh, ach… bhuel, thabharfá faoi deara í, abraimis.' Ní raibh guth Mhattie chomh héadrom, réchúiseach is a bhí níos luaithe.

Thug Aoife sracfhéachaint i dtreo an dorais. Chaithfidís filleadh ar an scéal lá eile.

'Bhí bainis ar siúl an oíche a fuair sí bás, tá's agat,' arsa Mattie agus é ag trasnú an tseomra. 'Bhí mé féin ag seasamh leis an bhfear a phósadh. An mac úd le Rita san óstán, a rabhamar ag trácht air ó chianaibh. Bhí daoine trí chéile go mór nuair a fuarthas a corp, gan dabht, agus iad ag cuimhneamh cá raibh siad agus cérbh é an duine deireanach a chonaic Lelia an oíche sin.'

Bhí an seomra tranglaim taobh le seomra codlata Aoife is Pat. Ar a chúl, bhí staighre a thug síos go dtí an chistin iad. Bhí seomra

Rónáin san áiléar ag barr an staighre, agus bhí Aoife fós ag éisteacht, go gcloisfeadh sí an raibh sé socair.

'Bhí sé uafásach, dáiríre, mar a fuair sí bás,' arsa Mattie. 'Uafásach agus gránna.'

Bhí an cúlstaighre cúng, agus ní raibh aon bholgán solais ann. Chuala Aoife an fear a bhí á leanúint ag labhairt sa dorchadas.

'Ach pé rud a tharla do Lelia Ní Dhubháin, níor thuig éinne go beacht riamh é. Cinnte, thuigfeá do dhuine a shiúlfadh píosa ón óstán chun féachaint ar na réaltaí, nó pé rud ab áil leo féin. Ach cén fáth go ndeachaigh sí chomh fada le Gob na Caillí, áit atá iargúlta, uaigneach? I lár na hoíche, is í léi féin? Sin ceist nár chuala mise freagra sásúil uirthi riamh.'

**

Glór séimh, socair a bhí ag Fiachra. Thug Aoife faoi deara gur labhair an príomhoide níos ciúine, seachas a mhalairt, de réir mar a chuir sé béim ar a thuairim féin.

'Creidim go bhfuil an socrú is fearr á dhéanamh againn faoin gCéad Chomaoineach,' ar seisean. 'Ba mhaith liom a chinntiú nach mbeidh Rónán scoite amach ó na páistí eile ar aon bhealach.'

'Tuigimid é sin,' arsa Aoife. Ní raibh sí róshásta leis an gcomhréiteach a bhí déanta, ach bhí sí ar a dícheall ag iarraidh gan argóint a dhéanamh faoi. B'in mar a gheall sí do Phat roimh an gcruinniú. 'Ní miste linn go mbeadh scéalta an Bhíobla ar eolas ag Rónán, mar chuid den chultúr is mar sin de.' Labhair sí go socair, ag iarraidh aithris a dhéanamh ar thuin chainte Fhiachra. 'Ach tá sé tábhachtach go dtuigfeadh Rónán go bhfuil creideamh dár gcuid féin againn, creideamh sa daonnacht, más maith leat, agus nach gcaithfidh sé dul leis an slua i gcónaí.'

'Ní gá dúinn easaontú lena chéile faoin méid sin,' arsa Fiachra go bog. Thug Aoife suntas dá shúile, a raibh dath gorm geal orthu, agus iad chomh gléineach gur shamhlaigh sí go raibh loinnir solais taobh istigh díobh. D'aireodh na daltaí, dar léi, go raibh súile an mhúinteora á leanúint i gcónaí. B'fhéidir gurbh shin an fáth go raibh Rónán míshocair ina rang.

'An rud is tábhachtaí don scoil,' ar seisean ansin, 'ná go mbeadh na páistí agus a dtuismitheoirí sásta. Agus le cúnamh Dé, socróidh Rónán síos go luath. Buachaill ciúin, cúthaileach é, déarfainn?'

'Ní hea, in aon chor,' arsa Aoife, agus í ag gáire. 'Bímid bodhar aige de ghnáth, é ag geabaireacht ó mhaidin go hoíche agus ag pocléimneach gan stad...'

'Tá athrú air, an dtuigeann tú,' arsa Pat. 'Measaim gur cheap Rónán bocht go raibh sé ag teacht ar a laethanta saoire go Béarra. Níor thuig sé go dtí an tseachtain seo go raibh saol nua amach roimhe.'

Chorraigh Pat ar a chathaoir agus é ag caint, chun a thaispeáint gur thuig sé go raibh an cruinniú ag teacht chun deiridh. Bhí an triúr acu ina suí i seomra beag, bídeach, agus ba léir do Phat go raibh na ballaí ag brú isteach ina dtimpeall. 'Agus is dócha nach é seo an tráth is fearr den bhliain chun aistriú go scoil nua, go háirithe nuair atá brú mór oibre orainn féin?'

'Ná bígí buartha faoi,' arsa an príomhoide, agus a lámha á nascadh le chéile aige faoina smig, i riocht ghuí. 'Go deimhin, má tá aon chabhair ag teastáil uaibh san obair atá ar siúl agaibh, níl le déanamh ach í a iarraidh.' D'fhéach sé sna súile ar an mbeirt acu, agus rith sé le hAoife go raibh taithí aige ar aird a lucht éisteachta a choimeád. 'Má tá eolas uaibh ar chúrsaí staire nó seandálaíochta an cheantair, mar shampla, ba bhreá liom pé blúirí eolais atá agam a roinnt libh.'

'Táimid an-bhuíoch díot,' arsa Pat, agus é ag éirí óna chathaoir. Bhí dearmad déanta aige, go dtí gur cuireadh tús leis an gcruinniú, nár fhéad sé riamh fanacht i spásanna cúnga. 'Tá's againn go bhfuil Béarra breac le gach sórt iarsmaí.' D'oscail sé an doras beagán, chun séideán aeir a scaoileadh isteach. 'Labhróimid leat faoi arís, gan amhras.'

D'éirigh Fiachra agus Aoife ina seasamh freisin, ach ba chosúil nach raibh aon deifir ar an bpríomhoide.

'Tá go leor rudaí ar siúl sa cheantar,' ar seisean léi. 'Bíonn mo bhean chéile féin, Treasa, ag dul d'obair ealaíne, mar shampla.' Thug sé spléachadh ar phíosa éadaigh a bhí ar crochadh ar an mballa lena thaobh. *Batik* a bhí ann, a thaispeáin lochán uisce a bhí chomh socair le scáthán, gach crann is cruth mórthimpeall air á léiriú go grinn faoi dhó. 'Agus bím féin ag plé le himeachtaí do ghrúpaí, ó am go chéile, rud a thugann tuiscint éigin dom ar an obair a bheidh ar bun agaibh.'

'Cén sórt imeachtaí iad?' a d'fhiafraigh Aoife. Bhí Pat imithe amach as an seomra go dtí an pasáiste beag taobh leis an oifig. 'Ní siúlóidí amháin atá i gceist againn a eagrú dár gcuairteoirí, an dtuigeann tú, agus ba bhreá linn nasc a dhéanamh le daoine áitiúla a bhfuil scileanna dá gcuid féin acu.'

'Sin mar a mheas mé,' arsa Fiachra. Rinne sé meangadh lách léi. 'Agus cá bhfios nach bhféadfaimis oibriú as láimh a chéile? Níl an dearcadh céanna againn ar chúrsaí creidimh, is cosúil, ach mar sin féin, b'fhéidir go gcuirfeadh sibh suim sna hócáidí a reáchtálaim. Sórt teiripe don lá inniu atá i gceist. Forbairt phearsanta agus spioradálta, más mian leat, ach gan aon teagasc eaglasta á bhrú ar dhaoine'

Rinne Aoife meangadh ar ais leis go béasach. Bhí sí ag féachaint arís ar an m*batik*, agus í ag iarraidh a dhéanamh amach an raibh scáil duine á thaispeáint ag féachaint san uisce, taobh leis na crainn. Íomhá dá chuid teiripe, b'fhéidir. Dhruid sí i dtreo an dorais, agus lean Fiachra go mall í.

'Rud eile a bhainfidh le bhur ngnó,' ar seisean, 'ná cúrsaí tarrthála sléibhe. Le cúnamh Dé, ní tharlóidh tionóisc d'éinne de bhur gcuairteoirí, ach gan dabht, beidh sé riachtanach daoibh teagmháil leis na daoine i gCill Airne a eagraíonn an tarrtháil.'

Tháinig Fiachra taobh le hAoife ag an doras, agus thug sí faoi deara go raibh sé téagartha, deadhéanta, cé go raibh sé pas plucach ar a ghiala. Bhí sé leathchéad bliain d'aois, ar a laghad ach bhí cuma shlíoctha, shláintiúil ar a chraiceann, agus rith sé le hAoife go raibh taithí sléibhteoireachta aige féin.

'Bhínn páirteach leis an tarrtháil ar feadh roinnt blianta,' ar seisean, 'sular thosaigh mé ag plé leis na hócáidí teiripe. Tugaim cúnamh dóibh ó am go chéile fós agus d'fhéadfainn iad a chur in aithne daoibh, dá mba mhian libh? Dream an-bhreá iad, an-bhreá ar fad.'

Bhí Aoife ag gabháil buíochais leis, agus í ar tí an seomra a fhágáil, nuair a chuimhnigh sí ar scéal Lelia. Má bhí Fiachra páirteach le meitheal tarrthála sa bhliain 1986, seans go raibh sé ar an láthair nuair a tógadh an corpán aníos ó bhun na faille. Seans, fiú, go raibh sé ina phríomhoide sa scoil ag an am.

'Chuala mé gur tharla drochthimpiste sa cheantar na blianta ó shin?' ar sí leis. 'Múinteoir óg, ón méid a thuig mé…'

'Go ndéana Dia trócaire uirthi,' arsa Fiachra, sular éirigh léi a thuilleadh a rá. 'Tubaist a bhí ann, tubaist do gach éinne.'

'Caithfidh gur ghoill sé go mór oraibh.' Bheartaigh Aoife gan an nuachtán a d'aimsigh sí a lua, nuair nach raibh an scéal iomlán léite aici fós. 'Mura miste leat mé á lua? B'fhéidir go raibh aithne agat ar an mbean a cailleadh?'

'Cinnte, bhí aithne agam uirthi,' arsa Fiachra. Bhí Aoife á stiúradh amach as an oifig aige, agus i dtreo dhoras na scoile, áit a raibh Pat ag feitheamh leo. 'Ní raibh sí i bhfad inár dteannta sa scoil, ach níor laghdaigh sé sin ar an uafás, ní gá dom a rá.'

'Chuimhnigh mé ar an scéal nuair a thosaigh tú ag caint ar chúrsaí tarrthála,' arsa Aoife. 'Amuigh ar Ros na Caillí a tharla an timpiste, nárbh ea?'

'Leis an bhfírinne a rá,' arsa Fiachra, 'b'fhearr le daoine gan trácht in aon chor ar an méid a tharla.' Rith sé le hAoife láithreach go raibh an iomarca ceisteanna á gcur aici, nósanna an iriseora ag filleadh uirthi dá hainneoin. 'Pobal beag atá againn anseo, mar a thuigeann tú,' ar seisean. Stop sé sular shroich siad an príomhdhoras agus chas sé ina treo. 'Agus le tubaist dá leithéid, bíonn gach éinne ag fiafraí ina dhiaidh an raibh slí éigin arbh fhéidir é a chosc. Ach sa deireadh, i mo thuairim féin, níl aon fhreagra ar na ceisteanna ach glacadh leis an méid a tharla.'

***

Shiúil Aoife isteach is amach as na seomraí sa teach, agus í ag iarraidh pictiúr a dhéanamh díobh nuair a bheadh na ballaí geal, péinteáilte. Troscán is feisteas teolaí á ngléasadh. Cuairteoirí ar a gcompord ar thaobh amháin den teach, an teaghlach ar a gcompord ar an taobh eile. Gach dream bailithe thart ar a dtinteán féin, nó iad scaipthe ar fud an ghairdín tráthnóntaí gréine. Crainn is plandaí faoi bhláth, gan le déanamh aici féin ach fiailí boga a bhaint ó am go ham. Gan dua ná stró uirthi ag triomú éadaí fliucha nó ag réiteach béilí na gcuairteoirí.

Ní raibh mórán eolais aici ar stair an tí, ná ar na daoine a bhí lonnaithe ann ón uair a tógadh é, céad bliain ó shin. Bhí a fhios aici go raibh Marcella Osbourne mar úinéir air ar feadh na mblianta fada, agus gur chuir sí féin is a fear céile seomraí breise leis an teach am éigin sna 1960dí, nuair a bhíodh cairde gnó ag teacht ar cuairt orthu ón iasacht. Ní raibh aon chlann orthu, agus tar éis bháis don bheirt acu, bhíodh an teach folamh ar feadh sealanna fada, seachas nuair a thagadh gaolta le Marcella ar cuairt. Bhíodh fear éigin áitiúil ag tabhairt aire don teach ar feadh tamaill, freisin, de réir mar a thuig Aoife.

Chuimil sí a lámh ar an mballa lom i gceann de na seomraí codlata. Bhí an seanpháipéar nach mór bainte aici, ach bhí blúirí de fágtha anseo is ansiúd, nár éirigh léi a scríobadh ná a sciúradh. Bhí an teach idir dhá thráth le blianta, dar léi. An seansaol a caitheadh ann le linn Mharcella imithe i léig, ach gan rithim ná fuinneamh an tsaoil nua tagtha ina áit. Í féin idir dhá thráth freisin, cúl tugtha aici le saol na hiriseoireachta agus coiscéimeanna corracha á nglacadh aici i dtreo nua.

Go tobann, phreab Aoife trasna an léibhinn go dtí an seomra tranglaim. Bhí Rónán ina luí agus Sal ag léamh ina seomra féin. Bhí Pat imithe go dtí an Neidín le Fiachra, chun casadh le duine den fhoireann tarrthála, mar a mhol an príomhoide ag an gcruinniú níos luaithe sa tseachtain. Bhí uair an chloig nó dhó aici ina haonar, agus bhí a fhios aici conas ab fhearr léi an t-am a úsáid.

Shocraigh sí í féin ar an tolg oráiste, agus scar sí leathanaigh an tsean-nuachtáin a bhí aimsithe aici ó chéile. Nuachtán áitiúil de chuid an iardheiscirt, a foilsíodh Dé Sathairn 7 Meitheamh 1986. 'Tragóid sa Ghlaisín', a dúirt an cheannlíne ar an gcéad leathanach. 'Bás tobann cois faille, pobal an cheantair faoi bhrón', a bhí scríofa thíos faoi.

Sciorr Aoife tríd na fíricí loma i dtosach. Lelia Ní Dhubháin, bean óg shingil a bhí ag múineadh i mbunscoil an Ghlaisín. As Contae na Mí di ó dhúchas, agus sé mhí caite aici i mBéarra. Post sealadach aici toisc go raibh múinteoir eile sa bhunscoil ar saoire fhada tinnis.

Ar an gCéadaoin, 4 Meitheamh, a fuarthas a corp gar do Ghob na Caillí, míle go leith ón scoil, agus breis is dhá mhíle slí ón teach beag a bhí ar cíos aici. Bhí sí tite beagnach tríocha méadar síos ó imeall na faille, agus í ina luí ar stráice garbh féir is duirlinge in aice na farraige. Dá mbeadh sí sleamhnaithe trí mhéadar eile féin, seans go mbeadh a corp sciobtha ag an taoide.

Chonacthas Lelia i measc an phobail don uair dheiridh tamall tar éis a dó ar maidin Dé Domhnaigh, 1 Meitheamh. D'fhág sí an bhainis a bhí ar siúl istoíche Dé Sathairn, agus ní raibh aon scéal eile fúithi go dtí maidin Dé Céadaoin. Thosaigh údaráis na scoile ag fiosrú an scéil lena muintir is a cairde ansin, toisc nár fhill sí ar scoil tar éis saoire na Cincíse. An mhaidin chéanna, bhí fear áitiúil—Jody Nugent a tugadh mar ainm air—ag siúl timpeall ar an nGob, agus tharla dó féachaint síos le taobh na faille. Nuair a chonaic sé go raibh rud éigin ina luí thíos, ba chosúil gur chuir sé fios ar na Gardaí. Níos déanaí an lá céanna, aimsíodh rothar Lelia i logán carraige gar don áit ar thit sí.

'Tá na Gardaí ag labhairt le gach éinne a chonaic Lelia Ní Dhubháin ag an mbainis in Óstán na Trá'. Léigh Aoife an tuairisc, agus í ag samhlú conas mar a bheadh mearbhall is cíor thuathail ar phobal an Ghlaisín. 'Is cosúil go raibh na héadaí céanna á gcaitheamh aici don ócáid úd, nuair a chonacthas don uair dheiridh í, agus a bhí ar an gcorpán a fuarthas cois faille. Dá bharr sin, tá an tuairim ann gur fhág sí an bhainis, agus go ndeachaigh sí amach go Gob na Caillí ar a rothar i lár na hoíche. Más fíor an tuairim, d'fhág sí a rothar sa logán inar aimsíodh é, agus chuaigh sí ag siúl ina haonar, go dtí an áit ar shleamhnaigh sí nó ar thit sí go tubaisteach.'

'Sin mar a dhealraíonn an scéal, ach deir na Gardaí go gcaithfidh siad a thuilleadh fiosraithe a dhéanamh, agus nach féidir leo aon tuairim oifigiúil a nochtadh. Beidh Coiste Cróinéara ar bun amach anseo, chun iniúchadh a dhéanamh ar an scéal. Idir an dá linn, tá muintir Uí Dhubháin tagtha go Béarra ó Chontae na Mí, agus iad ag feitheamh go dtí go mbeidh an scrúdú iarbháis déanta. Ina dhiaidh sin, beidh an dualgas trombhuartha orthu, corp a n-iníne a bhreith abhaile i gcónra.'

Bhí a thuilleadh cur síos san alt ar an mbriseadh croí a bhí ar mhuintir Lelia agus ar an bpobal a raibh sí ina cónaí ina measc. Thaitin sí leis na páistí scoile is lena dtuismitheoirí. 'Bean spleodrach, bhríomhar ba ea í,' a dúirt máthair amháin nár ainmníodh. 'Táimid suaite, corraithe dá bharr', a dúirt Fiachra Ó Raghallaigh, príomhoide na scoile, 'agus tá na páistí thíos leis go mór. Chuir sí a croí san obair i gcónaí, agus aireofar uainn í go géar'. Bhí blúirí cainte ó bheirt mhúinteoirí eile freisin, ach níor aithin Aoife a n-ainmneacha siúd. Agus dúirt cairde le Lelia go raibh sí meidhreach, cainteach, oíche a báis, agus í ag trácht ar a cuid pleananna don samhradh.

Ghoill sé go speisialta ar dhaoine, a dúradh ansin, gur tharla an tionóisc an oíche chéanna a bhí bainis ar siúl. Míníodh go raibh formhór an phobail i láthair ag an ócáid istoíche Dé Sathairn, ó tharla gurbh iad muintir an óstáin féin a bhí á cheiliúradh, agus a mac, Doiminic Óg, ag pósadh. 'Is tragóideach an scéal é, gan aon dabht,' arsa a mháthair siúd, Rita. 'Bainis ar siúl agus duine óg ina luí marbh. Ach ar ndóigh, níl a fhios againn go dearfach cén t-am a fuair sí bás.'

Chas Aoife an leathanach, agus léigh sí sleachta eile a rinne cur síos ar na fiosruithe a bhí ar bun ag na Gardaí. Bhí cuardach déanta acu sa teach a bhí ar cíos ag Lelia, sa chás go mbeadh aon leid le fáil acu faoi chúinsí a báis. Ach ní raibh aon tuairimíocht oifigiúil ar fáil ó na húdaráis faoin gcuardach. Chaithfidís gach féidearthacht a fhiosrú, b'in uile.

Ar chiumhais an leathanaigh, chonaic Aoife go raibh comhartha ceiste breactha le peann luaidhe, taobh le píosa a rinne trácht ar chúrsaí ama oíche na bainise. De réir mar a dúradh, bhí na Gardaí ag iarraidh a fháil amach cén t-am go baileach a d'fhág Lelia an t-óstán, nó ar inis sí d'éinne go raibh sí ag dul amach go Gob na Caillí. Ba chosúil go raibh a lán teacht is imeacht ón óstán i rith na hócáide, agus go raibh cuid den dream óg thíos ar an trá duirlinge lena linn. D'fhág an lánúin nuaphósta an ceiliúradh thart ar a dó ar maidin, ach níor lean na daoine deireanacha iad go ceann beagnach dhá uair an chloig ina dhiaidh sin. Níos déanaí ná leathuair tar éis a dó an tuairim ab fhearr faoin am a d'imigh Lelia, ba chosúil.

Bhí alt eile sa cholún céanna, ag insint cá raibh cónaí ar Lelia Ní Dhubháin. Bhí an baile fearainn leathmhíle slí ón nGlaisín, sa treo eile ar fad ón nGob. Chuimhnigh Aoife ar an méid a bhí ráite ag Mattie, nár thuig seisean cad a thug uirthi dul ann. Thug sí spléachadh siar ar na hailt ansin, chun cur i gcuimhne di féin cén t-achar ama a bhí an bhean óg ar iarraidh. Ceithre lá is oíche, gan a fhios ag éinne go raibh a corpán ina luí amuigh faoi fholús na spéire ar cheann tíre uaigneach, iargúlta.

D'airigh Aoife creathán fuachta inti féin. Seachtain samhraidh ina saol féin, agus corp mná eile caite ar imeall na farraige, gan fainic ná foláireamh faighte aici go raibh deireadh a haistir saoil sroichte aici. Bhí sé éasca di siúd an scéal a léamh go fuarchúiseach, dar léi, agus dearmad a dhéanamh gur cuireadh buillí croí ina dtost. Anáil an tsonais ina stad, bláth na hóige seargtha.

Ach chuir sí iachall uirthi féin a haigne a dhíriú arís ar na fíricí a bhí roimpi, agus d'fhéach sí faoi dheireadh ar na focail a bhí breactha i gcúinne an leathanaigh laistigh den nuachtán. I mbloclitreacha a scríobhadh iad, agus bhí rian an phinn luaidhe smeartha le himeacht na mblianta. 'ACH CÉ EILE A BHÍ AR AN NGOB AG AN AM?'. Agus thíos faoi, an dá fhocal a chuir tús, ba chosúil, le ceist eile. 'NÓ CAD—' Ba dheacair a rá ar sracadh cúinne an leathanaigh d'aon ghnó nó trí bhotún. Ba dheacra fós a rá cad a bhí scríofa ar an mblúire páipéir a cailleadh. 'Nó cad faoin duine seo nó siúd', agus ainm éigin luaite? 'Nó cad a bhí ar eolas…?' 'Nó cad chuige a raibh sí ar Ghob na Caillí in aon chor?'

Ceisteanna iomadúla, nach raibh freagra ar bith le fáil orthu. Ní raibh a fhios ag Aoife, fiú, an i gcófra nó i dtarraiceán a bhí an nuachtán ina luí ar feadh na mblianta, nó cén seomra inar coimeádadh é. Stán sí amach an fhuinneog. Bhí imlíne an chnoic ar chúl an tí le feiceáil aici faoi bhreacsholas na gealaí. Bhí an gairdín thíos fúithi dubh, dorcha, agus scáil an tí ina luí air. Ach sa ghort lastuas de, bhí cruthanna dubha le feiceáil ag corraí go bog faoin ngaoth, sceacha aitinn a nochtadh ó am go chéile nuair a scar na scamaill go hard sa spéir.

D'airigh Aoife go raibh a cuid céadfaí ar fad ar tinneall, agus í ag féachaint amach ar an doircheacht. Chuimil sí a méara ar an nuachtán tirim a bhí ina glaic. D'ardaigh sí an páipéar lena leiceann, á shlíocadh go bog, mall. Bhí pollairí a sróine ag oibriú, dar léi, nó b'in mar a shamhlaíodh sí iad nuair a bhíodh boladh an amhrais le baint aici uirthi as rud éigin a bhí léite nó cloiste aici.

* * *

Bhí an teach ciúin. Róchiúin, dar le hAoife, agus í ina seasamh ag an bhfuinneog, a cuid smaointe agus an méid a bhraith sí thart uirthi ag imirt ar a chéile. Ba í seo an chéad uair di sa bhaile istoíche gan Pat ina comhluadar, ó chuir siad fúthu sa Ghlaisín, agus chuir sé iontas uirthi chomh folamh is a bhraith sí an áit. Bhí an bheirt pháistí ina gcodladh, agus ní raibh a nguthanna ná a gcomhluadar ag teacht idir í agus an ciúnas.

Bhí sé deacair, dar léi, dul i dtaithí ar theach a bhí scoite amach leis féin. I mBaile Átha Cliath, bhí a dteach cuachta go cluthar i measc na gcomharsan, sraith tithe ag tacú go dlúth le chéile. Bhí an teach seo ina sheasamh ina aonar, gan fál cosanta idir é agus an saol mór dorcha lasmuigh. Gach fothram nó gíoscán a chuala sí, d'fhiafraigh sí di féin cad ba chúis leis.

Nuair a bhíodh cónaí uirthi sa chathair, bhíodh sí ag tnúth le ciúnas na tuaithe. An tost mar a bheadh brat teolaí fillte ina timpeall, seachas an tsíorgheonaíl a bhíodh ina cluasa i mBaile Átha Cliath. Trácht na ngluaisteán ag dul thar bráid, agus daoine ag scairteadh ar a chéile is iad ar a slí abhaile ón tábhairne ag meán oíche. Cloig rabhaidh ag preabadh trí bhotún ar thithe, gan gadaí ar bith á gcur ar siúl. Sianaíl ghéar ghlórach uathu, a leanadh leathuair shíoraí i lár na hoíche. Otharchairr ag scréachaíl, héileacaptar na nGardaí ar faire, an spéir á líonadh aige le torann. Pléascáin de gach sórt a cheannaítí Oíche Shamhna, is gleo cogaíochta uathu ar fud na comharsanachta ar feadh an fhómhair ar fad.

Bhí áthas ar Aoife éalú ó ionsaí na cathrach ar a cluasa, ní raibh aon amhras uirthi faoin méid sin. Ach thógfadh sé tamall uirthi dul i dtaithí ar an easpa fuaime. D'fhág sí an seomra tranglaim ar deireadh, agus chuaigh sí ag triall ar sheomraí na bpáistí, chun a chinntiú go raibh siad ina sámhchodladh. Léim a croí de phreab cúpla uair nuair a chuala sí cliotaráil na gaoithe ag fuinneog, nó macalla a coiscéime féin ar na cláir loma adhmad. Rachaidh mé a luí go luath, a dúirt sí léi féin, agus cuirfidh mé an raidió ar siúl in aice liom. fillfidh mé pluid na leapa mórthimpeall orm, seachas a bheith ag éisteacht le clóca ollmhór na hoíche ag siosarnach.

Chuir sí uirthi a fallaing oíche de shíoda éadrom, agus chuaigh sí síos an staighre chun cupán tae a dhéanamh. Bhí an chistin ar chúl an tí, seomra breá fairsing ón uair a leagadh an balla idir é agus an seomra bia taobh leis. Bhí an seomra bia, agus seomraí na bpáistí thuas in airde, suite i gceann de dhá ghéag nó sciathán a tógadh amach ón tseanchuid den teach. Bhí clós idir an dá sciathán, agus an cúlghairdín ag síneadh uaidh i dtreo an chnocáin. Ní raibh cuirtín ná dallóg ar aon fhuinneog sa chistin, ach duibhe na hoíche ag féachaint isteach uirthi.

Líon sí an citeal, agus crónán ceoil á thógáil aici léi féin chun fuaim a sholáthar dá cluasa. Chaith sí a súil ar nuachtán a bhí leata ar an mbord, agus í ag fanacht go mbeireodh an t-uisce. Léigh sí litir fheargach a scríobh duine éigin mar fhreagra ar alt a foilsíodh an tseachtain roimh ré. Bhí aithne aici ar an té a scríobh an t-alt, agus chrom sí faoin mbord féachaint an raibh fáil aici ar an mbun-alt úd.

Bhí carnán nuachtán faoin mbord, agus d'fhan sí cromtha tamall, is í gafa sa chuardach.

Nuair a thóg sí a cloigeann, lig sí béic. Béic ghéar a bhrúigh sí fúithi, ar eagla go scanródh sí na páistí thuas os a cionn, mar a scanraíodh an croí aisti féin.

Lasmuigh d'fhuinneog na cistine a bhí sé, agus a shúile greamaithe aige ar an ngloine. É ag stánadh isteach uirthi, ag stánadh amhail is go raibh tamall caite cheana aige ag faire uirthi. A shúile á hól is á slogadh, dar léi, fiú is gan ach spléachadh faighte aici orthu, an soicind bhorb sceonmhar sin nuair a chas sí a haird ó na nuachtáin.

Chuir sí iachall uirthi féin féachaint arís ina threo. Ní raibh éinne le feiceáil an uair seo, ach d'airigh sí go raibh an duine fós amuigh ansin, trí choiscéim siar ón bhfuinneog. Caithfidh gur chúlaigh sé de gheit nuair a lig sí scréach.

Go tobann, rith sé léi gur aithin sí é. Ní hea, ní raibh sí cinnte faoi, ná ní fhéadfadh sí aon chur síos ceart a thabhairt air. Ach na súile sin a d'airigh sí ag tochailt isteach inti, bhí siad feicthe cheana aici. Fear áitiúil, é tanaí agus a chuid gruaige fada ceangailte ar chúl a chinn aige. Fiacla cama ina bhéal, b'in rud eile a bhí tugtha faoi deara cheana aici. Ní raibh a fhios aici cén t-ainm a bhí air nó cá raibh cónaí air. Ach bhí sé feicthe aici cúpla uair thíos ar an mbaile, é ina sheasamh go tostach ag faire mórthimpeall air.

Glaoch ar na Gardaí, arbh shin é ab fhearr? Ach cé chomh fada go dtiocfadh siad, nó cá raibh an stáisiún Gardaí ba ghaire don Ghlaisín, agus cén seans go mbeadh éinne ar diúité ann istoíche? Chuala sí a cuid smaointe ag cliotaráil istigh ina cloigeann. Ní hea, ná bac na Gardaí. Glaoigh ar Phat, má thug sé leis an fón póca. Sea, suí ar an staighre, as radharc ón bhfuinneog, sin an rud is tábhachtaí. Ach b'fhéidir go raibh dul amú uirthi is nach raibh éinne ann. Ní hea, bhí duine éigin ag stánadh uirthi. Bhí sé ina sheasamh lasmuigh an t-am ar fad a bhí sí sa seomra. Ag baint lán na súl aisti. Ise ar stáitse soilsithe dó, gan de chlúdach uirthi ach a fallaing éadrom.

Rithfidh mé amach an cúldoras, a d'fhógair sí di féin, agus béicfidh mé arís air. Tabharfaidh mé a dhúshlán é féin a thaispeáint dom. Béarfaidh mé ar a scrogall agus ansin feicfimid cé chomh mór is a bheidh a shúile santacha.

Thug sí coiscéim isteach sa chistin arís agus buillí a croí á bodhradh. Chuaigh sí go mall i dtreo na fuinneoige. Ach ní raibh roimpi ach a scáil féin ag féachaint ar ais uirthi le hamhras. Dá mbeadh solas curtha lasmuigh den teach acu, d'fhéadfadh sí é a lasadh go tobann. Ach ní raibh. Tuilleadh den obair athleictrithe nach ndearnadh.

An bhearna idir an cúlghairdín agus an gort, áit a raibh seangheata briste, agus meirg air. Pé duine a bhí ag smúrthacht lasmuigh, níorbh fholáir nó bhí sé tagtha ar thalamh an tí ón taobh sin. Bhí an geata chun tosaigh, a thug cead isteach ón mbóthar, dúnta. Bhí a fhios aici an méid sin mar gur dhún sí féin é nuair a d'imigh Pat sa ghluaisteán níos luaithe.

Dhruid sí leis an gcúldoras agus rug sí greim ar an eochair a bhí suite go teann i bpoll an ghlasa. Ar a laghad, ar a laghad, ar a laghad. Ar a laghad bhí an doras faoi ghlas i rith an ama. Rith sí amach sa halla, go dtí an doras mór tosaigh, a bhí déanta d'adhmad tiubh, tréan. Bhí bolta righin air, agus dhaingnigh sí faoi ghlas é sular chuimhnigh sí go mbeadh Pat ag iarraidh teacht isteach an doras céanna ar ball. Scaoil sí arís é, agus ansin chuimhnigh sí go raibh doras eile thíos staighre. Fuinneoga Francacha, dáiríre, a bhí ag féachaint amach ó sheomra bia na gcuairteoirí ar an gclós. Bhí an teach chomh mór go raibh an iliomad bealach isteach ann le cosaint. Cá bhfios cé chomh minic le cúpla seachtain anuas a bhí an fear seo ag póirseáil thart i ngan fhios dóibh, agus é ag súil go bhfeicfeadh sé í féin lomnocht.

B'fhéidir nárbh shin a bhí uaidh in aon chor. B'fhéidir gur ar thóir rud éigin eile istigh sa teach a bhí sé. Nó b'fhéidir gur tháinig sé ar cuairt gan choinne, gur scaoil sé é féin isteach an geata tosaigh is go raibh sé ar tí cnagadh ar an gcúldoras, mar a dhéanfadh go leor cuairteoirí. B'fhéidir gur scanraigh sí é nuair a lig sí béic aisti. B'fhéidir gur bhean seachas fear a bhí ann.

Chuaigh sí in airde staighre go mall, macalla a coiscéimeanna féin á leanúint ar na cláir loma adhmaid. Í ag iarraidh sárú ar an eagla le neart a tola is a réasúin.

3

Siotaí gaoithe ag scuabadh de dhroim an uisce. Spéir íseal ag teannadh ar bhrat suaite na farraige. Sruthanna fairsinge uisce á slogadh siar sa doimhneas, an taoide is an stoirm ag imirt orthu in aon turas. Anáil an aigéin á tarraingt is á scaoileadh go tréan. Tonnta ag éirí is ag brúchtadh de phléasc grod torannach ar na carraigeacha géara.

Steallóga fliucha á séideadh i dtír, boladh an tsáile san aer thuas ar an nGob áit a raibh beirt cromtha ag faire ar dhráma na mara.

Bhí a lámh ag Pat ar ghualainn Aoife, a bhí á brú féin i dtreo na faille. Bhí an ghaoth chomh láidir go raibh sí sínte ar a lámha is a glúine san iarracht.

'A Aoife, bí cúramach, ar son Dé, nó séidfear chun siúil tú!'

Ba dheacair d'Aoife Pat a chloisint agus an gála ag tormáil ina cluasa. Chas sí a ceann ina threo chun greim a bhreith ar a chuid focal. Bhí a súile ag glioscarnach.

'Tá's agam, ach an bhfaca tú an tonn mhillteanach sin amuigh ..?'

Níor chuala seisean a cuid focal siúd ar fad mar gur thiontaigh sí uaidh arís, agus a haird ar an radharc thíos fúithi. Bhí cith trom ag bagairt ó na scamaill a bhí ag dorchú ina dtreo, ach níor theastaigh ó cheachtar acu cúlú ón radharc maorga go fóill. B'iontach le Pat a bheith ag féachaint ar na tonnta ag líonadh is ag briseadh, agus thuig sé go maith an lúcháir a bhí ar a bhean chéile.

Bhí an aimsir ag éirí garbh, glas i gcaitheamh na laethanta roimhe sin, den chéad uair ó chuir siad fúthu sa cheantar. Nuair a mhol Aoife triall amach chun cuthach na farraige a fheiceáil i gceart, d'aontaigh sé go réidh léi. Chaithfidís leas a bhaint as a gcuid saoirse, ar sise, agus i dtigh an diabhail tamall leis an obair ar fad a bhí le déanamh. Nuair a bhí siad ag fágáil an tí, dúirt sí gur theastaigh uaithi dul go dtí Ros na Caillí. Ar an gcósta thiar thuaidh den leithinis ab fhearr a bheadh maidhmeanna móra farraige le feiceáil, dar léi. Chuir Pat i gcuimhne di an cosc siúlóide a bhí ar an mbóithrín díreach go dtí an Gob, ach ní raibh aon fhonn argóna air, agus ghéill sé triall trasna an mhóinteáin ón gcarrchlós. Agus nuair a chonaic sé na radharcanna rompu, b'éigean dó a admháil go raibh an ceart aici.

Rith sé leis láithreach go mbeadh ionaid bhreátha chun fairtheoireachta ar an gcósta úd. Píosa amach ar an bhfarraige, bhí starráin charraige le feiceáil, iad ina dtriantáin liatha ar an uisce. Lá geal, mheas sé go mbeadh na mílte éan ag tuirlingt orthu. Ní raibh rian an duine dhaonna ar dhreach na tíre máguaird, ach é múnlaithe ag bascadh míthrócaireach an nádúir.

D'éirigh Aoife go cúramach agus sheas sí le taobh a fir chéile. Ní raibh an radharc a bhí á lorg aicise aimsithe go fóill aici. De réir mar a thuig sí ón nuachtán, fuarthas corp Lelia ar stráice garbh féir is duirlinge, os cionn na líne bharr taoide. Ar thaobh amháin den mheall tíre a raibh siad air, bhí ollcharraigeacha ina sraitheanna briste idir imeall na faille agus an fharraige. D'fhéadfaí dreapadh amach ar chuid acu, seans, agus ní raibh aon stráice féir le feiceáil ina measc. Ar an taobh eile den mheall, bhí trá fhairsing duirlinge, agus ón méid a bhí léite ag Aoife, bhí sí cinnte nach síos ar an trá a thit an bhean óg chun a báis.

Chúlaigh sí coiscéim ó imeall na faille, agus greim aici ar lámh Phat. Dá mbeadh fuath agam do m'fhear céile, a d'fhiafraigh sí di féin, cén bac a bheadh orm é a ruaigeadh ón saol an nóiméad seo féin. Nílimid le feiceáil ná le cloisint ag éinne. Ní bheadh neart fisiciúil ag teastáil, ná uirlis mharfach ar bith. Toil, sin an méid a ghlacfadh sé. Toil agus rogha.

An líne chaol idir ciall agus mire, an bhearna baoil idir maith agus olc. D'fháisc sí lámh Phat agus í ag cúlú coiscéim eile fós. Bhí cathú uirthi insint dó faoi bhás Lelia, agus a rá leis conas mar a bhí an scéal ag imirt ar a cuid samhlaíochta. An bhean a bhí ar comhaois leo féin, nár fhill abhaile ón leithinis bheag chéanna seo.

Ach bhí rud éigin ag cur bac uirthi. Cheisteodh Pat í faoi cén fáth a raibh sí ag cur spéise sa scéal, a dúirt sí léi féin, agus bhí aithne rómhaith aige uirthi, chun go bhféadfadh sí dallamullóg a chur air. D'fhiafródh sé di cad a bhí sí ag iarraidh a fháil amach, nó an amhlaidh a raibh cathú uirthi alt nuachtáin a scríobh faoi? Ní bheadh freagraí aici ar a chuid ceisteanna, agus dá bharr sin, b'fhearr di gan focal a rá. Ní raibh sí cinnte cá mhéad iniúchta a dhéanfadh sí ar an scéal, ar aon nós. Caitheamh aimsire a bhí ann, b'in uile i ndáiríre. Nuair a bheadh tuilleadh faighte amach aici, d'fhéadfadh sí labhairt os ard le Pat faoi. Lá éigin, ach ní go fóill.

D'fhéach sí arís ar an léarscáil, agus rith sé léi nach raibh Gob na Caillí féin bainte amach acu go dtí sin. Bhí rinn chreagach ar an taobh thall den trá, a bhí níos airde ná an meall tíre a raibh siad air cheana. An meall, b'iúd srón na caillí, mar a shamhlaigh sí nuair a chonaic sí ó bhóthar an Ghlaisín í, agus ba chosúil an rinn nó an Gob féin leis an smig. Thosaigh sí ag siúl ina treo os cionn na trá, ach ansin chonaic sí go raibh claí tréan ag gabháil le balla cloiche a bhí sa tslí. Teorainn na talún a bhí cosctha ag Pius ar chuairteoirí, seans.

Ach ní raibh duine ná deoraí eile mórthimpeall orthu, agus níorbh fhada gur aimsigh sí geata chun dreapadh thairis. D'fhág sí Pat ina diaidh agus í ag déanamh ar an rinn ard. Dhruid sí le bruach na faille go cúramach, cé go raibh foscadh ón ngaoth in áiteanna, idir na creaga a bhí scaipthe ar an talamh.

Go tobann, chonaic sí an rud a bhí á lorg aici. Titim sceonmhar ón mbruach, agus fiche nó tríocha slat thíos fúithi, stráice féir is duirlinge, mar a bheadh seilf bhriste sínte idir na carraigeacha. Marbhlann uaigneach, áit a raibh corpán Lelia ina luí ar feadh beagnach ceithre lá is oíche.

Thóg Aoife a ceann nuair a d'airigh sí braonacha báistí ag clagarnaíl ar a héadan. Bhí Pat ag glaoch uirthi, é ag feitheamh go mífhoighneach ar an taobh thall den gheata, comhartha láimhe á dhéanamh aige chun a thaispeáint go raibh an t-am ag sleamhnú. Ach dhírigh sí a súile ar feadh nóiméid ar dhéanamh na tíre ina timpeall. Bhí sí in aice le béal ghóilín leathan uisce, a rinne deighilt idir Ros na Caillí agus an mhórthír. Agus crochta thall ar shleasa an chósta, bhí teach mór le feiceáil aici. Chumhdaigh sí a súile ón doineann, agus í ag iarraidh cruth an tí a dhéanamh amach. Mura raibh dul amú uirthi, bhí colúnáid Ghréagach chun tosaigh air, agus céimeanna leathana thíos faoi. Teach Phius, má b'fhíor do Mhattie.

Bhí Aoife ar a slí ar ais go dtí an geata, nuair a tháinig pictiúr ina hintinn gan choinne. Mattie ina sheasamh sa chistin ag ól tae an tráthnóna roimh ré, í féin fillte ó sciúird ghearr a bhí tugtha aici ar a rothar. Bhí cith báistí tosaithe nuair a bhí sí ar a bealach abhaile, agus bhí seaicéad is bríste báistí á gcaitheamh aici. Bhí saothar uirthi nuair a tháinig sí isteach an doras, agus uisce ag sileadh lena bróga.

An chuimhne a tháinig chuici ná í féin sa chistin, agus an bríste báistí á bhaint aici go mall, ionas nach bhfliuchfadh sí a cuid éadaí. Cos amháin i ndiaidh a chéile á baint aici as an ábhar righin, uiscedhíonach. Rud éigin fánach á rá aici le Mattie ag an am céanna. Thug sí faoi deara go raibh seisean tostach, agus go raibh a shúile uirthi agus a cosa gléasta á dtarraingt aici as an bhfeisteas. D'airigh sí luisne ag leathadh ar a héadan, agus chuala sí a glór féin ag líonadh an aeir le caint.

Tháinig mothú eile inti ina dhiaidh sin, agus an bríste báistí á leagadh aici ar chúl cathaoireach. Bhí a fhios aici go raibh Mattie ag féachaint uirthi go séimh, geanúil, seachas go míbhéasach. Agus d'airigh sí corraíl éigin istigh ina corp féin ar an láthair. Corraíl bhog nach raibh míthaitneamhach, nuair a thug sí chun cuimhne arís í.

***

'Táim á rá leat, ba é an fear céanna é a bhí ag fuinneog na cistine an oíche úd.'

'A Aoife, téigh go réidh, tá sin ráite agat cheana cúpla uair, agus ní dúirt mé nár chreid mé tú.'

'Tá amhras éigin ort, mar sin féin, mar cloisim i do ghuth é.' Shuigh Aoife síos ag cuntar an óstáin. Ní raibh ach dornán custaiméirí eile sa seomra, agus Rita píosa uathu, ag útamáil le gléas an chaife. 'Bhí sé ina sheasamh ar thaobh an bhóthair, ag cúinne géar. Díreach sular chasamar ón ros amach go dtí an príomhbhóthar. É ag stánadh, agus a ghruaig fhada ag sraoilleadh faoin mbáisteach.'

'A Aoife, éist liom.' Bhain Pat de a chóta báistí, agus leag sé go cúramach os cionn a mhála droma é ar an urlár. 'Mar a dúirt mé, ní fhaca mise éinne, toisc go raibh m'aird ar an tiomáint. Ach má theastaíonn uait gearán de shaghas éigin a dhéanamh faoin rud a tharla...'

'Cén gearán is féidir liom a dhéanamh?' Bhí cóta báistí Aoife ar an urlár cheana, agus bhrúigh sí lena cos é, as bealach a stóil. 'Chonaic mé lá eile é ar an lána gar dár dteach, agus é ina sheasamh mar an gcéanna, ag faire orm. Ach cad is féidir liom a chur ina leith...?'

'Muise, nach sibh atá le moladh as bhur misneach!' Bhí Rita ag druidim ina dtreo, agus an pota caife ina lámh aici. 'Sibh amuigh ag spaisteoireacht, is cosúil, agus an ghaoth chomh nimhiúil le gob snáthaide!'

'Tá an lá ag dul in olcas, ceart go leor' arsa Aoife. 'Ní raibh sé chomh holc nuair a chuamar amach ar dtús.'

Shocraigh Rita dhá chupán os a gcomhair ar an gcuntar, agus dhoirt sí caife iontu. 'Agus is cosúil go bhfuil sibh fliuch, báite mar thoradh ar bhur gcuid saothair!' ar sí. 'Tá's agam go mbíonn bhur leithéidí ag trácht de shíor ar áilleacht na gcnoc is a leithéid, ach maidir le muintir na tuaithe, séard is mó a fheicimidne lasmuigh ná saothar is anró!'

Shín sí chucu na cupáin. Bhí an dath craorag céanna ar a cuid ingní is a bhí ar a léine, a bhí fáiscthe go péacach ar a cíocha. Theann Aoife a lámha ar an gcupán te. Bhí a cuid ingní féin gearr, coganta.

'Cá raibh sibh in aon chor, abair liom, mar ní foláir nó gur séideadh an t-anam asaibh?' Rinne Rita mhiongháire milis le Pat. 'Mo ghreidhin tú,' ar sí leis, 'ach ní foláir nó go n-airíonn tú féin an fuacht go nimhneach in Éirinn? Is dócha go bhfuil sé deacair duit, a bheith ag tarraingt éadaí troma ort, mar a bhímidne? '

D'airigh Aoife boladh cumhra an chaife ar a pollairí agus í ag faire ar a fear céile, agus freagra béasach aige ar Rita. Chuir Aoife i gcuimhne di féin nach raibh aon mhasla ar intinn ag bean an tí, ach a mhalairt. Nár thuig sí go raibh a glór uasal le híseal. Nár thuig sí, ach oiread, nár chaith Pat sciorta féir riamh nuair a bhíodh cónaí air faoi spéir bhrothallach na hAfraice, is go raibh sealanna níos faide dá shaol tugtha aige i dtíortha fuara seachas i dtíortha teo.

Thug Pat sracfhéachaint ar an mbiachlár a bhí taobh leis ar an gcuntar, le linn do Rita a bheith ag cadráil leis. Bhí ceist le réiteach aige féin is ag Aoife maidir le béilí a sholáthar dá gcuairteoirí i rith an tsamhraidh. Ní bheadh a gcistin féin sa teach feistithe in am chun béilí a chócaráil inti do ghrúpaí, agus dá bharr sin, chaithfí socruithe eile a dhéanamh don chéad séasúr. An socrú ba shimplí ná go n-íosfadh na cuairteoirí béile san óstán trí nó ceithre thráthnóna sa tseachtain. D'fhéadfaidís dul níos faide ó bhaile na tráthnóntaí eile, go dtí an Neidín nó Baile Chaisleáin nó fiú Beanntraí, pé áit ab áisiúla don turas a bheadh déanta acu an lá céanna.

Ach bhí amhras ar Phat faoin bplean le fada, ó chaith sé féin is Aoife béile san óstán an samhradh roimhe sin. 'Anraith baile-dhéanta' breactha ar an mbiachlár, is gan déanta ag lucht an óstáin ach uisce a mheascadh leis an bpúdar cnapánach. Stiallacha fiala feola, agus iasc úr ar fáil, ach na glasraí ríbhruite agus an mhilseog chomh tirim le snaois. An gnáthriar a bhí le fáil ar fud na hÉireann, seachas sna háiteanna eisceachtúla a raibh cáil tuillte acu ar a mhalairt.

Dúirt Pat leis féin go raibh sé róluath aon cheist a thógáil le Rita maidir le socrú don samhradh. B'fhéidir go raibh bialann nó dhó sa cheantar nach raibh taighde déanta acu orthu fós. B'fhéidir go réiteofaí an fhadhb ach í a chur ar an méar fhada ar feadh scaithimh.

'Jody Nugent,' a dúirt Rita gan choinne, agus í ag briseadh trasna ar a chuid smaointe.

'Gabh mo leithscéal,' arsa Pat, 'cé hé...?'

'An fear a raibh sibh ag caint faoi tamall ó shin,' arsa Rita, 'nuair a tháinig sibh isteach ar dtús. Ní raibh mé ag cúléisteacht, an dtuigeann sibh...?'

'Jody Nugent, a dúirt tú?' Phreab an t-ainm san aer nuair a chuala Aoife á rá é. Bhí an t-ainm feicthe cheana aici, i gceann de na hailt nuachtáin faoi bhás Lelia. 'Fear le gruaig fhada, é sna tríochaidí nó mar sin? An bhfuil cónaí air ar Ros na Caillí, nó gar dó? Is amhlaidh...' Rinne sí miongháire caidreamhúil le Rita. 'Bhí fonn orm mé féin a chur in aithne dó, an dtuigeann tú?'

'B'fhearr duit a bheith ar d'airdeall, más ea,' arsa Rita. 'Mura miste leat mé á rá.'

'Cad atá i gceist agat?'

'Cad atá i gceist agam, an ea?' Rinne Rita miongháire beag lách lena custaiméirí. 'Níl i gceist agam ach an méid a dúirt mé, go mbeinn ar m'airdeall leis an bhfear áirithe a bhfuilimid ag trácht air. É féin is a chuid fiacla breátha.'

'Gabh mo leithscéal,' arsa Pat arís. 'B'fhéidir nár cheart dúinn...'

'An bhfuil cúis ar leith agat foláireamh dá shórt a thabhairt?' a d'fhiafraigh Aoife, agus í ag gearradh trasna ar a fear céile. Rinne sí a dícheall gan a thaispeáint go raibh sí ar bior. 'Táimid ag cur aithne ar dhaoine de réir a chéile, mar a thuigeann tú…'

'Ó, tuigim go breá,' arsa Rita. 'Agus b'fhearr dom féin a bheith cúramach gan mórán a rá sa chás seo, ar eagla go gcuirfí i mo leith gur fhógair mé míchlú ar an bhfear bocht.' Chuimil sí blúire deannaigh dá muinchille. 'Ar ndóigh, is iad na daoine ciontacha is mó a fhaigheann cosaint ó lucht dlí, nach ea?'

'Cén fáth go ndeir tú gur duine ciontach é?' Dúirt Aoife léi féin nár ghá di muinín iomlán a chur sa mhéid a déarfadh Rita, ach fós gur mhaith léi an t-eolas a bheith aici.

'Cén fáth, an ea?' Rinne Rita machnamh ar feadh meandair ar a ceist féin, amhail is go raibh cinneadh á dhéanamh aici ar chóir di í a fhreagairt. 'Sin ceist ab fhearr a chur ar phóilíní Shasana, b'fhéidir, ná ormsa. Ba iadsan an dream a rinne fiosrú air.'

'Fiosrú faoi céard?' Rinne Aoife iarracht gan a thabhairt faoi deara an míchompord a bhraith sí ar a fear céile. Rinne sí mongháire eile le Rita, chun a thaispeáint nach raibh ar bun ach gnáthchomhrá faoi chúrsaí an tsaoil. 'An raibh cúis ar leith acu fiosrú a dhéanamh faoin bhfear seo, Jody?'

'Go deimhin,' arsa Rita, 'ní fhéadfainn é sin a rá leat go beacht, mar nár cuireadh triail chúirte air riamh, ná níor foilsíodh scéalta móra faoi sna páipéir. Ach tháinig tuairisc faoi inár dtreo, mar sin féin.' Bhí an mongháire ar a béal siúd searbh. 'An chúis a bhí acu, is cosúil, ná go raibh bean ciaptha aige, é á leanúint go síoraí is gan focal le rá aige léi. Ní raibh de rogha aici ach cúnamh a iarraidh.'

'Ach mar a deir tú, níor cuireadh triail air riamh?'

'Nach shin a dúirt mé cheana, faoin gcosaint a bhíonn le fáil ag an dream is mó ciontacht?' D'fhill Rita a beola ar a chéile le teann déistine. 'Agus mura raibh an méid sin sách dona, bhí scéalta faoin leibide céanna níos gaire do bhaile freisin, agus b'fhéidir go bhfiosródh na Gardaí an cás, murach go raibh siad chomh gnóthach le *tax discs* agus *dog licences*. Nó *penalty points*, mar atá acu anois chun sinn a chéasadh'.

'B'fhéidir,' arsa Pat go ciúin, 'nach raibh fírinne sa scéal, agus gur éirigh póilíní Shasana as an bhfiosrú dá bharr sin?'

'B'fhéidir go bhfuil an ceart agat,' arsa bean an tí, 'agus b'fhéidir freisin go dtagann na sióga amach ag rince istoíche. Ach má bhíonn seans agaibh sibh féin a chur in aithne dó, beidh ábhar cainte eile agaibh, pé scéal é. Mar gan dabht, bhíodh cónaí ar an bhfear uasal úd sa teach breá ina bhfuil sibhse, tráth den saol.'

***

Feamainn thirim agus bruscar ildaite trí chéile, an snáth mara a d'fhág an taoide ar bharr na trá. Plandaí na farraige caite i dtír, feamainn bhuí is rua ag lobhadh go mall faoi sholas an lae. Earraí iomadúla caite i dtír mar aon léi, buidéil mhóra phlaisteacha is téada gorma báid. Dríodar a scaoil iascairí is bádóirí eile thar bord amach, ag súil go slogfadh uiscí an aigéin go tóin poill é.

'Bail ó Dhia ar an obair!' Fiachra a bhí ag druidim taobh le hAoife. Bhí mála mór dubh á líonadh aicise le bruscar. 'Nuair a bheidh an trá glanta againn, is féidir linn tabhairt faoi chiumhais an bhóthair mhóir.'

'Maith thú féin as an ócáid a eagrú,' arsa Aoife leis. Thug sí sracfhéachaint thart ar an ngrúpa a bhí cromtha chun oibre ar Thrá an Ghlaisín. Suas le scór de mhuintir na háite a tháinig le chéile chun bruscar a bhailiú sa cheantar. Bhí sí sásta gur aithin sí cuid acu. Triúr nó ceathrar tuismitheoirí ón scoil, agus Treasa, a bhí pósta le Fiachra. Bean eile, Ollónach a raibh gnó déanta cáise aici, agus fear sna seascaidí a raibh feisteas dubh air. An sagart áitiúil ón méid a thuig sí, agus cónaí air sa chéad pharóiste eile. Uair sa choicíos a dhéanfaidís an obair, de réir mar a d'fhógair Fiachra nuair a chuir sé tús leis an ócáid an tráthnóna sin.

'Ná habair é,' ar seisean. Chrom sé agus scaoil sé píosa de théad ghorm a bhí i bhfostú san fheamainn. 'Caithfimid ár ndícheall a dhéanamh, agus cé nach tránna gainimhe is mó atá againn thart ar Bhéarra, measaim gur fiú iad a choimeád glan. Ar mhaithe linn féin agus ar mhaithe leis na turasóirí.'

'Táimid ar bís chun dul ag snámh anseo,' arsa Aoife leis. 'Tógadh mé in aice na trá i mBaile Átha Cliath, agus beidh sé go hiontach do mo pháistí féin an deis chéanna a fháil.' Thug sí spléachadh trasna na trá, áit a raibh Sal is Rónán imithe ag dreapadh ar charraigeacha, nó ag caitheamh cloch san uisce. 'Ach theastaigh uaim buíochas mór a ghabháil leat freisin as fáiltiú romhainn go poiblí, mar a rinne tú ar ball. Dáiríre, chuir sé gliondar orainn, agus gan coinne againn leis.'

'Nach breá an rud é,' arsa Fiachra, 'daoine nua ag teacht i measc an phobail? Is mór an spreagadh a thugann sé dúinn, creidim.'

'Ní as Béarra duit féin, an ea?' a d'fhiafraigh sí de. 'B'in a chuala mé ó dhuine éigin, agus más ea, b'fhéidir go dtuigeann tú dúinne agus muid ag iarraidh socrú síos san áit? Muid cosúil leis an dríodar a thagann i dtír gan chuireadh, b'fhéidir!'

'Ná habair a leithéid,' arsa a compánach, agus é á dhíriú féin taobh léi. Bhí an príomhoide dathúil tráth den saol, a dúirt Aoife léi féin. Thug sí faoi deara arís chomh geal, gorm is a bhí a chuid súl. Sea, bhí sé dathúil agus dea-dhéanta, agus bealach éisteachta aige a thaispeánadh i gcónaí go raibh suim ar leith aige sa rud a bhí á rá leis. 'Tá an ceart agat nach as an gceantar mé', ar seisean, 'mar is amhlaidh a tháinig mé abhus ó lár tíre.' Rinne sé miongháire léi. 'Ach is fada an lá ó tharla sin, agus bhí an t-ádh orm pósadh anseo agus fréamhacha a chur síos.'

'N'fheadar an raibh aithne agat ar na daoine a bhí ina gcónaí sa teach ina bhfuilimidne anois?' Bhí súil ag Aoife nach raibh an cheist róleochaileach, mar a bhí ceisteanna áirithe a chuir sí cheana ar Fhiachra. 'De réir mar a thuigim, níorbh iad muintir Osbourne amháin a bhí lonnaithe ann, agus chuala mé scéal éigin go raibh trioblóid le duine eile a lonnaigh ann?'

'Chuala tú cuid den fhírinne, is dócha.' Scrúdaigh Fiachra na clocha duirlinge faoina chosa, agus chrom sé chun píosa de ghloine bhriste a thógáil go cúramach. 'Ba dhuine fial, flaithiúil í Marcella Osbourne, go háirithe, ach is oth liom a rá go raibh bligeard amháin, ar a laghad, ina chónaí faoin díon céanna, tráth den saol.'

'Cad atá i gceist agat le bligeard?' Bhí Aoife ag póirseáil ina mála dubh, chun rud éigin a chlúdódh an ghloine bhriste a aimsiú, ach stop sí go tobann chun a haird a thabhairt dá compánach. 'An miste leat má chuirim an cheist, ach tá cúis agam…' Chuir sí moill d'aon ghnó ar a cuid cainte. 'An bhféadfainn fiafraí díot an bhfuil tú ag trácht ar Jody Nugent?'

Bhí Fiachra ar a ghogaide ar an talamh, agus píosaí eile gloine á scagadh aige ón duirling. D'fhéach seisean suas uirthi, agus iontas air. 'Jody, a deir tú? Ó, nílim ag trácht ar Jody in aon chor. Ó, ní hea, agus go maithe Dia dom locht a fháil ar éinne, ach ba mheasa i bhfad ná Jody bocht an té atá i gceist agamsa.'

'Cérbh é, mar sin, nó cad a rinne sé a chuir olc chomh mór sin ar dhaoine?'

'Séard a rinne sé,' arsa Fiachra, 'ná a chuid drochnósanna a scaipeadh i measc daoine óga thart ar an nGlaisín. É féin is a chairde gan mhaith, iad ag dul do dhrugaí is ní fios cad eile.' D'aimsigh sé scrogall an bhuidéil bhriste istigh faoi dhos feamainne, agus chlúdaigh sé é leis an bpleaisteach a shín Aoife chuige. Bhí a ghuth séimh, ach bhí nimh le cloisint ag Aoife ann freisin. 'An bligeard

Huggaird, b'in an t-ainm a bhaist cúpla duine ar an bhfear atá i gceist agam.'

'Agus conas a tharla go raibh cónaí air le muintir Osbourne? Thuig mise go raibh bean éigin ina cónaí sa teach freisin, a raibh fadhbanna éigin ag baint léi? Ón méid a deir tú, bhí an mí-ádh ar mhuintir an tí?'

'D'fhéadfá a rá go raibh, agus ba bheag an buíochas a fuair siad riamh.' Chuimil Fiachra a lámha ar a chéile, chun pé salachar a bhí greamaithe leo a ghlanadh. 'Séard a tharla ná go raibh bean tí fostaithe ag Marcella ar feadh na mblianta, agus gur tugadh lóistín sa teach s'agaibhse dá clann, muintir Huggaird. Ní raibh aithne agam féin ar Bhean Huggaird, ach creidim go raibh saol crua aici, mar gur thréig a fear céile í. Bean lách, a dúradh, ach nach raibh mórán smachta aici ar a clann.' Chas Fiachra agus bheannaigh sé do bhean a bhí ag teacht ina dtreo. Cáit Uí Dhonnabháin, a raibh an siopa is an teach tábhairne sa sráidbhaile faoina stiúir. Bhí mála mór bruscair á iompar aici, agus saothar anála uirthi, de réir dealraimh. 'Buíochas le Dia,' a thosaigh Fiachra arís le hAoife, 'is fada an lá ó chonaiceamar éinne…'

'Tugadh an talamh ar chúl an tí s'againne do bhean éigin,' arsa Aoife, agus í ag gearradh trasna air. Ba léir go raibh Fiachra ar tí críoch a chur lena gcomhrá. 'An amhlaidh gur dhuine de mhuintir Huggaird í siúd, más ea?'

'Is amhlaidh,' ar seisean. 'Ach is leor sin den tseanstair anois.' Rinne sé miongháire le hAoife go tobann, a las a cheannaithe. Dá mbeinn deich mbliana níos sine, a dúirt sí léi féin, d'fhéadfainn a shamhlú go meallfadh sé mé. Tá a ghuth níos boige agus níos séimhe fiú ná mar atá guth Mhattie.

'A Chríost na bhflaitheas, ach táimid inár sclábhaithe agat!' Bhí snaidhm déanta ag Cáit sa mhála mór bruscair, agus leag sí ar an talamh é in aice le Fiachra. D'fhéach sí go croíúil ar Aoife. 'Táim á rá leat, ní foláir dúinn a bheith ar ár n-airdeall leis an bhfear seo! Ní sa seomra ranga amháin a bhíonn daoine á stiúradh aige.'

Rinne Aoife gáire léi, agus í ag féachaint síos ar a mála leathlíonta féin. 'A dhiabhail, beidh díomá air liomsa, mar sin, mar go bhfuilim á choimeád ag caint seachas a bheith ag obair go crua mar a bhí tusa.' Bhí cúpla comhrá déanta aici istigh i siopa Uí Dhonnabháin le Cáit, agus d'airigh sí gur réitigh sí go maith leis an mbean eile. Bhí Cáit roinnt blianta níos óige ná í féin, í bríomhar, cainteach leis na custaiméirí i gcónaí. Tharraing sise siar a folt gruaige, a bhí fada agus catach, agus chuimil sí a héadan arís.

'Tá buidéal uisce agam anseo in áit éigin,' arsa Aoife léi 'dá mba mhaith leat braon de a ól tar éis do chuid saothair? Féach, taobh thiar díot atá sé, le taobh na carraige sin.'

'Go raibh céad maith agat,' arsa Cáit, agus í ag cromadh chun an buidéal a thógáil. Bhí sí trom, toirtiúil, agus ba léir d'Aoife freisin go raibh sí grástúil, sa tslí ar shocraigh sí í féin ar charraig íseal. 'Tá súil agam go dtiocfaidh tú féin is d'fhear céile isteach chugainn sa bheár oíche éigin, is gur féidir liom deoch níos láidre ná an ceann seo a thairiscint daoibh. Thugamar faoi deara nár leagamar súil oraibh fós!'

'Ba bhreá linn bualadh isteach,' arsa Aoife. 'Ach is dócha go bhfuilimid cúthaileach, agus go bhfuil sé sin ag cur moille orainn.'

'Aithním an chúthail ortsa, ceart go leor!' arsa a compánach, 'pé rud faoi d'fhear céile breá.' Shín Cáit an buidéal uisce chuig Aoife. Bhí Fiachra tar éis druidim píosa uathu, agus mála Cháit á iompar aige i dtreo an chasáin ar imeall na trá. 'Caithfidh tú a thuiscint,' arsa Cáit, 'cé chomh fiosrach is atáimid fúibh, tar éis go rabhamar ag feitheamh ar feadh na mblianta go ndíolfaí bhur dteach. Bhí gach aon sórt pleananna luaite leis, tá's agat.'

'Cén sórt pleananna? Tá's againn go raibh cúpla duine san iomaíocht linn chun é a cheannach, agus táimidne ar bís le fiosracht faoi cérbh iad siúd, nó cad a bhí ar intinn acu a dhéanamh leis an teach?'

'Ní haon rún é go raibh dream áitiúil ag cur suime ann,' arsa Cáit. Chlaon sí a cloigeann i dtreo an óstáin. 'Níorbh é an teach amháin a bhí uathu, ach an talamh mórthimpeall air freisin, má chuala mé an scéal i gceart.'

'Theastaigh ó Rita seilbh a fháil air?' Nuair a d'fhéach Aoife sa treo céanna lena compánach, chonaic sí Sal píosa uaithi, agus í ag comharthú ar a máthair. 'Ach cad chuige? Nach bhfuil teach aici féin taobh leis an óstán? An raibh sí ag smaoineamh ar óstán beag a oscailt thuas san áit s'againne?'

'N'fheadar go baileach, mar bhí cúpla duine a dúirt nárbh é a cuid airgid féin a bhí sí chun a chaitheamh air, ach airgead a cara, Pius. An scéal a chuaigh timpeall ná go raibh siad ag cuimhneamh ar theach altranais a oscailt.' Rinne Cáit gáire croíúil, agus bun a treabhsair á fhilleadh aici. 'Beidh a leithéid ag teastáil uainn go léir lá éigin, a chailín, nuair a bheimid cromtha ar na *zimmer frames*!'

'A dhiabhail, is dócha go mbeidh! Sinn inár suí le hais an bhalla i gceann de na *dayrooms* móra sin, agus na banaltraí ár líonadh le piollairí suain chun smacht a choimeád orainn!' Chuir Aoife strainc uirthi féin, agus comhartha á dhéanamh aici san aer le Sal ag an am céanna, chun tabhairt ar a hiníon teacht chomh fada léi. 'Ach is dócha go bhfuil sé éasca a bheith ag magadh, agus ní rófhada ó chuid againn an lá sin, faraor. Ach ná bac sin, mar táim lán d'fhiosracht faoin teach. Cén plean eile a bhí á lua leis?'

'Dhera, n'fheadar. Bhí caint ar fhoraoiseacht is ní fios cad eile. Bhí cúpla duine istigh ag an gcuntar agam féin a cheap go ndéanfadh sé *hostel* breá do dhream bocht *asylum-seekers*. Rud a dhéanfadh, b'fhéidir, mura mbeimis chomh fada ar shiúl ó bhailte is ó chathracha na tíre.'

Tháinig Sal ag rith go dtí a máthair, agus scéal éigin aici faoi Rónán. Bhí seisean ag gearán nach raibh faic le déanamh aige agus go raibh sé préachta, fuar amuigh ar an trá. D'éirigh Aoife chun dul á lorg, leathshnaidhm á cur aici sa mhála dubh, chun é a iompar go dtí an carnán a bhí déanta ag Fiachra.

'Ach tá tú cinnte go raibh Pius ag cur spéise ann?' a d'fhiafraigh sí.

'Ní thabharfainn an leabhar air,' arsa Cáit, agus í ag éirí óna suíochán ar an gcarraig. 'Ach measaim go mbíonn a shúil ag Pius ar gach stráice beag talún sa dúiche. Agus is cuimhin liom anois an gnó eile a bhí luaite leis an áit. *Holiday homes*, gan amhras, mar go mbeadh an gort sin ar bhur gcúl breá oiriúnach dá leithéid. Is fearr duit a bheith ag faire ar na fógraí faoi chead pleanála, sula dtagann na *diggers* ag tochailt!'

Shiúil Aoife go mall i dtreo na gcarraigeacha ar thaobh na trá, agus slán fágtha tamall aici le Cáit. Bhí léasanna boga solais ag briseadh trí bhrat na scamall, iad ag rince anseo is ansiúd ar chúr na dtonnta. Bhí stríoc gléigeal mar líne deighilte idir muir is spéir, agus dath dorcha corcra ar an bhfarraige luascach. Péintéireacht bheo an nádúir á nochtadh féin de shíor, beag beann ar imeachtaí suaracha na ndaoine a raibh cónaí orthu cois cladaigh.

D'fhéach sí siar ar an ngrúpa beag a bhí ag saothrú go fóill ar an duirling, agus isteach i dtreo na gcnocán intíre, áit a raibh nead nua á tógáil aici féin is a clann. Strainséirí a bhí iontu, a dúirt sí léi féin, agus b'amhlaidh a bheadh go ceann tamaill eile, cuma cén fháilte a chuirfí rompu sa Ghlaisín. Agus mar strainséirí, ba dheacair dóibh na plandaí a aithint ón mbruscar, nó fios a bheith acu cé acu ráfla a raibh bunús leis, agus cé acu nach raibh ann ach scéal scéil?

* * *

Tráthnóna sa bhaile cois tine. Seanadhmad sa tinteán ag brioscarnach go meidhreach de réir mar a rug an teas greim air. Solas buí teolaí sa seomra, lampa boird amháin lasta, agus cuirtíní nua in airde, iad dúnta in aghaidh an duibheagáin lasmuigh.

Mattie ina shuí ar an urlár, a dhroim le tolg agus imlíne a éadain lasta ag gile na tine ar a chúl. Gloine fíona ina lámh aige. Níos luaithe sa lá, glaoch faighte aige óna bhean chéile, Susan, á rá go raibh turas oibre á thabhairt aici thar oíche, socrú práinneach nach raibh aon dul as aici. Cuireadh tobann ó Aoife do Mhattie, fanacht agus béile a ithe léi féin is le Pat, cúpla deoch a roinnt, lóistín a ghlacadh i gceann de na seomraí leathchóirithe ionas nár ghá dó a bheith buartha faoin tiomáint. Tráthnóna Aoine, agus deireadh seachtaine saoire na Bealtaine rompu. Trí sheachtain caite ag an teaghlach sa teach, agus deis acu ceiliúradh beag a dhéanamh ar an méid a bhí curtha i gcrích go dtí sin.

Ghlac Mattie go fonnmhar leis an gcuireadh. Ní raibh ach cúpla lá oibre eile le déanamh aige sula mbeadh críoch ar an obair leictreoireachta. Seans nach mbeadh leithscéal aige filleadh ar an teach ina dhiaidh sin, a dúirt sé, go dtí go mbeadh *Opening Night* ar siúl acu, agus ticéad faighte aige féin, dá mbeadh an t-ádh leis, don *front row*.

I rith an bhéile, bhí comhrá gealgháireach ar siúl acu faoin ainm ba chóir a bhaisteadh ar ghnó na siúlóidí. Moltaí áiféiseacha ag Mattie, moltaí níos ciallmhaire ag Aoife. Pat amhrasach faoi go leor acu, Sal ag diúltú do gach aon cheann. Rónán tostach, in ainneoin iarrachtaí éagsúla é a mhealladh le páirt a ghlacadh sa chaint.

'Stró is Só' ceann amháin de na moltaí a chuir ag gáire iad. 'Só Sóch' a lean sin. 'Suan Cois Cuain' ceann eile, agus 'Dua Cois Cuain' mar mhalairt air. 'Fána Géar an Lae'. 'Cos Is Bolg', seachas 'Cos Ar Bolg'.

Níor tháinig siad ar aon réiteach, ar ndóigh, cé go raibh 'Siúlach Scéalach' mar rogha na coitiantachta acu ar deireadh. Agus bhí a fhios ag Pat is Aoife go mbeadh orthu ainm a roghnú go luath. Bhí tús na Bealtaine ann agus bhí sé i bhfad ródhéanach dóibh aon fhógraíocht a dhéanamh trí na móreagraíochtaí turasóireachta. An plean a bhí acu ná go n-ullmhódh Pat suíomh idirlín, is go mbeidís ag brath air sin don chéad séasúr. Mí Iúil is mí Lúnasa amháin a bheadh i gceist, gach seans. D'fhéadfaidís an scéal a scaipeadh i measc a lucht aitheantais freisin. Séasúr trialach a bheadh ann, agus na praghsanna an-réasúnta dá réir.

Ach fós, bheadh sé riachtanach na cinní cearta a dhéanamh ón tús. Stíl agus compord as an ngnáth a bheith sa teach, teolaíocht don cholainn agus taitneamh don tsúil. Siúlóidí fuinniúla, spéisiúla, mar aon le soláthar saineolais faoin stair is faoin dúlra. Béilí blasta agus comhluadar croíúil sna tráthnóntaí. Plé is pleanáil, agus tráth na cinniúna ag druidim leo i gcónaí. Ach tráthnóna Aoine mar a bhí á chaitheamh acu, d'airigh Aoife dearfach faoin ngnó.

Mattie a mhol an tine a lasadh, ó tharla carnán mór adhmaid ag méadú sa chlós de réir mar a lean an obair ar an teach. An dara buidéal fíona oscailte is leathólta. Pat imithe in airde staighre leis na páistí. Tá brón orm, a dúirt sé le Mattie, ach nílim cinnte go bhfeicfidh mé arís anocht tú. Má airím róthuirseach faoin am a bheidh scéal léite agam do Rónán, seans nach dtiocfaidh mé anuas ina dhiaidh.

Mattie ag caint ar na blianta a chaith sé i Nua Eabhrac is i Philadelphia. Aoife á cheistiú, agus í ag faire ag an am céanna ar an tslí ar labhair sé, an splanc rógaireachta ina shúile, an gáire réidh lena bhéal. An chorraíl chéanna sin, a d'airigh sí inti féin cheana, á cigilt.

Í ag iarraidh a thuiscint cén fáth gur airigh sí meallta aige, fad a bhí bolgaim fíona á slogadh aici. Bhí a smig róbhog faoina fhéasóg, agus a aghaidh pas cnapánach, ar shlí éigin. Ach bhí a ghlór ar nós srutháin ag sileadh ar chlocha lá samhraidh. Agus bhí éadroime éigin ag baint leis mar dhuine, rinciúlacht spleodrach.

An trioblóid le Pat, a dúirt Aoife léi féin, ná go raibh sé ró-scoite ó dhaoine. Cinnte, ba bhreá léi an ciúnas úd a bhí istigh ina lár, fiú nuair a bhíodh sé gealgháireach, cainteach. Rud nach mbíodh mórán le tamall. Agus ní thaispeánadh sé sách minic go raibh gá aige le héinne eile. Ní thaispeánadh sé aon rud formhór an ama.

Thug sí faoi deara conas mar a chuimil Mattie droim a láimhe lena fhéasóg, le linn dó a bheith ag caint. Bhí a mhéara fada, agus cé go raibh siad cnapánach dála a cheannaithe, ba léir di go raibh éadroime is íogaireacht iontu. Shamhlaigh sí conas mar a d'aireodh sí dá dteagmhódh a cuid méaracha lena chuidse. Nó dá bhféachfadh sí go socair sna súile air, gan focal á rá ag ceachtar acu.

Níor mheas sí riamh gurbh ionann a bheith pósta is gan mealladh na bhfear a bhrath seachas a fear céile. Bhí sé tarlaithe cúpla uair, i rith na mblianta ó casadh Pat uirthi, gur lean sí fir eile lena súile is lena smaointe. Ní raibh aon dochar ann, a deireadh sí léi féin, nuair a thuig sí nach raibh ann ach éalú seal ó chúraimí an ghnáthshaoil. Níorbh ionann mealladh agus grá, dar léi, an grá docht sin a bhí mar chúltaca aici féin is ag Pat, pé deacrachtaí a bhí acu lena chéile ó lá go lá. Grá a bhí chomh fite lena saol go raibh sé éasca neamhaird a dhéanamh de.

Tharraing sí a cosa fúithi ar an urlár, agus d'airigh sí an fíon bog dearg ag snámh go súgach trína colainn. Chuirfeadh sí smacht go luath ar an gcorraíl a bhí ag preabarnaíl istigh ina cuid féitheacha. D'fhéadfadh sí pléisiúr soineanta a bhaint as go ceann tamaill. Rud sealadach a bhí ann, ar nós an alcóil, a bhféadfaí sásamh a bhaint as gan dul thar fóir leis nó éirí tugtha ar fad dó.

Thuas staighre, bhí Pat ar a dhícheall ag iarraidh dul a chodladh. Bhí sé tuirseach, mar a bhí ráite aige le hAoife is le Mattie, ach ní raibh sé suaimhneach ina intinn. Bhí a shúile dúnta aige agus é ina luí faoin bpluid leapa, ach bhí smaointe fánacha ag feitheamh sa dorchadas air, iad ag léim amach ó phóirsí a intinne is ag geáitsíocht go fánach a chomhair.

B'fhéidir nach raibh an ceart aige dul a luí go luath, a dúirt sé leis féin. É ag éalú ó chomhluadar is ó chaint. Ba chóir dó a bheith níos cairdiúla, aithne a chur ar dhaoine ar nós Mattie, daoine áitiúla. Bheadh díomá ar Aoife leis. Ní déarfadh sí amach é, ach d'fheicfeadh sé ina súile é.

Chuir sé an solas cois leapa ar siúl, agus tharraing sé chuige leabhar. Éalú intinne ar thuras go dtí sléibhte sneachtúla i gcéin. Ach bhí na focail ag léim os a chomhair, agus leag sé an leabhar i leataobh tar éis meandair. Thug sé sracfhéachaint ar an gclog. Meán oíche, b'in an méid. B'fhéidir gur cheart dó éirí as an leaba agus dul síos an staighre. Gloine fíona a ól mar a dhéanfadh éinne eile, agus ligean air go raibh sé ar a shuaimhneas.

Níor chorraigh sé ar feadh tamaill, ach é ag féachaint in airde ar an seomra mór lom ina thimpeall. Níor airigh sé sa bhaile sa Ghlaisín, b'in an fhírinne. Bhí sé ar nós aisteora, dar leis, a raibh a chuid línte foghlamtha aige, ach nár chreid sa charachtar a bhí á léiriú aige sa dráma. Ba chóir go mbeadh gliondar air a bheith amuigh faoin aer gach lá, agus sléibhte is farraige ina thimpeall. Bhí sé dóchasach roimh ré gur mar sin a bheadh. Agus chonaic sé an áilleacht, bhlais sé an t-aer úr, chuala sé na héin sa ghairdín. Díreach mar ba chóir, ach gur airigh sé deighilte amach ó na rudaí sin, amhail is gur thaispeántas ar stáitse a bhí iontu.

Thuig sé do Rónán, agus é doicheallach faoi dhul ar scoil nua. Bhíodh greim láimhe docht ag a mhac air gach maidin go dtí gur shroich siad geata na scoile, seachas a bheith ag pocléimneach roimhe mar a dhéanadh sé i mBaile Átha Cliath.

Ach bhí sé ródhéanach dul siar anois, a dúirt sé leis féin. Bhí an ceart aige labhairt amach i bhfad ó shin. Moill a chur ar an bplean, ar a laghad, nó saoire trí mhí a thabhairt sa cheantar sula ndíolfaí a dteach i mBaile Átha Cliath. Ach réab fuinneamh Aoife gach a raibh roimpi, agus ghéill sé dá díograis. Scaoil sé thairis pé deis a bhí aige labhairt amach, agus ní raibh le déanamh anois ach feitheamh go foighneach go dtí go dtiocfadh feabhas ar an scéal.

Ba chóir dó labhairt léi faoi rud eile, áfach. Bhí an fear úd a raibh sí buartha faoi feicthe aige féin, cúpla lá sular bhain sé geit as Aoife ag an bhfuinneog. Jody, an fear a raibh scéal éigin ag Rita san óstán faoi. Am tae a bhí ann, nuair a chuaigh Pat féin amach sa chúlghairdín. Chonaic sé gluaiseacht éigin gar don seanscioból a bhí idir an gairdín agus an gort. Bhí sceacha geala ag fás le taobh an sciobóil, agus nuair a shiúil sé i dtreo an gheata briste, chonacthas dó go raibh duine éigin ar chúl na sceach. Beagán ina dhiaidh sin, chonaic sé Jody thuas ar an gcnocán, agus é ag faire i dtreo an tí.

Trioblóid is míshuaimhneas. Seans nach raibh aon dochar ar intinn ag an bhfear, ach go raibh sé ag faire ar an radharc tíre is farraige, seachas ar an teach. B'fhearr dó féin dul a chodladh, arsa Pat leis féin, seachas a bheith á chrá féin. Dá dtiocfadh Aoife a luí, d'fhéadfadh sé socrú síos. Bhí tráthnóna fada á chaitheamh aici le Mattie, agus ba léir gur réitigh sí go maith leis. Duine cairdiúil, cuiditheach, ach é beagán róshoiniciúil, dar le Pat. Soiniciúil nó éadomhain, ní raibh sé cinnte cé acu.

Thíos staighre, bhí an tríú buidéal fíona á oscailt. Ní ólfaidís ach gloine amháin de, a dúirt Aoife le Mattie. Gloine amháin, agus ansin rachadh sí a luí go cinnte.

A luí le m'fhear céile inár leaba féin, a mheabhraigh sí di féin. Cá bhfios di, ar aon nós, cad a d'airigh Mattie fúithi féin. Í ag samhlú cad a tharlódh dá sleamhnóidís beirt isteach i gceann de na seomraí codlata iomadúla ar an taobh thall den teach. Ní raibh tuairim aici cén saol pósta a bhí aige, mar nach raibh mórán ráite aige faoina bhean chéile. Agus ní raibh ann ach óinsiúlacht, a bheith fiosrach faoi. Í ina sciotarálaí déagóra, amhail is go raibh sí i lúb an ghrá den chéad uair.

Éirigh as, a d'ordaigh Aoife di féin. Gloine amháin eile, agus bheadh ciall aici lá arna mhárach. Labhairt le Mattie faoi scéal Lelia, b'in a bhí i gcúl a hintinne níos luaithe, ach go raibh sí i ngreim ag smaointe áiféiseacha. A haird aici ar na seomraí codlata móra folmha a bhí os a gcionn.

'Caithfidh gur cheistigh na Gardaí tú?' a d'fhiafraigh sí de. 'Más amhlaidh go raibh tú i láthair ag an mbainis úd san óstán, an oíche a fuair Lelia Ní Dhubháin bás?'

'Ceistíodh, a chailín, agus ceistíodh a lán daoine.' Dhírigh Mattie a dhroim i gcoinne an toilg. Bhí lasracha na tine ag léim is ag rince ar a chúl. 'Ach ní raibh mise ná go leor eile sa chomhluadar ábalta mórán a insint dóibh, mar gan dabht, bhíomar caochta, sínte, ar dearg-mheisce faoin am ar fhág Lelia bhocht an áit. Dhera, ní foláir ná gur thosaíomar roimh mheán lae is nach raibh cos fúinn faoi mheán oíche.' Rinne sé miongháire réchúiseach léi. 'Leaids óga díchéillí, tá's agat, ach mar a fheiceann tú, tháinig athrú ar mo shaol ó shin, is diúltaím do gach deoir!'

Bhí cathú ar Aoife síneadh ina threo agus braon eile a dhoirteadh dó ón mbuidéal. Ach choimeád sí greim theann ar a gloine féin, agus í ag iarraidh díriú ar an scéal.

'Agus cén sórt ceisteanna a cuireadh oraibh? Caithfidh go raibh amhras ar na Gardaí faoi staid intinne Lelia, nó cad a thug uirthi dul amach go dtí an Gob, mar a dúirt tú féin cheana?

'Is dócha go raibh an t-amhras sin orthu.' Chuimil Mattie barr a mhéara lena fhéasóg. 'An amhlaidh go ndeachaigh sí ann chun í féin a chaitheamh den fhaill, sin é atá i gceist agat, nach ea? Agus má rinne, an raibh leidí le fáil roimh ré ina thaobh?'

D'fhan Aoife go bhfreagródh a cuairteoir a chuid ceisteanna féin.

'Ar ndóigh, níor labhair daoine os ard sna laethanta sin ar dhaoine ag cur lámh ina mbás féin. Ach ba bheag duine a raibh aithne acu ar Lelia a shamhlódh é.'

'Cén fáth? Cá bhfios d'éinne againn cad tá ar a n-intinn ag daoine eile?.' Tháinig beagán luisne ar Aoife agus í ag caint. Rith sé léi nárbh fhéidir léi a admháil do Mhattie cad é a bhí ag imirt ar a hintinn féin i rith an tráthnóna. 'Ach is léir gur ghlac na Gardaí leis gur thimpiste a bhí ann?'

'Ghlac, agus an Coiste Cróinéara ina dhiaidh sin. Ba dhuine í Lelia a bhí dearfach inti féin i gcónaí. Chonaic tú féin an grianghraf di ar an nuachtán, agus d'aithneofá sin ina cuid súl. Thaitin sé léi dul sa seans, déarfainn, agus theastaigh uaithi blaiseadh den saol.'

'Cén aithne a bhí agat féin uirthi? Mheas mé go ndúirt tú nach raibh mórán?'

Ar Mhattie a tháinig luisne an uair seo, agus é á freagairt go mall.

'*Okay*, abraimis mar seo é,' ar seisean. 'Bhí fonn orm aithne níos fearr a chur uirthi, ach ní raibh an fonn céanna uirthi siúd. Bhí mise ró-óg is ró-amaideach di, ba chosúil.' D'fhéach Mattie sna súile ar a chompánach, agus lig sí leis an gciúnas a lean an fhéachaint sin. 'Ach ní raibh mé i m'aonar,' ar seisean tar éis meandair fhada. 'Bhí leath an bhaile ina diaidh, déarfainn. Plúr na mban, mar a deirtear sna hamhráin, agus í i mbláth na hóige.'

An uair seo, ghéill Aoife don chathú a lámh a shíneadh go dtí an buidéal a bhí eatarthu ar an urlár. Dhoirt sí slogadh fial sna gloiní. Bhí sé rómhall, a dúirt sí léi féin, a bheith buartha faoin méid a bhí á ól acu.

'Cé a bhí mar chairde aici?' a d'fhiafraigh sí ar ball. 'Ní raibh sí ina cónaí sa Ghlaisín ach sé mhí, ón méid a thuigim?'

'N'fheadar anois. Duine nó beirt de na múinteoirí sa scoil, is dócha. Bhí bean óg eile ann ag an am, measaim.' Ba chosúil nach raibh Mattie ag díriú a aird ar fad ar a gcuid cainte ach oiread. Chaith sé cúpla nóiméad ag féachaint ar loinnir bhog an ghríosaigh sa tinteán, sular lean sé. 'Bhí dream eile a raibh sí mór leo, creidim, ar feadh tamaill sular cailleadh í. Dream a bhíodh ag teacht lena chéile thuas anseo sna cnoic, i gcarbháin a bhí ag cúpla duine acu. Áit darb ainm di an Cuas Crochta, n'fheadar an bhfuil eolas agat air?'

'Cérbh iad féin? Áit iargúlta go leor í sin, nach ea?'

'Cúpla *hippies* nó *crusties* de chuid na linne a bhí iontu. Dream óg a tháinig anall as Sasana chun éalú ó *regime* Thatcher is eile, mar a rinne go leor eile an tráth sin. Bhí cúpla duine ón áit ina measc freisin. Ní raibh aon dochar iontu, dar liom féin, nó má bhí, an dochar ná nach bhfuair mé cuireadh a bheith ina gcomhluadar. Mar bhíodh deatach draíochta san aer sna charabháin, an dtuigeann tú, agus gan dabht, bhí boladh an deataigh sin mealltach…' Stop Mattie go tobann, agus chaith sé a shúile in airde. 'Ach tá dearmad déanta anois agam cén cheist a chuir tú orm, nó conas mar a thosaigh mé air seo?'

Bhris gáire ar Aoife. Bheadh an t-ádh uirthi féin dá gcoimeádfadh sí ina cuimhne an méid a bhí á insint di.

'A dhiabhail, nach maith an rud é nach bhfuil an stuif úd á chaitheamh againn anocht, mar bharr ar gach olc! Ach caithfidh mé a rá nár thaitin an *dope* céanna mórán liom féin, nuair a bhain mé triail as i bhfad ó shin.' Thóg sí a gloine san aer, agus d'fhéach sí ar an leacht dearg ann, agus solas geal na tine ag lasadh tríd. 'Cad faoi na scéalta úd a chloistear ó am go chéile faoi sholáthairtí drugaí, ó tharla go bhfuilimid ag trácht orthu? Tá's agat, báid ag teacht i dtír i gcuanta iargúlta, agus iad lán go béal le hash nó cocaine nó pé rud. An finscéal é go dtarlaíonn a leithéid, nó céard?'

'Ó, ní hea, in aon chor. Is scéal seanchaite é, gan dabht, ach cloisimid caint ar a leithéid go rialta.'

'Bhfuil tú i ndáiríre? Ón méid a fheicimse, is cuid den tionscal oidhreachta é anois, go ndéantar ceiliúradh sna hionaid chuairteoirí ar thraidisiún ársa an smuigleála. An branda a thagadh i dtír san ochtú haois déag, agus an gnó sin ar fad. Ach táimse ag caint ar an lá inniu, seachas fiú fiche bliain ó shin?

'Nach shin é atá á rá agam leat? An bád seo nó siúd a chonacthas is nár aithin éinne. *Suspicious movements* agus *reported sightings*.' Leath gáire diabhlaíoch ar Mhattie. 'Ar ndóigh, cá bhfios dúinn go mbíonn drugaí ar bord ag go leor acu? B'fhéidir, a chailín, go mbíonn na báid ag cur thar maoil le hairgead tirim, agus *repatriations* ar siúl ag lucht an rachmais óna gcuid *offshore accounts*? Nó cad faoi do chara mór, Pius, a bhfuil cónaí air cois cósta, cá bhfios dúinn nach bhfuil *harem* aigesean, agus cailíní óga ag teacht i dtír chuige go rialta?'

'Is fíor go ndúirt tú liom cheana go raibh sé ceanúil ar na mná.'

'Bhí sé ceanúil orthu siúd a raibh na *dimensions* cearta orthu, pé scéal é, mar is cuimhin liom cúpla *leggy blondes* a fheiceáil ina chomhluadar blianta ó shin.' Bhí splanc na diabhlaíochta ag glinniúint fós i súile Mhattie. 'Ach déarfainn go raibh a súil ag mo chol seisear Rita air le fada freisin, fiú nuair a bhí Doiminic bocht fós ar an saol.'

Ní dúirt Aoife aon rud ar feadh tamaill. Bhí a cuid smaointe ag gluaiseacht anonn is anall go bog, súgach, mar a bhí na scáileanna móra dubha a lean í féin is Mattie ar fud an tseomra. Scáileanna a bhí soiléir nó doiléir de réir mar a chorragh siad beirt. Bhí a fhios aici go raibh sé in am dul a luí. In am dul a chodladh. Ní raibh ann ach go raibh sé deacair an cinneadh a dhéanamh éirí ina seasamh agus scaoileadh leis an tráthnóna.

'Ach bhfuil a fhios agat rud eile a gcuimhním air?' arsa Mattie go tobann. 'Fuarthas soláthar mór cannabais thart ar an am a fuair Lelia bás. Ní anseo sa Ghlaisín, ach ar an mbóthar ón Neidín go dtí an Gleann Garbh, measaim. Istigh i veain a bhí sé. Tamall roimh bhás Lelia, b'fhéidir, a tharla sé. Ach chuir na Gardaí suim ar leith ann, toisc…' Chuaigh a stealladh cainte i léig ar Mhattie. 'Fan go bhfeice mé anois, bhí ceangal aige leis an iniúchadh a rinne siad anseo, táim deimhin de, ach tá sé ag sleamhnú uaim arís…'

'Ceangal idir an soláthar cannabais agus bás Lelia? An raibh baint aige leis na *crusties* a raibh tú ag caint orthu, thuas sa Chuas Crochta?'

'Tá a ainm ar bharr mo theanga agam,' arsa Mattie. Thaosc sé an ghloine, agus bhain sé searradh as féin. 'Ainm an té a raibh amhras ar na Gardaí faoi. Tá an ceart agat faoin gCuas, ach amháin… *Okay*, rud amháin san am, más féidir liom *orderly line-up* éigin a dhéanamh ar an scéal. Sea, fuarthas an soláthar úd sa veain, mar a dúirt mé. Agus nuair a cuardaíodh teach Lelia, séard a fuarthas ansin ná cúpla bata cannabais, iad réidh, rolláilte le caitheamh. Agus bhí méarloirg ar na bataí céanna. *So, put two and two together*, agus cad atá agat ach gur cheap na Gardaí gurbh é an duine céanna a bhí freagrach sa dá chás.'

'Agus cérbh é an duine sin?'

'Scaoil liom, agus 'neosfaidh mé duit é.' Tharraing Mattie é féin ina shuí ar shuíochán an toilg, agus dianmhachnamh á dhéanamh aige. 'Dónall, gan dabht. Sea, bhí a fhios agam go n-aimseoinn a ainm i gcúinne dorcha éigin de m'inchinn. Dónall Huggaird, b'in an fear ba mhó a cheistigh na Gardaí ar deireadh. Agus ar ndóigh, bhí cónaí ar Dhónall anseo sa teach tráth den saol, agus lena chois sin, bhí sé mór le Lelia.'

'Ach ar cruthaíodh aon rud ina choinne? Nó fiú má cruthaíodh go raibh sé ag smuigleáil cannabais, cén bhaint a bheadh aige sin le bás Lelia, ar aon nós?'

'Níor cruthaíodh faic na fríde. Agus a bhean álainn, mar a déarfadh do chara Pius pápach naofa, ní fhéadfainn a rá leat an raibh aon ní le cruthú ach oiread. Ná ní fhéadfainn cruacheist ar bith eile a fhreagairt ach oiread, leis an mearbhall atá curtha agat orm is tú ag doirteadh fíona i mo scornach ar feadh an tráthnóna.'

***

D'fhan Aoife ina staic san áit a raibh sí. Bhí láimhíní garraíodóireachta uirthi, agus í ag baint fiailí sa chúlghairdín. Fiailí móra a bhí ag méadú in aghaidh an lae le seachtain nó dhó anuas, ba chosúil, agus iad ag sárú ar na plandaí boga a chuir sí os comhair an chlaí fiúise. Sheas sí ina measc, gan corraí aisti. Mhothaigh sí, gan casadh thart, go raibh duine eile sa ghairdín, duine éigin, seans, nach bhfaca í féin istigh i measc na sceach is na gcrann.

Bhí Pat imithe in éineacht leis na páistí go teach comharsana, cailín a raibh Sal ag éirí cairdiúil léi. Ina dhiaidh sin, thabharfadh sé Rónán go dtí an pháirc bheag spraoi i mBaile Chaisleáin. Bhí Mattie imithe abhaile níos luaithe ar maidin, é ag gearán os ard faoi fhostóirí a dháil alcól go rófhial ar a gcuid oibrithe. É fós gealgháireach, magúil, ba chosúil, faoi ghéarsholas an lae.

Níor airigh Aoife gealgháireach in aon chor. Bhí tinneas cinn uirthi, agus mórthuirse mar aon leis. Agus bhí iontas uirthi faoin gcathú tréan a tháinig uirthi an oíche roimh ré. An chontúirt a bhí ina luí ar an aer teolaí sa seomra suite. Contúirt a raibh sí i mbaol géilleadh dó, nó fiú a shamhlú go ngéillfeadh sí dó. Póg chairdiúil a thabhairt ar a leiceann do Mhattie agus í á thionlacan go dtí a sheomra. Barróg shúgach a roinnt leis, gan beann ná aird ar pé rud a tharlódh dá bharr.

Dea-rúin na maidne le daingniú ina hintinn, b'in a bhí le déanamh aici. Staonadh go suáilceach ó phóit is ó chathú. Gan

Mattie a leanúint lena súile nuair a bhí sí in aon seomra leis, agus í ag dúil go mbeadh leid éigin uaidh go raibh seisean meallta freisin. Gan óinseach déagóra a dhéanamh di féin. Ba í Sal an déagóir sa teach, agus bhí sise níos stuama ná a máthair, ba chosúil.

Bhí cúis bhuartha eile aici an iarnóin sin, ar aon nós. An scéal a d'inis Pat di ag am lóin faoi Jody Nugent. É ag póirseáil thart ar an seanscióból, nó istigh sa chúlghairdín féin. A scáil thostach ag gluaiseacht timpeall, is gan a fhios acu cén fáth nó cad a bhí uaidh. Gan a fhios acu cé a thabharfadh comhairle dóibh faoi. Agus an geata ag barr an ghairdín gan deisiú fós.

Leag Aoife uaithi an forc garraíodóireachta agus d'éist sí go cúramach. Bhí londubh aonair ag canadh ar chrann ar thaobh an tsrutháin. Bhí beacha ag portaireacht i measc na mbláth. Bhí an gairdín suaimhneach, socair, gan aon torann a chuirfeadh isteach uirthi ach a croí féin ag bualadh go tréan ina cliabhrach. Agus coiscéim a bhí cloiste aici ar an gcosán ar thaobh an tí.

D'fhan sí ina staic ar feadh achair. Achar fada, dar léi, fiú mura raibh ann le fírinne ach nóiméad. Pé duine a bhí sa ghairdín, ní raibh corraí as. Níor ghnáthchuairteoir a bhí ann, bhí sí cinnte den mhéid sin. Gnáthchuairteoirí, chnagfaidís ar an doras chun iad féin a chur in iúl. Bhí an duine seo ina stad in áit éigin os comhair an tí. Ina staic mar a bhí sí féin. Chaithfeadh sí aghaidh a thabhairt air. B'fhearr léi go mbeadh Pat sa bhaile, ach ní raibh.

Tharraing Aoife a hanáil agus chomhairigh sí go mall go dtí a sé. Scaoil sí a hanáil agus chomhairigh sí mar an gcéanna. Ansin, ghlac sí ceithre choiscéim ar leataobh, chun radharc a fháil ar an gcosán, sula bhfaighfí radharc uirthi féin.

'Hé, tusa! Ar mhiste leat!'

Ní Jody Nugent a bhí i bhfolach sa ghairdín in aon chor, ach bean a bhí ar comhaois léi féin. Bean a bhí ina seasamh in aghaidh an chrainn dharaigh píosa ón gclós, agus a súile dúnta aici. Gheit sí nuair a bhéic Aoife uirthi, agus chúlaigh sí coiscéim gan focal a rá.

'Gabh mo mhíle leithscéal,' arsa Aoife arís agus a glór ag ardú, 'ach ar mhiste leat a mhíniú dom cé thug cuireadh duit teacht i ngairdín príobháideach? Pé tú féin?'

'Tá brón orm,' arsa an bhean eile go mall. Ba léir go raibh mearbhall uirthi, mar a bheadh ar dhuine a dhúiseofaí go tobann. 'Tá brón orm, ní raibh ar intinn agam... Is é sin, cheap mé nach raibh éinne sa bhaile.'

'Cheap tú, an ea, agus ansin cheap tú go raibh saoirse agat sleamhnú thart de réir mar ba mhian leat, agus b'fhéidir stánadh isteach na fuinneoga freisin, nuair a bheadh do chuid paidreacha ráite agat, nó pé diabhal rud a bhí ar siúl agat?'

Chuala Aoife í féin ag béicíl ar an mbean strainséartha, a glór níos géire ná mar a bheartaigh sí. Fearg agus faoiseamh araon uirthi. Lean sí uirthi sula raibh seans ag an mbean eile labhairt arís.

'Má bhí cúis mhaith ar bith agat teacht ar cuairt, bhí fáilte romhat cnagadh ar an doras agus é sin a rá linn. Gnáthbhéasa, sin an méid a theastaíonn. Bíonn leisce orainn, an dtuigeann tú, strainséirí a fheiceáil ag fálróid ar a dtoil féin in áit nach mbaineann leo. B'fhéidir gurb aisteach an rud é, ach sin é mar atá!'

Bhí an bhean eile ag iarraidh teacht chuici féin, fad a bhí a racht á chur di ag Aoife. Bhí a lámh ar crith beagán agus í ag cuimilt blúire rúisc ón gcrann darach dá seaicéad. Bhí sí beag agus néata ina déanamh, agus a cuid éadaí simplí, deaghearrtha mar an gcéanna. Bhí a guth ciúin agus neirbhíseach nuair a labhair sí ar deireadh.

'Tá brón orm, mar a dúirt mé... Ach mar a tharlaíonn, tá baint agam leis an teach seo, mar go raibh cónaí orm ann roinnt blianta ó shin. Is amhlaidh a tháinig mé ag féachaint...' Stop sí ar feadh nóiméid agus a súile aici ar an teach os a comhair. 'Is amhlaidh a tháinig mé anseo chun féachaint ar an ngort lastuas díobh, mar gur liom é. Agus ansin…'

Stop sí arís agus thug sí spléachadh faiteach ar Aoife, amhail is go raibh imní uirthi go raibh úinéir an tí chun sonc a thabhairt di. Bhí Aoife féin gan guth, í ag iarraidh focail a aimsiú chun a mhíniú cén fáth go raibh sí chomh feargach sin.

'Ní raibh sé ar intinn agam…' D'fhéach an bhean strainséartha suas i dtreo an ghoirt. 'Ní raibh an ceart agam teacht isteach sa ghairdín i ngan fhios… Ach tháinig cathú orm… Agus bhí gluaisteán feicthe agam ag imeacht amach ón teach tamall ó shin…'

Chas sí agus í ar tí imeacht gan focal eile a rá. Ansin thiontaigh sí agus labhair sí an athuair, agus cruas níos mó ina guth. Thug Aoife faoi deara go raibh tuin Shasanach ar a cuid cainte, ach go raibh blas na háite fite inti freisin.

'Bhí mé cúthaileach, is dócha, faoi chnagadh ar an doras, ach ní raibh coinne agam go ndéanfaí béicíl nó maslú orm ach oiread. Mar sin…. Mar sin, ná bí buartha, ní thiocfaidh mé in aice leat arís. Pé cinneadh atá le déanamh agam… pé cinneadh faoin ngort a dhíol nó a choimeád, déanfaidh mé é i mo sheomra óstáin sa Neidín, seachas cur isteach ortsa arís.'

4

'Sin sin, más ea. Is fearr dom an cur síos fileata a scríobh mé don suíomh idirlín a ghlanadh ó thús go deireadh, agus tosú as an nua.

'Ceart go leor, lean ort. Caithfidh go bhfuil tubaist éigin eile nár luaigh tú fós. Tá sé tuillte agam, gan amhras.'

Bhí Pat is Aoife ina seasamh ina seomra codlata féin. Bhí Rónán thíos staighre ag imirt le *Lego* agus Sal ina seomra féin. Bhí an teannas idir a dtuismitheoirí, a bhí á choimeád faoi srian le seachtainí, á scaoileadh eatarthu go glórach.

'Tá an ceart agat, tá sé tuillte agat, an uair seo,' arsa Pat. 'Má chuirtear cosc linn an gort a thrasnú, ní bheidh aon tsiúlóid ar leac an dorais againn, ná radharcanna ar bith gar dúinn ar fiú maíomh astu. Agus ar ndóigh, is féidir le Sal dearmad a dhéanamh ar an gcapall a gheallamar di.'

'Cén bhaint atá ag an ngort le capall a cheannach do Shal?'

'A Aoife, cheap mé go raibh sé sin pléite againn cheana,' arsa Pat. 'Ní féidir linn capall a choimeád sa ghairdín, an féidir? D'oirfeadh sé go han-mhaith dúinn an gort a fháil ar cíos…'

'In ainm Chroim, níl ansin ach caint san aer,' arsa Aoife, 'agus tá's agat go maith é. Cad faoin ngeata nár dheisigh tusa in am, mar a bhí geallta agat? Agus ar aon nós, ón méid a dúirt mo dhuine Pius linn, ba bheag an seans a bhí againn cead a fháil dul sa ghort, beag ná mór? Cá bhfios nach raibh an ceart aigesean faoi bhean na bpaidreacha, agus go bhfuil sí bog sa cheann?'

'A Aoife, éist liom, uair amháin i do shaol. Sea, dúradh seo is siúd linn, ach ní thuigim fós cén chúis a bhí agat tabhairt faoin mbean úd, más amhlaidh a tharla? Ní raibh sí ag gadaíocht nó ag réabadh sa ghairdín, an raibh?'

'Dúirt mé leat cheana, bhí sí ina seasamh faoi chrann agus a súile dúnta aici. Ní raibh sé ar intinn agam béicíl uirthi, ach conas ba mhaith leatsa é dá mbeadh scáileanna do do leanúint i do ghairdín féin? Ise agus an diabhal eile sin, Jody. Cá bhfios cad a bhí sí ar tí a dhéanamh?'

'Sea, cá bhfios? B'fhéidir go raibh sí chun filleadh ar cuairt orainn amárach, sular oscail tusa do chlab léi. B'fhéidir, fiú, go raibh sí chun ceist a chur orainn ar mhaith linne a gort a cheannach, seachas é a dhíol le strainséir éigin a chuirfidh sreang dheilgneach mórthimpeall air. Le Pius Mac Oireachtaigh, mar shampla, ó tharla go ndúirt tú féin liom gur mhaith leis tithe saoire a chur ann?'

Níor chuimhin le hAoife caint chomh feargach a chloisint ó Phat le fada an lá. D'éirigh sí agus shiúil sí i dtreo na fuinneoige, a droim lena fear céile. Bhí snaidhm ina scornach. D'fhéach sí amach i dtreo an chósta, agus í ag iarraidh an triantán beag farraige a dhéanamh amach i bhfad uaithi. Theastaigh uaithi go seasfadh Pat agus go gcuirfeadh sé a lámha thart uirthi. Ag an am céanna, theastaigh uaithi go leanfadh sé ag saighdeadh fúithi, ionas go mbeadh cúis aici féin eisean a ghortú.

'Tá sé breá éasca duit, nach bhfuil?' a dúirt sí ar deireadh. 'Tá tú ag caitheamh anuas ormsa, ach fágann tú formhór na gcinní fúm.' Scaoil sí amach na focail, cé go raibh a fhios aici gur chóir di stop a chur léi féin. D'airigh sí a lámha féin ag oibriú san aer. 'Is féidir leatsa a bheith stuama, ciallmhar, tuisceanach, is gan botún dá laghad a dhéanamh, mar nach rachaidh tú sa seans le haon rud…'

Is ansin a d'airigh sí go raibh duine eile sa seomra. Sal a bhí ina seasamh ag an doras, í tagtha anuas an cúlstaighre óna seomra agus í ag éisteacht go tostach lena tuismitheoirí.

'Tá brón orm, a stór,' a dúirt Aoife lena hiníon agus í ag casadh ina treo. Fuair sí deacair é a guth a choimeád socair. 'B'fhearr seo a fhágáil fúinne. Míneoidh mé duit i gceann tamaill é.'

Lean Sal ag féachaint ar an mbeirt acu, agus gan faic á rá aici. D'éirigh an tost sa seomra trom, marbhánta. Chogain Aoife ar a beol agus í ag feitheamh le focal éigin ó dhuine den bheirt eile.

'Féach, tá's agam go bhfuil botún déanta agam,' a dúirt sí féin ar deireadh. Dhírigh sí a hamharc ar an radharc a thug an fhuinneog di ar an saol mór. 'Ach ní déarfainn faic faoin eachtra, dá mbeadh a fhios agam go ndéanfaí ionsaí orm dá bharr. Baineadh geit asam sa ghairdín, b'in uile.' Chas sí arís i dtreo an tseomra. 'Tá brón orm, agus más féidir aon leigheas a fháil ar an scéal, féachfaidh mé chuige sin.'

Shuigh Pat ar imeall na leapa, a chloigeann fáiscthe idir a lámha aige. Choimeád seisean a amharc ar an urlár, nuair a labhair sé.

'Is dócha nach tubaist atá ann. Díreach fadhb amháin eile, sin an méid. Fadhb eile sa mhullach ar an mbrú atá orainn an teach a chóiriú, an t-ábhar poiblíochta a réiteach, na béilí a phleanáil, na siúlóidí a eagrú, airgead a thuilleamh, na páistí a shocrú ar scoil. Ár n-iníon a bheith ag éisteacht linn ag argóint.' Thóg sé an chloigeann, agus a dhá lámh fáiscthe air go fóill. 'Sin iad na fadhbanna atá le réiteach againn, nach ea, agus níl sa ghort damanta ach ceann beag amháin acu.'

D'fhan an triúr acu ina dtost ar feadh meandair fhada. Ansin, thiontaigh Sal gan focal aisti, agus d'imigh sí léi in airde staighre. D'fhan Pat go dtí go raibh macalla a coiscéime imithe i léig, sular labhair sé arís, agus gan gean ná greann le cloisint ina ghlór.

'A Aoife, nach iontach, ar aon nós,' ar seisean, 'gur éirigh linn éalú ó strus *so-called* na cathrach nuair a thánamar anseo? Gach lá fada fúinn féin is gan de chúram orainn ach sult a bhaint as an suaimhneas inár dtimpeall. Saol an teaghlaigh á neartú againn, mar a tharlaíonn nuair a bhíonn daoine teanntaithe go cluthar lena chéile faoin díon céanna ó mhaidin go hoíche?'

* * *

Chuir Aoife síos an fón, agus rinne sí nóta nua d'uimhir an té a raibh sí ag caint leis. Caoimhín Mac Cába, a bhí ina bhleachtaire leis na Gardaí sna hochtóidí agus sna nóchaidí. Bhíodh sé i gcathair Chorcaí tráth, agus ina dhiaidh sin i mBaile Átha Cliath. Bhí a phost fágtha aige le roinnt blianta agus é ag obair dó féin, ní le bleachtaireacht ach le gnó eile ar fad, dearadh gairdíní. Fonn air a chumas ealaíne a chur ag obair, ba chosúil, agus imeacht ón mbrú is ón tsíor-ghéarchéim a bhain leis an gcúram eile. Ba chuimhin le hAoife cúpla comhrá a dhéanamh leis faoin aistriú saoil, cé nach raibh plean ar bith dá shórt ar a hintinn féin ag an am. Í gafa ag an scéal nuachta a bhí á scríobh aici i gcomhar le Caoimhín.

Caimiléireacht i gcúrsaí tithíochta, b'in bunús an scéil. Teach nua ceannaithe ag Caoimhín cois abhainn na Bearbha, agus a ghnó nua á bhunú aige ag an am céanna. Faoi cheann trí mhí, bunsraith an tí ag sleamhnú go mall, tubaisteach i dtreo na habhann. An scéal céanna le ceithre nó cúig theach nua taobh leis. Amhras faoin gcead pleanála, brú á chur ag Caoimhín is daoine eile ar an tógálaí, cúiteamh nó cúnamh á éileamh acu. Caoimhín i dteagmháil le hAoife faoi, toisc go raibh a hainm in airde ag an am faoi scéal eile. Fiosrú oifigiúil ar deireadh, nuair a bhris an scéal is gur tháinig scannail eile chun solais maidir leis an tógálaí céanna.

Chuimhnigh Aoife air oíche éigin i rith na seachtaine, agus í ar tí dul a chodladh. Smaointe fánacha faoi Lelia Ní Dhubháin ar a hintinn. Caolseans, dar léi, go raibh aon bhaint ag Caoimhín Mac Cába leis an iniúchadh a rinneadh ar a bás siúd, ach cén dochar fiosrú a dhéanamh. A uimhir fóin a aimsiú, ar a laghad, agus an t-am a chur ar leataobh ina dhiaidh sin chun glaoch a chur air.

Ach ar dtús, bhí fiosrú níos práinní le déanamh aici. Ainm na mná ar léi an gort a dheimhniú, agus iarracht éigin ar theagmháil léi. Leithscéal a ghabháil léi, dá mb'fhéidir sin, agus a bheith dóchasach go nglacfadh an bhean eile lena leithscéal.

Chuir Aoife glaoch ar Cháit Uí Dhonnabháin, agus thug sise an t-ainm Jenny Huggaird di. Rinne sí iarracht glaoch a chur ar cheantálaí áitiúil, chun a fháil amach an raibh an gort á chur ar an margadh, ach bhí an deireadh seachtaine saoire ann faoin am sin, agus bhí oifig an cheantálaí dúnta.

D'inis sí do Phat go raibh sí chun sciúird siopadóireachta a thabhairt isteach go dtí an Neidín. Nuair a shroich sí an baile mór, d'imigh sí ó óstán go chéile, ag fiafraí an raibh bean den ainm Jenny Huggaird cláraithe mar aoi leo. Bhí sí ag iarraidh teachtaireacht a fhágáil don bhean, a dúirt sí le lucht na n-óstán. Shiúil sí ó dhoras go doras, agus an fiosrú céanna aici le cách. Níor theastaigh uaithi áireamh a dhéanamh ar cén líon B+B a bhí sa Neidín, dá dteipfeadh uirthi leis na hóstáin is na tithe aíochta.

Ar an seachtú hiarracht, i dteach aíochta ar imeall an bhaile, d'éirigh léi. Nó ar a laghad, mheas sí gur éirigh léi. Dúirt an fáilteoir go raibh Sinéad Huggaird cláraithe leo, ach nach raibh sí istigh ag an am. D'fhág Aoife an nóta leithscéil a bhí scríofa cheana aici leis an bhfáilteoir. Jenny an t-ainm a bhí aici sa nóta, agus b'éigean di 'Sinéad' a bhreacadh taobh leis.

Níor inis sí tada do Phat faoina cuid fiosruithe. Ba bheag a bhí ráite acu lena chéile ón tráthnóna roimhe. Go luath maidin Dé Luain, d'fhógair sé go raibh sé ag imeacht amach ar feadh an lae. Bhí sé chun iniúchadh a dhéanamh ar shiúlóidí idir Sliabh Mioscaise agus na hAilichí, a dúirt sé, agus dul chomh fada le hOileán Baoi dá mbeadh an t-am aige. Mhol Aoife go rachadh an teaghlach go léir amach ag siúl le chéile, ó tharla go raibh lá saoire bainc ann agus an aimsir geal. Níor thug Pat mar fhreagra ach gurbh fhearr a d'éireodh leis ina aonar.

'A Mhamaí, níl faic le déanamh agam.'

'Ná bí ag clamhsán. Úsáid do chuid samhlaíochta. Bí ag líníocht, mar atáimse.'

Seanphort ag Sal agus Rónán, clamhsán agus sárú ar a chéile. Cluichí agus caitheamh aimsire á n-eagrú ag Aoife dóibh i rith an lae, fad a bhí Pat amuigh. Picnic déanta acu mar lón sa ghairdín, dreapadh crann agus tóraíocht taisce ina dhiaidh sin. Dá mbeadh cairde ag teacht ar cuairt orthu go rialta, a dúirt Aoife léi féin, ní bheadh an dua céanna leo. Ach ba chuma, tharlódh sé sin in am trátha, agus ní raibh sí féin chun géilleadh don chlamhsán. Thiocfadh Pat chuige féin luath nó mall freisin. Bheadh feabhas ar a aoibh nuair a fhillfeadh sé abhaile, agus aer an lae ina chuid scámhóg.

Nigh Aoife duilleoga leitíse agus leag sí ar pháipéar cistine iad le triomú. Ghearr sí roinnt trátaí agus piorra abhcóide, agus chuir sí lusanna éagsúla in éineacht leo, biolar agus samhadh a chuirfeadh blas piobarach ar an sailéad. Sliseanna tanaí de cháis *Parmesan* leis freisin, chun barr feabhais a chur air. Díriú ar chúrsaí bia, b'in a bhí beartaithe aici, agus ócáid bheag a dhéanamh as béile an tráthnóna. Féile na Bealtaine a cheiliúradh. Bia blasta a chur ar an mbord, dos bláthanna i ngloine ard os a gcomhair, braon fíona agus comhluadar an teaghlaigh le chéile. An doicheall a bhí eatarthu a mhúchadh.

Bhí bunús an dinnéir leathréitithe ó mhaidin, píosaí uaineola ina suí i mias mar aon le hola olóige, sú liomóide, iógart agus spíosraí. Ní raibh le déanamh aici ach iad a ghríoscadh faoi theas ard, agus prátaí nua a ithe leo, chomh maith leis an sailéad. D'fhéadfadh sí seal imeartha a cheadú do Rónán ar an *Playstation*, agus suaimhneas a thuilleamh di féin dá réir. D'fhillfeadh Pat abhaile faoina seacht, b'in an socrú a bhí ann cheana nuair a thug sé turas siúlóide ina aonar.

D'aimsigh Aoife gúna samhraidh di féin i gceann de na boscaí pacála sa seomra tranglaim. Chaith sí tamall ag ransáil i mboscaí eile, go dtí gur aimsigh sí an leabhrán ina gcoinníodh sí uimhreacha fóin a bhain leis an obair iriseoireachta. Bhí sé cúpla bliain ó labhair sí le Caoimhín Mac Cába, agus bhí a fhios aici nach raibh a uimhir stóráilte ar a fón póca. Shuigh sí taobh leis an bhfón tí ar feadh cúig nóiméad, ag féachaint ar a ainm ar an bpáipéar, sular ghlaoigh sí air.

'Dearthóir gairdíní in iardheisceart na Mumhan, an ea? Táim cinnte go bhfuil scata acu ann, ach maidir leis an té is fearr…'

D'éist Aoife le Caoimhín agus é ag liostáil triúr nó ceathrar dearthóirí a raibh aithne aige orthu. Bhí suíomh idirlín ag cúpla duine acu, a dúirt sé, agus d'fhéadfadh sí teacht orthu ar an gcaoi sin.

'Teach saoire atá ceannaithe agat, an ea?' a d'fhiafraigh sé ansin. 'Caithfidh go bhfuil brabach maith le baint as scéalta nuachta!'

Mhínigh sí dó cad é an gnó a bhí á bhunú aici féin is Pat, agus an t-athrú mór saoil a bhí déanta acu.

'Cúig bliana,' arsa Caoimhín. 'Cúig bliana sular féidir a bheith cinnte go bhfuil an gnó ar a chosa. Sin é mo thaithí féin, ar aon nós, agus cloisim an scéal céanna ó dhaoine eile. Ach ní bheidh lá aiféala ort, geallaim duit é. In ainneoin na trioblóide go léir a bhí againn leis na tithe anseo, éiríonn mo chroí gach uile mhaidin is mé ag féachaint amach ar an abhainn agus ar mo ghairdín beag féin lena taobh.'

Lean siad ag cadráil seal faoi chúrsaí gnó. Bhí sé beartaithe ag Aoife gan focal a rá le Caoimhín faoi scéal Lelia, ná faoin gcúis ba mhó a bhí aici glaoch air. Ba leor an teagmháil a dhéanamh go fóill.

'Iardheisceart na Mumhan, a dúirt tú? Thart ar Chathair Saidhbhín, an ea, nó thiar i gCorca Dhuibhne?'

'Ní hea,' arsa Aoife. 'Mheas mé gur luaigh mé an áit nuair a thosaíomar ag caint? Leithinis Bhéarra, idir an Neidín agus na hAilichí.'

'Tá aoibhneas ar gach taobh agat, chuirfinn geall air,' arsa Caoimhín. 'Fan go gcuimhneoidh mé anois cén áit a bhí mé ar saoire bliain amháin? Gleann Garbh, nach shin é, agus Eadargóil? Ag féachaint amach ar Chuan Bheanntraí, agus turais againn suas go dtí an *Healy Pass*. Áit iontach é sin, radharc dochreidte.'

'Táimidne ar an taobh eile den leithinis, ag féachaint trasna ar Uíbh Ráthach.'

Thug Aoife faoi deara go raibh sí féin ag déanamh breacadaíle ar an leabhrán a raibh ainm Chaoimhín ann. Triantáin is ciorcail á snaidhmeadh aici trí chéile, faoi mar a bhí déanta ar an sean-nuachtán. Thosaigh sí ag cur síos do Chaoimhín ar an teach a bhí ceannaithe acu.

'Ná habair ainm na háite liom,' ar seisean ansin. 'Tiocfaidh sé chun mo chuimhne ar ball. Cara liom a mhol dom sciúird a thabhairt ar an gceantar, le linn na saoire sin. Is cuimhin liom gur ólamar deoch lasmuigh d'óstán, agus go raibh radharc againn ar leithinis stuacach. Ach bhí an aimsir smúitiúil, is ní raibh Uíbh Ráthach le feiceáil againn in aon chor.'

Lean Aoife uirthi leis an mbreacadaíl, agus ainm Lelia á scríobh aici istigh sna triantáin.

'Bhí iniúchadh éigin déanta ag mo chara sa cheantar, measaim,' arsa Caoimhín. 'Bean éigin a bádh, más buan mo chuimhne, nó tionóisc mhí-ámharach den sórt sin, pé scéal é. Níl a fhios agam an raibh aon ghá leis an iniúchadh, ach ní foláir nó gur cheap garda nó cróinéir áitiúil gur cheart a leithéid a dhéanamh.'

D'fhan Aoife ina suí sa halla ar feadh tamaill, nuair a bhí an fón curtha síos aici. Comhtharlú a bhí ann, ar sí léi féin. Comhtharlú, mar a thiteadh amach go minic ina cuid oibre. Dheineadh Pat iontas de, sna blianta tosaigh a chaith sé in Éirinn, go raibh an tír chomh beag agus go raibh an oiread nasc is ceangal idir daoine ann. Is cosúil, a deireadh sé, nach gá ach fiche ceist a chur ar éinne a chastar ort in Éirinn, chun go n-aimseodh sibh snáth éigin eadraibh. An cara céanna agaibh beirt, b'fhéidir, nó bhur máithreacha in aon rang ar scoil.

An botún a rinne daoine, dar le hAoife, ná a cheapadh gurbh ionann comhtharlú agus cinniúint. Tharla rud áirithe dóibh trí sheans, agus cheap siad go raibh teachtaireacht faighte acu ó Dhia. Ach cad a bhí sa saol ar fad ach seans agus rogha ag imirt ar a chéile? Nach raibh an duine daonna ann trí sheans, taismí gan áireamh a tharla i gcaitheamh na milliún bliain? B'in a chreid sí, ón tuiscint a bhí aici ar an domhan agus ar an saol. Dá mba thaismí difriúla a tharla, bheadh torthaí difriúla orthu, agus b'fhéidir nach mbeadh an bheatha dhaonna ann in aon chor.

Feicfimid linn, a dúirt sí léi féin. Bhí roghanna le déanamh i rith na beatha daonna freisin, ach níorbh aon nod cinniúnach é go raibh aithne aici ar Chaoimhín, ná cara aigesean a ghlac páirt san iniúchadh ar bhás Lelia. B'iomaí bealach a bheadh ann chun eolas a aimsiú ar an scéal úd. An rogha ba mhó a bhí le déanamh aici féin ná cá mhéad ama is oibre a chaithfeadh sí leis. Nó cén tairbhe a bheadh ann, taisí coirp a thochailt aníos ón talamh, fiú ina cuid samhlaíochta?

D'éirigh sí óna suíochán sa halla agus chuaigh sí amach go dtí an cúlghairdín, ar thóir roinnt miontaise a bhí feicthe aici ag fás ann. Chuirfeadh sí cuid den lus leis na prátaí nua, mar aon le cnapán breá ime. Bheadh uirthi píosa feola gan anlann a réiteach do Rónán, agus maidir le Sal, bhí sise ag caint ar éirí as feoil a ithe ar fad. Píosa éisc di siúd, má bhí cuid ar bith de fágtha sa chuisneoir.

Chuala Aoife a hiníon ag glaoch amach uirthi, nuair a bhí sí ag filleadh ar an gcistin. Cnag bog a bhí cloiste ag Sal ar an doras tosaigh. Nuair a lean Aoife amach go dtí an halla í, chonaic sí go raibh Sinéad Huggaird ina seasamh roimpi, agus bláthanna ina lámh aici.

**

Duibhe agus tost. Tost a bhí ag béicíl ina chluasa. Tost balbh, uaigneach a chuir eagla air. Duibhe ina thimpeall á phlúchadh, ag brú isteach air, á fháisceadh is á cheangal ó gach taobh. Agus pian in áit éigin, marbhphian a leath óna chos chlé thíos faoi nuair a chorraigh sé.

Mearbhall ina intinn. Titim. Titim nó sleamhnú. Carraig shleamhain a raibh sé ag dreapadh síos uirthi. A chos ag sciorradh faoi, a lámha sínte láithreach san iarracht é féin a thabhairt slán. Slán, slánú. Stop a chur leis féin sleamhnú nó titim.

Duibheagán. Ina intinn nó ina thimpeall, ní raibh sé cinnte cé acu. Ní raibh sé cinnte ar feadh sealanna an raibh a shúile ar oscailt nó nach raibh. Bhí sé i bpoll duibheagáin, i scoilt nó scáineadh éigin sna carraigeacha. Sáinnithe. Bhí an spás róbheag, ní raibh dóthain aeir ann, ní raibh sé in ann análú, thitfeadh sé níos doimhne sa duibheagán, thachtfaí é. Bhí air éalú sula dtachtfaí é. Éalú slán. Éalú abhaile ar shlí éigin.

Aoife. Scéal a thabhairt d'Aoife. Aoife ag súil abhaile leis, ag súil le glaoch uaidh, ag súil le scéala uaidh. Labhairt léi agus a rá léi go raibh brón air. Gan mórán ráite acu le chéile le cúpla lá anuas. Argóint amaideach a tharla, an iomarca argóintí amaideacha eatarthu le tamall anuas. Aoife sa bhaile le Sal is Rónán, agus é féin amuigh ag iniúchadh siúlóidí. Theastaigh ón triúr acu teacht in éineacht leis, ach dhiúltaigh sé dóibh. A chomhluadar féin a bhí uaidh, agus a chantal féin freisin. A chomhluadar féin a bhí aige anois, thíos i bpoll duibheagáin i measc na gcarraigeacha.

Uimhir Aoife stóráilte aige ar an bhfón, gan amhras. An fón faoina lámh in áit éigin. Murar sciorr an fón uaidh nuair a thit sé. Sleamhnú agus titim isteach idir carraigeacha. Gar do Ghob na Caillí, b'in an áit a raibh sé. Glaoch ar Aoife agus é a rá léi. B'in a bhí ar intinn aige níos luaithe sa tráthnóna. Dearmad déanta aige glaoch uirthi in am, nó b'fhéidir nach raibh fonn air labhairt léi. Ní hea, b'fhéidir nach raibh sé ábalta ceangal a dhéanamh ar an bhfón. Go leor bearnaí cumarsáide i mBéarra. Bearna cumarsáide idir é agus Aoife.

An lá caite ag siúl aige, bhí a fhios aige an méid sin. Cnoc na nGallán, b'in áit amháin. Uaigh de chuid na clochaoise aimsithe aige, í marcáilte ar a chuid nótaí. Na mílte uaigheanna is gallán is feart is fulachta fia ar fud Bhéarra. Pobail mhóra a lonnaigh fadó ar an talamh torthúil cois cósta. Iarsmaí freisin ó na mianaigh chopair a saothraíodh ón gCré-Umhaois i leith. Na mianaigh chopair ba mhó san Eoraip sa naoú haois déag. Páistí óga ag obair iontu. Montana Mheiriceá, nárbh shin an áit a ndeachaigh na mílte ó Bhéarra ar imirce ann. Iad sáinnithe arís i bpoill faoin talamh, dúshaothrú orthu sna mianaigh chopair.

Ní i bpoll mianaigh a bhí sé féin. Bhí turas tugtha aige go Gob na Caillí roimh dhul abhaile. Cúis éigin aige leis an turas. Dul trasna na leithinse ina aonar, féachaint arís ar rud éigin. Poll carraige nach bhfaca sé in am. É cúramach ar a chosa i gcónaí, ach bhí sé i bpoll carraige ar chúis éigin. Cúis a bhí ag téaltú as a chuimhne, agus ceo ag éirí ina intinn. Rud éigin faoi éanlaith a theastaigh uaidh a fheiceáil. Agus carraig shleamhain ar dhreap sé amach síos uirthi ar chúis éigin nár chuimhin leis a thuilleadh.

Rud éigin ar a intinn tamall ó shin faoi Aoife. Duibheagán ag líonadh a intinne, é tite isteach i spás dubh, domhain a bhí róchúng. B'fhéidir go raibh sé ag brionglóideach. Tromluí air nach raibh smacht aige air. Pian mharbhánta in áit éigin ina chorp, i bhfad uaidh.

* * *

'Ceapaim go mbíodh an seomra seo ag mo mháthair. Nó bhíodh páipéar balla cosúil leis seo ann… Ach ní dhéanfadh sí aon ghearán le Marcella, ní theastaíodh uaithi…'

Shuigh Sinéad síos go mall ar uillinn an toilg sa seomra tranglaim. Bhí Aoife tar éis a mholadh go ndéanfaidís camchuairt an tí, má bhí fonn ar an gcuairteoir an áit inar chaith sí blianta tosaigh a saoil a fheiceáil.

'Tá brón orm,' arsa Sinéad ansin. 'Caithfidh go gceapann tú go bhfuilim ag caint liom féin, agus tá… Ach tá sé an-aisteach dom…'

'Thuig mé gur imigh sibh go Sasana nuair a bhí tú measartha óg?' a d'fhiafraigh Aoife.

Níor fhreagair Sinéad í go ceann tamaill. Bhí sí ag féachaint timpeall ar na ballaí sa seomra, agus an patrún glórach ar an bpáipéar ag fógairt scéalta di, ba chosúil, faoin saol a caitheadh san áit cheana.

'Tá brón orm,' a dúirt sí arís ar ball. 'Bhí tú ag fiafraí díom cé chomh fada ó shin..? Bhí mé dhá bhliana déag d'aois nuair a d'imíomar go Sasana.'

'Ach d'fhill tú féin ar an nGlaisín ó shin?' D'airigh Aoife go raibh a guth le hísliú aici nuair a bhí sí ag labhairt le Sinéad. Bhí a cuairteoir beag agus caol, í ina suí go han-socair. Í tanaí seachas caol, b'fhéidir, gan pioc feola ar a cnámha míne. An pictiúr a tháinig in intinn Aoife ná mias de chré leochaileach na Síne, a bhrisfí dá ndéanfaí é a láimhseáil go garbh.

'Blianta fada ó shin anois,' arsa Sinéad. 'Sé nó seacht mbliana déag. Sin an fáth... Nuair a chonaic tú mé sa ghairdín, bhí mé ag iarraidh...'

'Ná bí buartha faoi,' arsa Aoife. 'Mar a dúirt mé leat thíos staighre, is ormsa a bhí an locht faoin méid a tharla.'

'Ní hea, séard atá á rá agam...' Stop Sinéad arís ar feadh nóiméid, agus rinne Aoife a dícheall gan briseadh trasna uirthi an athuair. 'Tá brón orm,' arsa Sinéad ansin. 'Ach caithfidh go raibh iontas ort, mé a fheiceáil i mo sheasamh i lár an ghairdín, mar a bhí mé?'

Rinne Aoife miongháire chun a chur in iúl go raibh comhbhá aici leis an mbean eile. Níor mhaith léi go mbeadh sé le feiceáil nach raibh sí ar a compord le Sinéad.

'Sórt *meditation* a bhí ar siúl agam,' a dúirt sise go bog. 'Machnamh suain a dhéanaim chun... Is dócha chun cabhrú liom féin gan éirí róchorraithe...'

'Ní haon iontas go mbeifeá corraithe,' arsa Aoife, 'má bhí blianta fada ann ó bhí tú anseo.'

'Bíonn tú dírithe go hiomlán ar an nóiméad ina bhfuil tú...,' arsa Sinéad. 'Leis an machnamh suain, atá i gceist agam. Cabhraíonn sé, is dócha, chun tú féin a scarúint ón am atá thart agus ón am atá romhat.' Thug sí spléachadh tapa ar Aoife, amhail is go raibh sí ag iarraidh a dheimhniú go raibh sise fós ag éisteacht léi. 'Tá brón orm, theastaigh uaim é a mhíniú duit, dá bhféadfainn...'

'Go raibh maith agat,' arsa Aoife go ciúin. Rinne sí iarracht amharc a fháil ar a huaireadóir. Caithfidh nach raibh fón Phat ag feidhmiú, a dúirt sí léi féin, pé moill a bhí air. 'Pé scéal é,' ar sí ansin, 'is maith an rud gur luaigh tú go raibh lóistín agat sa Neidín. Níor mhaith liom tabhairt faoi chuardach dá leithéid i gCill Airne!' Rinne sí miongháire eile le Sinéad. 'Go háirithe nuair a bhí Jenny á lorg agam, seachas Sinéad!'

'Tá's agam, agus ... Séard tá á rá agam, bhí mé chomh sásta nuair a fuair mé do nóta,' arsa Sinéad. 'Ní raibh mé cinnte cad ab fhearr.. '

'Ach seans go bhfeicfinn thart ar an gceantar tú, ar aon nós.' Chorraigh Aoife ar a cosa, chun a chur in iúl dá cuairteoir go bhféadfaidís gluaiseacht ar aghaidh go dtí seomra eile. 'Ní foláir nó tá aithne agat ar go leor daoine sa Ghlaisín, fiú tar éis na mblianta?'

Bhí Sinéad ag éirí ó uillinn an toilg, ach shuigh sí síos arís go tostach. Thug Aoife faoi deara go raibh slabhra á chaitheamh aici ar a muineál, agus gur fháisc sí a lámh ar an gcloch nó seod a bhí crochta air. D'oscail sí a béal cúpla uair, agus í ag iarraidh na focail a bhí uaithi a roghnú.

'Ar mhiste leat… Tá sé deacair dom…' Tháinig rois chainte uaithi faoi dheireadh, in aon gheábh amháin. 'Ar mhiste leat gan a insint do dhaoine eile sa cheantar go bhfuilim anseo? Ní féidir liom é a mhíniú duit, ach baineann sé le rudaí a tharla i mo shaol na blianta ó shin. Tá brón orm, ach… Ach b'fhearr liom nach mbeadh a fhios ag éinne go bhfuilim sa Ghlaisín, nó in Éirinn, fiú. Díreach go ceann tamaill, sin an méid.'

Chloígh Aoife le comhrá béasach ina dhiaidh sin, agus an bheirt acu ag dul ó sheomra go seomra. An obair chóirithe a bhí ar bun acu sa teach, na pleananna a bhí acu don samhradh. Mar a bhí Sal agus Rónán ag socrú síos ar scoil. Thug sí sciúird síos an staighre, chun slis aráin is cáise a thabhairt don bheirt óg, a choimeádfadh ag imeacht iad go ceann tamaill. Fuair sí gloiní uisce di féin is do Shinéad, ó tharla gur dhiúltaigh sise don bhlas fíona a tairgeadh di. Bhí a cuairteoir ag iarraidh tiomáint ar ais go dtí an Neidín go luath, a dúirt sí le hAoife. Agus bhí súil aici go gcasfaí Pat uirthi lá éigin.

'Seans nach bhfillfinn ar an nGlaisín in aon chor, seachas gur cheannaigh sibhse an teach,' a dúirt sí go tobann. Bhí sí ina seasamh ag an bhfuinneog i gceann de na seomraí sa síneadh a tógadh ar chúl an tí, agus radharc aici ar an gcnocán amach uathu. 'Nuair a dúradh liom gur fhág Marcella an gort agam le huacht… Séard tá á rá agam, nach raibh aon choinne agam lena leithéid, agus ní raibh a fhios agam… '

Chuimhnigh Aoife ar an scéal a bhí ag Pius Mac Oireachtaigh faoi ghaolta Mharcella, agus a míshástacht siúd leis an uacht. D'fhan sí ina tost agus í ag iarraidh a bheartú conas a d'fhéadfadh sí ceist a thógáil faoi, go hindíreach seachas go lom.

'Níl a fhios agam fós… Níl m'intinn déanta suas agam an ndíolfaidh mé é in aon chor.' Bhí a lámh fáiscthe ag Sinéad ar a cloch muiníl arís, agus í fós ag amharc amach an fhuinneog. 'An rud a tharla ná… Rinneadh tairiscint dom ar an ngort uair nó dhó, ach níor theastaigh uaim cinneadh a dhéanamh faoi gan teacht anseo. Agus nuair a díoladh an teach libhse, mar a dúirt mé, cheap mé gur chóir dom an áit a fheiceáil ar dtús… '

'Tairiscint ar an ngort? Le déanaí, an ea?' Dúirt Aoife léi féin nárbh aon dochar é pé eolas a bhí ar fáil a lorg di féin. 'Chualamar, ceart go leor, go raibh suim ag duine áitiúil tithe saoire a thógáil…'

'Tá brón orm, níl a fhios agam…' Scaoil Sinéad lena cloch muiníl, agus thóg sí an ghloine uisce a bhí ar leac na fuinneoige ina lámh. Chuir sí lena beola í cúpla uair, agus í ar tí súimín a bhaint aisti. 'Níl a fhios agam ar chóir dom an t-ainm a lua, ach… Tá an ceart agat, sin é atá i gceist.'

'Ach mheas mé…?' An uair seo, ba í Aoife a chuir stop léi féin i lár a habairte, chun tuin a ceiste a mhaolú. 'Chualamar ráfla, an dtuigeann tú, go raibh fadhb ann leis an teideal úinéireachta, agus ar ndóigh, ní raibh aon tuairim againn an raibh sin fíor nó nach raibh…?'

'Ráfla faoin teideal…? Níl a fhios agam cén fáth… Ach níl aon fhadhb in aon chor ann, ach díreach go gcaithfidh mise cinneadh a dhéanamh mé féin.'

D'ól Sinéad braon den uisce, agus thug Aoife suntas arís dá cnámha is dá déanamh, a bhí chomh mín, leochaileach, dar léi. Bhí sí féin idir dhá chomhairle faoi chuireadh a thabhairt don chuairteoir fanacht don dinnéar, nuair a phreab a fón póca féin go tobann ina lámh. Bhí an fón á iompar aici thart ar an teach, agus í ag smaoineamh le tamall ar ghlaoch a chur arís ar Phat. Thóg sí lena cluas é de gheit, ach bhí sé balbh, tostach ina lámh. D'fhéach sí ar an scáileán beag agus d'imir sí ar na cnapaí, ach theip uirthi aon cheangal a mhúscailt.

'Pat a bhí ann,' a dúirt sí le Sinéad. Thug sí faoi deara an creathán ina glór féin agus í ag caint. 'Feicim gur tháinig an glaoch óna uimhir, ach gearradh an ceangal nach mór láithreach. Táim ag iarraidh glaoch air le tamall, ach tá an fón aige siúd marbh. Ó, a dhiabhail, tá brón orm faoi seo, ach ní fhanann sé amuigh riamh gan scéal a fhágáil agam, agus bhí mé ag súil leis sa bhaile uair an chloig ó shin nó níos mó.'

* * *

Análú, b'in an chéad rud. Smacht a fháil ar a anáil agus gan ligean don eagla é a fháisceadh. An eagla a tháinig air agus é i spásanna cúnga, an brú tréan míréasúnta sin a d'airigh sé anuas ar a easnacha, an bualadh croí a chuala sé ag méadú istigh ina lár mar a bheadh tonnta móra ag briseadh i bpluais.

Braonacha báistí a thug Pat chuige féin. Nó b'fhéidir go raibh na braonacha ag titim air le fada agus nár airigh sé iad go dtí gur dhúisigh sé as a stuaim féin. Bhí sé fuar, righin, craptha. Bhí sé ina luí idir carraigeacha, i bpoll nó scoilt chúng dhorcha. Bhí an duifean ina thimpeall níos dorcha fós ná mar a bhí cheana.

Cheana, sea. Am éigin i bhfad ó shin nuair a tháinig sé chuige féin. Sa spás cúng a bhí ag brú isteach air mar a bheadh gad ceangailte go teann ar a chliabhrach.

Smacht a fháil air féin agus a aigne a dhíriú ar theacht slán. Ní raibh a fhios aige cé chomh fada is a thit sé, cé chomh domhain is a bhí an scoilt ina raibh sé sáinnithe. Chuir sé a lámh ar a chlár éadain agus d'airigh sé na braonacha a bhí tite air. D'airigh sé scríobóga agus cnapán nó dhó a bhí tagtha air freisin ón titim. Bhí an spéir do-fheicthe os a chionn.

A phluid éigeandála, b'in an chéad riachtanas. Póirseáil i bpóca a sheaicéid agus an phluid éadrom, a bhí déanta as ábhar ar nós páipéir alúmanaim, a aimsiú. An phluid a fhilleadh ar a cholainn, chun pé teas a bhí ina chuid fola a chaomhnú. Gníomh simplí le déanamh go mall, réidh, tomhaiste.

Ná lig don eagla, a dúirt sé leis féin. Ba chuma faoin eagla, ach éalú.

Ba chuma faoi na botúin a rinne sé, ach oiread. Botún a bhí ann teacht go Gob na Caillí nuair nach raibh aon phlean aige roimh ré a bheith ann. Nuair nach raibh aon rud ráite aige le hAoife faoi, ná eolas aici ar cá raibh sé. Botún simplí, bunúsach. Botún eile, dreapadh anuas ar charraigeacha sa chlapsholas, chun radharc a fháil ar nead éigin nár chuimhin leis a thuilleadh. Botún nár cheart d'éinne le taithí a dhéanamh. É rómhuiníneach as greim a chos ar gach carraig. É ag dul i gcontúirt is é ina aonar. Cantal agus mearbhall air, argóintí is aighnis an bhaile ag goilliúint air. Botúin shimplí, bhunúsacha déanta aige, a bhí ag clagarnaíl anois ina chuimhne.

Bhí a anáil á shú aige, an gad ag fáisceadh arís ar a easnacha. Smacht a fháil ar a anáil agus é féin a tharraingt in airde, ba chuma aon ní eile. Smacht a fháil air féin, dá mb'fhéidir leis é. Aer a bhaint amach, an t-aer láidir milis a thabharfadh slán é agus a choimeádfadh meabhair is meanma ann.

Dreapadh in airde go dtí an charraig os a chionn. Iarracht eile ar ghlaoch fóin a dhéanamh. An fón póca marbh, tostach ina lámh, gan aon snáth ceangail idir an domhan mór agus an poll ifrinn ina raibh sé tite.

* * *

'Ní bheimid ann go ceann uair an chloig eile, déarfainn. Tá an fhoireann bailithe le chéile againn anois agus táimid ar ár slí ó dheas. Ach ní féidir linn a bheith cinnte go n-éireoidh linn leis an gcuardach anocht, nuair atá an oíche tite.'

Rinne Aoife a dícheall gan a rá os ard go raibh díomá uirthi. Bhí moill déanta aici sular chuir sí glaoch ar an bhfoireann tarrthála sléibhe in aon chor. Níor theastaigh uaithi iad a tharraingt ó Chill Airne is ón Neidín gan chúis. Ach nuair a rinne sí an glaoch faoi dheireadh, shamhlaigh sí ar shlí éigin go réiteofaí an scéal go tapa. Níor smaoinigh sí i gceart ar an obair a bheadh rompu, an turas fada a bheadh le tabhairt acu go Sliabh Mioscaise nó go dtí na hAilichí, agus an t-achar mór tíre a bheadh le cuardach.

'Más féidir linn a fháil amach cá bhfuil a ghluaisteán páirceáilte, cabhróidh sé sin linn méid éigin,' arsa an fear ar an bhfón. 'Déanfaimid ár ndícheall daoine eile a chur á fhiosrú sin idir an dá linn.'

D'airigh Aoife an cnapán teannais i gcúl a muiníl nuair a tháinig deireadh leis an gcomhrá. Bí dearfach, a dúirt sí léi féin. D'éirigh liom Rónán a chur a luí gan leid a thabhairt dó go raibh Pat ar iarraidh. Agus ba chosúil gur ghlac Sal leis an scéal a thug mé, go raibh moill ar Phat toisc fadhb leis an ngluaisteán.

'Más maith leat féin dul amach ag cuardach,' arsa Sinéad, 'd'fhéadfainnse fanacht anseo leis na páistí?'

Rinne Aoife miongháire fann lena compánach. Ní fhéadfadh sí a chur i bhfocail cé chomh buíoch is a bhí sí di cheana. Bhí Sinéad tar éis tairiscint láithreach go bhfanfadh sí sa teach thar oíche, nuair a thuig sí chomh buartha is a bhí Aoife faoina fear céile. Bhí béile ite acu lena chéile, agus bhí an cuairteoir éirithe níos suaimhneasaí inti féin, go háirithe i gcomhluadar na bpáistí. Ba chuma, ar aon nós, dar le hAoife, cén sórt comhrá a dhéanfadh sí le Sinéad, ach duine fásta eile a bheith sa teach léi, le linn di a bheith ag feitheamh go fada, foighneach le scéal.

'Go raibh míle maith agat,' arsa Aoife léi. 'Ach ní fhéadfainn an teach a fhágáil, mar thuigfeadh Sal láithreach go raibh géarchéim ann.' Rith sé léi insint do Shinéad fresin faoin eagla a bhí uirthi féin a bheith sa teach ina haonar. An chuimhne a bhí aici ar Jody Nugent ag an bhfuinneog. Ach ba leor cúis eagla amháin san am. 'Ní hea, tá áthas an domhain orm go bhfuil tú anseo i mo chuideachta,' a dúirt sí, 'agus ní dhéanfainn féin aon mhaitheas don fhoireann tarrthála. Tá fios a ngnó acu, gan mise sa tslí orthu.'

Bhí sí féin agus Sinéad ina suí sa seomra suite, agus na cuirtíní tarraingthe go teann acu. Bhí an oíche dorcha, agus ceathanna troma báistí ag bualadh ar na fuinneoga ó am go chéile. Ach ní raibh aon tine curtha síos, mar a bhí an oíche cheana le Mattie. Bhí an soláthar adhmaid éirithe fliuch amuigh sa chlós, agus nuair a chuir siad lasair le beagán de sa tinteán, ní bhfuair siad as ach deatach tiubh. Bhí an lampa aonair lasta sa chúinne, ach bhí na scáileanna a léim ar na ballaí dubh is liath, gan aon ghile bhuí theolaí ina dtimpeall.

Labhair siad ar an saol a bhí ag Sinéad i Sasana, í ag obair le comhlacht éigin a cheannaigh is a dhíol éadaí, ba chosúil. Bhí sí singil, ón méid a thuig Aoife, nó ar a laghad, níor luaigh sí céile ná páirtnéir. Labhair siad arís ar an gcinneadh a rinne Aoife is Pat teacht go Béarra. Thrácht Sinéad ar a muintir, agus d'inis sí conas mar a thréig a hathair an chlann, is gur fágadh a máthair ag tógáil seisear páiste ina haonar.

Deserted wife, mar a tugadh uirthi, scarúint phósta na linne sin. Bhí Marcella Osbourne tacúil, cineálta leis an gclann, ach bheartaigh an mháthair ar deireadh go n-imeoidís go Sasana, áit a raibh cúnamh éigin le fáil ón stát, agus éalú ó ghéarshúile na gcomharsan.

Bhí buidéal fíona agus dhá ghloine rompu ar bhord íseal, ach bhí Aoife ar a dícheall ag staonadh de, ar eagla na n-uaireanta an chloig fada a bhí roimpi ag feitheamh. Thart ar a haon déag a chlog a shroichfeadh an fhoireann tarrthála an chuid ó dheas den leithinis. Chuardóidís bóithríní is bealaí eile nach raibh dainséarach sa dorchadas. Ghlaofaidís amach os ard, le súil go gcloisfeadh Pat iad má bhí sé i ngar dóibh.

Bhí Aoife ag méaraíocht go míshuaimhneach ar a fón póca, nuair a bhuail an fón tí amuigh sa halla. D'airigh sí an tormán ag pléascadh ina cluasa ar nós buille toirní. Léim sí ón gcathaoir agus chuaigh de rúid go dtí an gléas.

'An gluaisteán? Cén áit a dúirt tú?' Chuala Aoife a cuid cainte féin ar foluain ar an aer. 'Ní hea, ní raibh aon tuairim agam… Agus ceapann tú gur páirceáladh ann é roinnt uaireanta an chloig ó shin ar a laghad? Conas is féidir… Ó sea, tuigim cad atá i gceist agat. Níor fhág rothaí an ghluaisteáin aon rian ar an talamh fliuch, agus mar sin, measann tú…?'

D'fhill sí ar a cuairteoir faoi dheireadh, í ag iarraidh smacht a fháil ar a cuid cainte.

'Fiachra,' a dúirt sí ar deireadh. 'Fiachra, an príomhoide sa scoil, tá's agat. Ghlaoigh mé ar a theach níos luaithe, ach bhí sé amuigh ag cuardach cheana féin…' Bhí lámha Aoife ar crith, amhail is go raibh sí féin amuigh faoin bhfuacht is faoin bhfliuchras. 'Ar Ros na Caillí atá an gluaisteán. Bhí Pat beagnach sa bhaile nuair a tharla…'

Bhí Sinéad ar tí éirí agus druidim ina treo, nuair a shuigh sí síos arís, amhail is go raibh an méid a dúirt Aoife ag dul i ngreim uirthi. D'oscail sí a béal uair nó dhó, agus í ag iarraidh pé focail a bhí uaithi a aimsiú.

'Bhí súil agam...' arsa Aoife. 'Bhí súil agam go raibh míniú amaideach ar an scéal, ach anois is léir...'

'Níl aon chúis... Níl aon chúis agat a cheapadh go bhfuil baol air.' Ba chosúil go raibh Sinéad ag iarraidh misneach nár mhothaigh sí féin a chur in iúl. 'Ach an rud is tábhachtaí ná go bhfuil a fhios acu cén áit le dul á lorg.'

'Tá's agam, agus ní raibh mé ag súil go mbeinn chomh trí chéile.' Bhain Aoife slogadh as a gloine, agus thosaigh a cuid focal ag spalpadh aisti. 'Ach anois go bhfuil pictiúr agam den áit, agus gur féidir liom a shamhlú... Ó, a dhiabhail, caithfidh go ndeachaigh sé amach go dtí na carraigeacha. Bhíomar amuigh ansin le déanaí, an dtuigeann tú, agus sin an fáth...? Amuigh ag Gob na Caillí, atá i gceist agam. Mise a thug air dul ann, cé go raibh cosc ar bhóithrín an chósta...'

D'éirigh Sinéad don dara uair, agus dhruid sí i dtreo Aoife. Leag sí a lámh go hamscaí ar a gualainn, agus gan focal á rá aici. Tar éis scaithimh, chuimil Aoife a súile le droim a láimhe, agus dhírigh sí í féin ar a suíochán.

'Tá an ceart agat, ní fiú...' Chas Aoife agus d'fhéach sí ar Shinéad. 'Tá an ceart agat, níl a fhios agam fós cad a tharla. Ach theastaigh uaimse dul go dtí an Gob mar go raibh rud léite agam... Timpiste a tharla ansin na blianta ó shin, b'fhéidir gur cuimhin leat an scéal? Agus anois, tá pictiúr i m'intinn...'

Dhún Aoife a súile, agus cósta Ghob na Caillí ag léim os a comhair. Tonnta móra ag déanamh léigir ar na carraigeacha, titim tobann sceonach ón bhfaill. Duine ina luí marbh thíos fúthu. Bhí mearbhall ag teacht uirthi, an t-am a bhí thart agus an t-am i láthair ag snámh isteach is amach as a chéile.

'Ní tharlódh an rud céanna an dara huair,' a dúirt Sinéad tar éis tamaill. Bhí a méara ag fáisceadh ar ghéag Aoife. 'Tá a lán áiteanna ar an ros...'

'Tá's agam, ach mar sin féin…' arsa Aoife. Bhain sí slogadh eile as an ngloine agus a glór á neartú aici. Chuala sí rois chainte eile óna béal féin. 'Ach is féidir leis tarlú, tá's agat, go mbuaileann tintreach an duine céanna dhá uair. Níl sé fíor, an rud a deirtear faoi…'

Stop sí agus leag sí a lámh féin ar Shinéad. 'Ach tá brón orm, b'fhéidir go raibh aithne agat féin ar an mbean a maraíodh sna hochtóidí? Lelia, an múinteoir óg?'

'Bhí, ach…' Scaoil Sinéad a greim ar ghualainn Aoife, agus d'fhill sí go dtí an tolg go mall. 'Séard tá á rá agam, nach raibh mórán… Ní raibh mórán aithne agam uirthi. Bhí sí roinnt blianta níos sine ná mé, ceapaim.'

'Bhí sean-nuachtán anseo sa teach,' arsa Aoife. 'Sin an fáth go bhfuil an scéal ar eolas agam.' Chuimhnigh sí ar an gcamchuairt a thug sí féin is Sinéad thart ar na seomraí níos luaithe an tráthnóna sin. Níos luaithe ina saol, de réir mar a shamhlaigh sí é anois. Rith sé léi ag an am fiafraí de Shinéad an raibh aon eolas aici ar an nuachtán. Níor chuimhin léi anois go baileach cén fáth nach ndearna. An bhean eile a bheith míshocair, giongach, nó cúis éigin dá shórt. 'Sin an fáth gur theastaigh uaim an áit a fheiceáil, is gur thug mé ar Phat dul ann.'

'Beidh d'fhear céile ceart go leor, caithfidh tú é sin a chreidiúint,' a dúirt Sinéad.

'Bhí rud éigin scríofa ar an nuachtán,' a dúirt Aoife. Chuala sí a glór cainte féin, amhail is go raibh sé lasmuigh dá corp. Ó chuir sí síos an fón tamall roimhe, d'airigh sí go raibh an fhuil ag sileadh de réir a chéile as a hinchinn, agus go raibh deighilt idir í féin agus an chabhail inar mhair sí. 'Bhí sé scríofa le peann luaidhe, taobh le ceann de na hailt faoi bhás Lelia. Abairt amháin, agus go leor breacadaíle ar chiumhais an leathanaigh freisin.'

'Tá brón orm, ní thuigim…' Bhí a slabhra muiníl á chuimilt ag Sinéad, mar a bheadh cloch phaidrín á méarú aici. 'Ní thuigim cad atá i gceist agat, go raibh rud éigin scríofa air?'

'Choimeád duine éigin an nuachtán áitiúil a foilsíodh tar éis na timpiste. Duine éigin a bhí sa teach seo, is cosúil.'

'Níl aon chuimhne agamsa ar nuachtán.' Bhí Aoife ag iarraidh gnúis Shinéad a mheas, ach d'airigh sí arís an bhearna idir an méid a chonaic sí agus an méid a bhí ina hintinn féin. Comhrá á dhéanamh aici le cuairteoir, le linn di feitheamh go síoraí ar scéal faoina fear céile. Scéal báis nó beatha. Ní raibh le déanamh ach feitheamh, agus b'in an méid a bhí soiléir ina hintinn.

Chuala sí guth Shinéad ag teacht trasna an tseomra arís. 'Nílim cinnte cé eile a bhí sa teach an samhradh sin,' ar sise. 'Ní bhíodh an oiread cuairteoirí ag Marcella agus Theo… Ach b'fhéidir go n-aithneoinn…?'

'Bhíodh do dheartháir ag teacht go dtí an Glaisín freisin, ón méid a thuig mé?' D'ól Aoife bolgam fíona, agus scaoil sí braon eile amach sa dá ghloine. Dhéanfadh sí cupán tae ar ball, nó caife láidir. Níorbh fholáir nó go mbeadh an fhoireann tarrthála ag druidim leis an gceantar go luath, agus Fiachra ag feitheamh leo chun iad a threorú. Ní raibh sí cinnte go raibh sí tar éis buíochas a ghabháil leis i gceart, as an gcabhair a thug sé dóibh. 'Nílim ag iarraidh brú a chur ort le ceisteanna,' a dúirt sí le Sinéad ansin. 'Taispeánfaidh mé an nuachtán duit ar ball, b'fhéidir.'

'B'fhéidir go n-aithneoinn cé scríobh é, ach… Cé acu deartháir a bhí i gceist agat, mar tá cúpla deartháir agam. Ach is dócha, faoi lár na n-ochtóidí, nach raibh ach duine amháin…?'

'Dónall an duine a luadh liom.' Rinne Aoife iarracht éirí ar a cosa, ach bhí siad míshocair fúithi, amhail is go raibh an iomarca ólta aici. Bhain sí taca as uillinn na cathaoireach. 'Dúirt duine éigin liom go raibh trioblóid ag do dheartháir Dónall leis na Gardaí, ach ní raibh a fhios agam an raibh sin fíor?

'Bhí dul amú ar na Gardaí,' arsa Sinéad. 'Sin rud amháin a bhfuil cuimhne agam air…'

'Cad atá i gceist agat, go raibh dul amú ar na Gardaí?' D'airigh Aoife go tobann go raibh sí ag féachaint ar agallóir ar an teilifís, duine eile a bhí ag cur na gceisteanna a chuala sí ina glór féin. Í laistigh agus lasmuigh di féin in aon turas.

'Tá brón orm, tá sé deacair a mhíniú... Ach an rud atáim ag iarraidh a rá ná go ndearna na Gardaí botún, nuair a cheap siad go raibh baint ag Dónall le hiompórtáil channabais. B'in a bhí i gceist agat, nárbh ea?' Thug Sinéad spléachadh tapa ar Aoife, mar ba nós léi, amhail is go raibh amhras uirthi go raibh sise ag éisteacht léi. 'Mar a dúirt mé... Bhíodh Dónall á cheannach dó féin agus á chaitheamh, agus bhíodh Marcella buartha faoi. Ach ní bheadh suim dá laghad aige a bheith ag carnadh airgid. Nó ní raibh an tráth sin dá shaol. Ní féidir liom a shamhlú go mbeadh sé sáite i ngnó dá shórt.'

Bhí Aoife ag iarraidh greim a choimeád ar shnáthanna an chomhrá. Ní raibh sí cinnte cén fáth go raibh siad ag caint faoi channabas in aon chor. Dá rachadh sí in airde staighre agus an nuachtán a aimsiú, b'fhéidir go bhféadfadh sí stiúir éigin a fháil ar a gcuid cainte.

'Ach maidir le breacadaíl...' Bhí Sinéad éirithe óna suíochán arís freisin. Thug Aoife faoi deara conas mar a bhí cnámha míne a compánaigh le feiceáil tríd a craiceann, nach mór. 'Bhíodh an nós sin ag Dónall,' arsa Sinéad. 'Is cuimhin liom a chuid leabhar scoile, mar go bhfuilim níos óige ná é agus go dtugtaí domsa iad. Bhíodh siad clúdaithe le breacadaíl. Súile móra ag féachaint amach ort, agus súile eile istigh iontu. B'fhuath liom na cinn sin, go háirithe, mar shamhlaínn drochshúile leo, is iad ag bagairt orm...'

'Agus cá bhfuil Dónall inniu? Nó an dtagann sé féin ar ais go Béarra riamh?'

Thiontaigh Aoife timpeall le linn di a cuid ceisteanna a chur. Bhí Sal ina seasamh ag doras an tseomra, culaith oíche uirthi agus codladh á chuimilt dá súile aici. D'éirigh Aoife agus chuaigh sí anonn go dtí a hiníon, a lámha á bhfilleadh aici timpeall uirthi go tostach.

'Níl a fhios agam,' a dúirt Sinéad tar éis tamaill. 'Níl aon teagmháil agam… D'imigh mo dheartháir ag taisteal na cruinne i bhfad ó shin, agus níl aon tuairim agam cá bhfuil sé.'

* * *

Bhain Pat síneadh as a chosa, ceann ar cheann. Tharraing sé a anáil, chomh socair is a d'fhéad sé. Bhí pian fós ina rúitín clé, nó ar chúl a choise. Gortú éigin a tharla nuair a thit sé. Ach bhí sé in ann a mheáchan a chur uirthi. Bhí sé in ann neamhaird a dhéanamh de gach míchompord seachas an easpa aeir. Bhí air a aigne a dhíriú ar an dreapadh, is gan bacadh le haon ní eile. Bhí na ballaí carraige mórthimpeall air aimhréidh in áiteanna, agus greim coise éigin le fáil orthu.

Ach bhí torann le cloisint aige nár thuig sé, dordán íseal leanúnach. B'fhéidir nach torann nua a bhí ann, ach torann a bhí cloiste cheana aige nuair a tháinig sé chuige féin tamall níos luaithe. B'fhéidir gurbh é an torann seachas na braonacha báistí a thug air dúiseacht. B'fhéidir go raibh an torann ann an t-am ar fad, ach nár chuala sé é toisc go raibh a anáil á phlúchadh. Chíor sé a chuimhne agus é ag iarraidh ciall a bhaint as. Dordán innill, b'in a bhí ann.

Bád ar an bhfarraige. Bád ag imeacht thar bráid istoíche. Tóirse aige féin ina mhála, ach é a aimsiú agus é féin a tharraingt suas méid bheag éigin go dtí an charraig ónar thit sé. Aird an bháid a mhealladh le solas an tóirse, bealach a cheapadh chun teacht slán ón gcarraig. Smacht a choimeád ar a anáil, ar a chorp, ar a chiall, greim a bhreith air féin, éalú ón bpoll.

Tháinig sé ar a mhála ar an talamh aimhréidh, agus ar an tóirse istigh ann. Ba mheasa nach mór na carraigeacha a fheiceáil lena shúile, faoi sholas fann an tóirse. Ach ní raibh ach méadar nó dhó eile airde sa pholl os a chionn. Faoi sholas an lae is gan aon ghortú air, ní chuirfeadh sé dua mór air. Bhí taithí éigin faighte aige ar shimléirí carraige i mórshléibhte na bPiréiní is na nAlp, sular rug an clástrafóibe greim air. Ní raibh téad aige a chabhródh leis anseo, agus chaithfeadh sé féin a bhrú in airde lena thóin is a dhroim mar thaca.

Tháinig mearbhall air an athuair nuair a bhí cúpla nóiméad caite aige ina sheasamh. Buille éigin a bualadh ar a chloigeann nuair a shleamhnaigh sé. Mearbhall agus laige. Líonrith ag teacht arís air, taom eagla ar tí greim a bhreith air. Dá mbéicfeadh sé, cé a chloisfeadh é? Dá n-osclódh sé a bhéal chun béicíle, cén puth anála a bheadh ann chun an scréach a bhrú amach? Gluaiseacht go tapa, gan stopadh chun machnaimh. Díriú ar an obair a bhí roimhe.

Ní raibh an dordán innill le cloisint a thuilleadh. Pé bád a bhí ann, seans go raibh sé gafa thairis cheana. D'aimsigh sé buidéal uisce ina mhála agus chuir sé lena bhéal é. Tóirse mianadóra a bhí aige, agus cheangail sé thart ar a cheann é. Shnaidhmigh sé a mhála thart ar a chliabhrach, agus thosaigh sé á bhrú féin in airde. Dhírigh sé ar an sruth aeir a bhí le brath aige. Fuair sé greim láimhe ar deireadh ar bhior carraige a bhí ag gobadh amach beagán taobh thíos de bhéal an phoill. Le hiarracht ollmhór, d'éirigh leis brú ar a chos shlán agus a chorp uile a chasadh, go dtí go raibh sé á ardú féin amach as an scoilt charraige. Chuaigh arraing tríd agus é á tharraingt féin go dtí leac chúng in aice láimhe. Eagla air gach ala go sleamhnódh sé síos sa scoilt an athuair.

Bhí a chorp nimhneach, brúite. Bhí aer ina thimpeall ach ní raibh puth ann féin. Bhí sé ar leac aimhréidh, i measc na gcarraigeacha briste píosa saor ó Ghob na Caillí. Bhí cruthanna na gcloch le feiceáil aige, ar éigean, faoi spéir na hoíche. D'airigh sé fliuchras ar an leac faoina lámha, ach ní raibh aon deoir ag sileadh anuas air ón spéir. Chuimhneodh sé ar ball ar a raibh le déanamh aige. Ghlacfadh sé sos tamall ar an leac ar dtús.

Dordán an innill, bád in aice láimhe. Ba chóir dó a cheann a thógáil chun féachaint sa treo ónar tháinig an torann. Caithfidh go raibh an bád ann le tamall, má chuala sé an dordán níos luaithe. Cheap sé gur chuala sé madraí ag tafann. Glór ag béicíl, b'fhéidir, nó scread éin os cionn an chladaigh. D'éireodh sé i gceann nóiméid chun solas an tóirse ar a chloigeann a thaispeáint, agus an bád a fheiceáil i gceart. Nóiméad eile, go dtí go dtiocfadh a mheabhair is a anáil ar ais i gceart chuige. Nóiméad nó dhó, nó tamall.

An fón. Ba chuma faoin mbád mar bhí fón aige. Chroch sé é féin ar a leathuillinn go tobann agus thochail sé a lámh i bpóca a sheaicéid. Bhí an fón fós aige, ach an chumhacht a dhúiseacht. Labhairt le hAoife agus insint di cá raibh sé agus cúnamh a fháil chun dul abhaile. Labhairt léi dá n-éireodh leis ceangal fóin a dhéanamh.

Dordán íseal an innill. Cruth dubh an bháid le sonrú ar an uisce, gan ach marbhsholas liath ar bord. Cúrsa á stiúradh amach chun na farraige, cúl an bháid leis an sceilg ar a raibh sé féin crochta.

5

Ní raibh a fhios ag Aoife an raibh sí ina codladh nó ina dúiseacht.

Ó dhún sí a súile tamall éigin roimhe sin, bhí a cuid brionglóidí trí chéile. Pictiúir ag preabadh ar scáileán a hintinne. Pat ina luí ag bun na faille faoi Ghob na Caillí. Lelia ag breacadh nótaí taobh le sleachta nuachtáin faoina bás féin. Sinéad ag cnagadh ar dhoras an tí, scéal práinne aici faoi thimpiste ach gan aon fhocal ag teacht as a béal. Agus Aoife féin ag ól fíona le fear fionnrua gealgháireach, gan aird acu ar an gcorraíl ina dtimpeall. An fón ag preabadh in aice léi, mearbhall uirthi faoi cén fáth go raibh duine éigin ag glaoch gan choinne uirthi i lár na hoíche. An fón ag síorphreabadh go tormánach, práinneach.

D'oscail sí a súile de gheit, an gléas póca á lorg aici ar an urlár taobh leis an leaba. D'airigh sí tormán eile istigh ina cloigeann nuair a d'éirigh sí ina suí, tinneas cinn ag cnagadh ar a cnámha, fuílleach alcóil na hoíche ag casadh ina nimh inti. Bhí blas stálaithe ina béal freisin, agus a teanga tirim idir a cuid fiacla.

Ach ní raibh éinne ag glaoch uirthi, ná ní raibh scéal nua ná tubaist gan choinne i ndán di. Ní raibh ann ach an gléas freagra ar an bhfón, ag insint di go raibh teachtaireacht éigin fágtha ann uair an chloig níos luaithe. Glaoch éigin a tháinig ón bhfoireann tarrthála nuair a bhí siad ar a slí go dtí an t-ospidéal, ceist maidir le hárachas sláinte.

Bhí gach rud ceart go leor. Ní raibh Pat ag bun faille, ná sáinnithe amuigh ar charraigeacha loma. Bhí timpiste tarlaithe dó ach thiocfadh sé as. Bhí sé slán, slán sábháilte. Bhí sé san ospidéal i mBeanntraí, agus as sin, chuirfí go Corcaigh é, dá mba ghá. Bhí daoine ag tabhairt aire dó agus bhí gach rud ceart go leor.

Shín Aoife siar ar a leaba go cúramach, agus imeachtaí na hoíche ag plódú is ag guailleáil ar a chéile ina hintinn. Sal ag caoineadh sa chistin, is ag gearán nár insíodh di cad a bhí ag tarlú. Glaoch eile ó Fhiachra, Ros na Caillí sroichte ag an bhfoireann tarrthála. Aoife á dtreorú go dtí an Gob, ach gan eolas cinnte aici go ndeachaigh Pat ansin. Í ag iarraidh a mhíniú arís gur ghnách le Pat treoir a fhágáil léi faoina chuid pleananna, agus nár thuig sí conas a chlis sin air an tráthnóna roimhe. Caint ag an bhfoireann ar an ngeata ar bhóthar an ghóilín a oscailt.

Feitheamh fada eile ina dhiaidh sin. Sal diongbháilte go bhfanfadh sí ina suí go dtí go mbeadh a fhios aici an raibh a hathair beo nó marbh. Amhras ar Aoife faoin treoir a thug sí don fhoireann tarrthála.

Scéal nua tagtha ó Fhiachra faoi cheann daichead nóiméad eile. Solas an tóirse ar chloigeann Phat feicthe ag duine den lucht tarrthála. É thíos ar leac carraige, trasna ó na starráin charraige ar an bhfarraige. Moill air cúnamh a lorg toisc go raibh mearbhall air. Fón póca ina lámh, ach na huimhreacha cóid míchearta á dtriail aige chun an chumhacht a chur ar siúl ann.

Seal eile feithimh ag an triúr sa teach, fad a socraíodh conas a thiocfadh Pat den charraig. Ní raibh aon ghortú mór tarlaithe dó, ach go raibh sé gan aithne gan urlabhra tar éis dó titim. Chaithfí a bheith fíorchúramach in aon chás dá shórt, ba chosúil, agus níor chabhraigh duibhe na hoíche leis an obair tharrthála. Ach níor ghá fios a chur ar héileacaptar ón tSionainn, agus ní raibh le déanamh ach dul go mall, airdeallach leis an gcúram, faoi mar a mhínigh Fiachra d'Aoife.

D'airigh sí a croí ag cur thar maoil le faoiseamh, agus dá mbeadh Fiachra ina sheasamh taobh léi, bhéarfadh sí barróg mhór air le teann buíochais. D'fhiafraigh seisean di ar an bhfón an raibh sí ceart go leor ina haonar. Bhí sí ar tí a insint dó go raibh comhluadar aici, nuair a chuimhnigh sí ar an méid a bhí ráite ag Sinéad léi níos luaithe, nach raibh fonn uirthi go scaipfí an scéal go raibh sí sa cheantar. Nuair a chuir sí síos an fón, thóg sí amach buidéal branda. Braoinín le cur sna cupáin chaife a bhí réitithe aici, b'in uile a bhí ar intinn aici. Ach nuair a bhí an caife ólta, bhí steall branda eile doirte aici di féin is do Shinéad.

D'éirigh Aoife suas arís sa leaba, agus soncanna ag clagairt ina cloigeann an athuair ón tinneas cinn. Ceithre nó cúig huaire ar a laghad bhí steall eile branda curtha aici sna cupáin. Steall fhial ina cás féin, cúpla babhta acu. Faoin am sin, bhí Pat tagtha slán ó na carraigeacha, agus bhí sé á thabhairt faoi dheireadh go dtí an bóithrín, agus as sin, sa charr tarrthála go dtí an t-ospidéal. Nuair a glaodh ar Aoife chun an scéal a thabhairt di, bhí Pat féin tar éis iarraidh focal a rá léi ar an bhfón. Nuair a chuala sí a ghuth ina cluas, scaoil snaidhm chrua istigh ina bolg.

Faoiseamh, faoiseamh mór a líon a croí arís mar a bheadh tonn tuile. Bhí gach rud ceart go leor, agus ba chuma faoin tinneas cinn. Ba chuma gur fhan sí féin is Sinéad ina suí uair an chloig eile, an leacht sa bhuidéal ag dul i ndísc de réir mar a lean a gcomhrá is a gceiliúradh. Pat ar a shlí go Beanntraí, Sal imithe a luí ar deireadh, agus súilfhéachaint ghéar aici ar a máthair nuair a chonaic sí an branda á dháileadh.

Ba chuma ach oiread go gcaithfeadh sí féin is Pat aghaidh a thabhairt ar na comharsana sna laethanta rompu. Bhí glaoch curtha ag cúpla duine acusan i rith an tráthnóna, cúnamh á thairiscint acu nuair a chuala siad an scéal. An sagart paróiste ag glaoch freisin, é féin agus daoine eile ag guí ar son a fir chéile, a dúirt sé. Ghoillfeadh sé ar Phat, dar le hAoife, go raibh fios na timpiste ag daoine áitiúla. Ba ghráin leis aird a tharraingt air féin, nó daoine ag fústráil faoi. Ach a dhiabhail, ní raibh neart air, agus ba bheag an rud é sin nuair a bhí sé féin slán.

Leag sí a cosa ar an urlár go cúramach agus chuaigh sí go dtí an seomra folctha chun gloine uisce a fháil. Thóg sí dhá phiollaire aspairín agus chaith sí siar an deoch in aon slogadh amháin, an leacht glan fionnuar mar bhalsam ar a tart. Líon sí an ghloine an athuair, agus d'fhill sí go mall ar a leaba, an t-uisce ar tí sileadh uirthi toisc an creathán a bhí ina lámh. Bhí pianta ina súile amhail is go raibh bioráin á sá iontu. Ba cheart di pionta uisce a ól roimh dhul a luí, a mheabhraigh sí di féin, ach bhí sí imithe as cleachtadh le roinnt blianta ar thráthnóntaí óil. Dhá uair in aon deireadh seachtaine amháin a bhí sin tarlaithe anois, agus níorbh iontas go raibh Sal á lochtú uirthi.

Seans go mbeadh aiféala ar Shinéad gur chaith sí an oíche sa teach, agus póit déanta aici ina comhluadar féin. Bhí dreasanna móra cainte acu le chéile faoi dheireadh na hoíche, na sruthanna focal ag teacht go fuíoch ó Shinéad de réir mar a shlog sí a cuid. Ba léir go raibh trioblóidí aici ina saol. Tinneas intinne uirthi trí nó ceithre sheal ina saol, ísle brí is síorthaomanna eagla, ón gcur síos a thug sí. *Recurrent panic attacks*, arbh in an rud a dúirt sí? Nó b'fhéidir *chronic acute anxiety?* Lipéad éigin dá shórt. An chéad uair a tharla sé, chaith sí roinnt seachtainí in ospidéal meabhairghalair dá bharr. Bhain sé geit aisti, a dúirt sí, nuair a thosaigh Aoife ag caint ar Lelia Ní Dhubháin, mar go ndeachaigh sí féin san ospidéal an samhradh céanna a fuair an múinteoir bás, agus go raibh scáil an uafáis ar gach cuimhne a bhí aici ón am.

D'airigh Aoife go raibh a cuid smaointe ag rith anonn is anall gan srian, blúirí dá comhrá le Sinéad mar aon le macallaí cainte le Fiachra is le ceannaire na foirne tarrthála. Bheadh uirthi bláthanna a chur go dtí an fhoireann, chun buíochas a ghabháil leo, agus dos eile bláthanna a cheannach d'Fhiachra. Murach gur chuimhnigh seisean ar na cúlbhóithre gar don Ghlaisín a chuardach, cá bhfios cad a bheadh tarlaithe. Síntiús airgid a thabhairt don fhoireann freisin, b'fhéidir. Pat amuigh sa Neidín seachtain roimhe sin, ag casadh le duine acu chun cúrsaí gnó a phlé, agus é ina luí i bpoll carraige an oíche roimhe, ag feitheamh lena gcúnamh.

Buíochas le Dia. B'in a bhí ráite ag go leor daoine nuair a tugadh slán é. Nath cainte a bhí nádúrtha, intuigthe, ach cheistigh sí féin ina hintinn nuair a chuala sí é. Buíochas le Dia uilechumhachtach, a bhí thuas i measc na réaltaí, agus a bheartaigh gach soicind is gach nóiméad go mairfeadh an duine seo is go mbásódh an duine siúd. Ach má bhí sin fíor, dar léi, cén mhaith a bhí ann foláireamh a thabhairt d'éinne a bheith cúramach? Cé a bhí ciontach as timpiste gluaisteáin, an té a thiomáin ar luas mire, nó an Dia sin a bheartaigh go raibh sé in am deireadh a chur le duine soineanta a chuaigh thar bráid i ngluaisteán eile? Má bhí sé i ndán do na milliúin fulaingt ón ocras is ón éagóir, cén tairbhe a bheith ag iarraidh sárú ar an gcinniúint sin, nó ag caint ar cheart is ar chóir ar domhan? Toil Dé agus toil an duine, mistéirí na beatha. Cad faoin duine a rinne dúnmharú, nó cé a bhí ciontach sa chás sin, má bhí cúrsa leagtha amach ag Dia do chách?

Luigh Aoife siar ar a hadhairt agus a súile dúnta aici. Rámhaillí fealsúnachta ag snámh ina hintinn. B'fhéidir go raibh sí fós ar meisce, a dúirt sí léi féin. Í ag cumadh seanmóirí, mar a déarfadh Sal léi, le fógairt óna haltóir féin. Séard a déarfadh Pat ná nach raibh na freagraí simplí, nó b'fhéidir nach raibh siad ann in aon chor.

Agus cad é seo a bhí ráite ag Sinéad? Rinne Aoife iarracht greim a fháil ar na habairtí a bhí ag scinneadh ina cuimhne mar a bheadh feithidí ar lochán uisce láibe. Bhí iontas ar Shinéad, pé scéal é, nuair a chaith Aoife amhras ar an gcabhair a thug Dia don fhoireann tarrthála. Bhí an saol róchrua, b'in a dúirt sí, chun é a chaitheamh ina haonar. Bhí gá aici le sólás is le taca osnádúrtha.

A dearthair, Dónall. Bhí comhrá acu faoi siúd chomh maith. Níor fhill sé ar Éirinn riamh tar éis 1986, b'in a mheas Sinéad. Bhí sé imithe go Sasana cheana, an tseachtain a fuarthas corp Lelia. De réir mar ba chuimhin léi, bhí Dónall ina chónaí sa Ghlaisín ar feadh roinnt míonna den earrach, an bhliain úd. Bhíodh sé ag obair san óstán ó am go chéile, agus ba ann a bhí sé oíche na bainise. Ach d'imigh sé leis go Londain cúpla lá ina dhiaidh, ar chúis éigin, agus b'éigean do na Gardaí fios a chur air nuair a bhí bás Lelia á iniúchadh acu. Theastaigh uathu labhairt le gach éinne a raibh aithne acu ar an múinteoir óg, agus bhí Dónall ina measc siúd. Ní hamháin sin, ach mar a bhí ráite ag Mattie cheana, bhí méarloirg Dhónaill ar an gcannabas a fuarthas i dteach Lelia.

Tharraing Aoife an phluid leapa thart uirthi. Chaithfeadh sí iarracht a dhéanamh dul ar ais a chodladh. A bheith buíoch gur tháinig Pat slán, is nach raibh sí féin ina suí síos le Rónán is Sal, ag insint dóibh go raibh a n-athair ina luí fuar, righin ar leac charraige. A bheith fíorbhuíoch nár bhuail buille tintrí Ros na Caillí don dara huair, trí sheans nó trí thoil éigin osnádúrtha. Chaithfeadh sí dul a chodladh seachas a bheith ag cuimhneamh air. Gach éinne ag maireachtáil ar imeall na faille, a dúirt sí léi féin, gan a fhios acu cén uair a sciorrfadh cos fúthu nó a leagfadh an ghaoth i leataobh iad.

***

'Ní theastaíonn uaim dul go Corcaigh arís. Níl sé cóir iachall a chur orm dul ann. Níl Sal ag dul ann, an bhfuil?'

'Táimse ag dul ar cuairt ar mo chara, Fionnuala. Fuair tusa cuireadh dul ar cuairt ar bhuachaill amháin i do rang, agus dúirt tú linn nár thaitin sé leat…'

'Níor thaitin sé liom. Níl suim aige in aon rud ach peil. Agus is cuma liomsa faoi pheil, tá's agat sin…'

'B'fhéidir go gcaithfidh tú suim a chur i rudaí nach dtaitníonn leat…'

'Éirígí as, in ainm Chroim!' Stiúraigh Aoife an gluaisteán i leataobh an bhóthair agus stop sí é. Bhí an bheirt óg bailithe aici óna gcuid scoileanna, agus turas dhá uair an chloig le tabhairt go dtí an t-ospidéal réigiúnach i gcathair Chorcaí, áit a raibh Pat ón oíche roimhe. Aistríodh ann é ó Bheanntraí, mar gur theastaigh ó na dochtúirí scanadh inchinne a dhéanamh air. Bhí tinneas cinn fós air, breis is fiche is a ceathair uair an chloig tar éis na timpiste. Níor míníodh do Phat cad a bhí á lorg sa scanadh, ach díreach go gcaithfí a bheith san airdeall i gcónaí nuair a bhuaileadh duine a chloigeann.

'A Rónáin, tá's agat nach bhfuil aon rogha againn.' D'iompaigh Aoife thart ionas go raibh sí ag féachaint sna súile ar a mac i gcúl an ghluaisteáin. 'Phléamar é seo ar maidin, agus má leanann tú den chlamhsán, ní cheadóidh mé duit imirt ar an *Gameboy* sa ghluaisteán.'

'Cén fáth nach bhfuil ospidéal in aice linn, mar a bhí i mBaile Átha Cliath? Bhí Sal san ospidéal uair amháin, nach raibh, agus ní raibh orainn dul trasna na tíre chun dul ar cuairt uirthi?'

Chuir Aoife inneall an ghluaisteáin ar siúl arís. B'fhéidir go raibh an ceart aici glacadh leis an tairiscint a rinne Mattie an mhaidin sin, go gcoimeádfadh sé súil ar an mbeirt óg fad a chuaigh sí féin go Corcaigh. Ach bhí leisce uirthi glacadh le haon ghar mór uaidh, ná mórán ama a chaitheamh ina chomhluadar. B'fhearr léi galar na n-ordóg *Nintendo* ar Rónán, ná an mealladh úd a mhúscailt an athuair.

'A Mham, ní dhéanfaidh tú dearmad ar an gceist a chur mé ort aréir, an ndéanfaidh?' Sal a bhí ag tathant uirthi an uair seo. 'Anois go bhfuil aithne againn ar Shinéad, táim cinnte go mbeidh sí sásta ligean dúinn capall a choimeád sa ghort. Dúirt mo chara Fionnuala go rachaimid ar cuairt ar na stáblaí atá gar dá teach, agus dá mbeadh capaillín acusan le díol...'

'A Thiarcais, ná bí ag léim romhat féin, a stór. Mhínigh mé duit cheana nach bhfuil a fhios ag Sinéad an ndíolfaidh sí an gort nó nach ndéanfaidh. Tá sé róluath smaoineamh ar aon socrú dá shórt. Ní hamháin sin, ach tá Sinéad imithe go Contae an Chláir nó áit éigin. Chuaigh mé isteach go hOifig an Phoist ag am lóin agus bhí nóta tagtha uaithi...'

'Ach caithfidh go bhfuil uimhir fóin agat di? Níor ghá dúinne an gort a cheannach, tá's agat...'

Cá bhfios an bhfeicfidís Sinéad arís, a dúirt Aoife léi féin. Ba léir go raibh sí cráite fós ag pé trioblóidí a bhí ina saol na blianta roimhe. 'Táim ag teitheadh', b'in a bhí ráite aici sa nóta. 'Táim ag imeacht ón Neidín go ceann seachtaine, ar a laghad, chun dul ar cuairt ar chol ceathracha liom. Agus is dócha nach ó Bhéarra amháin atáim ag teitheadh, ach ón am atá thart.'

'Tá brón orm gur fhág mé an teach gan slán a fhágáil agaibh'. B'in a bhí ráite aici i dtús a nóta. 'Ach is annamh a dhéanaim babhta óil,' ar sí ansin, 'agus ní raibh sé ionam aghaidh a thabhairt ort féin ná ar na páistí nuair a dhúisigh mé go luath ar maidin. Tá súil agam go mbeidh biseach ar d'fhear céile, Pat, go luath.'

'Tá brón orm freisin nach raibh mé ábalta go leor rudaí a mhíniú duit, nuair a bhíomar ag caint, agus tusa cairdiúil, fáiltiúil liom. Mar a dúirt mé leat, seans nach bhfillfinn ar Bhéarra in aon chor, ach gur díoladh an teach libhse. Chuir sin i gcuimhne dom go raibh an saol ag athrú, agus go gcaithfinnse athrú, freisin. Na rudaí ab fhearr agus ba mheasa araon a tharla i mo shaol, thit siad amach sa Ghlaisín. Caithfidh mé aghaidh a thabhairt orthu, ach níl a fhios agam conas a dhéanfaidh mé é sin.'

'Tar éis na hoíche aréir, bheartaigh mé go gcaithfinn cúlú tamall. Cúlú nó teitheadh. Measaim gur luaigh mé na taomanna imní a thagann orm ó am go chéile. Tá siad deacair a mhíniú d'éinne nár tharla a leithéid riamh dóibh, na buillí croí clagarnacha a ghlacann seilbh orm. Buillí casúir do mo leadradh is do mo scoilteadh taobh istigh. Imní romham féin, sin é a deirtear liom atá i gceist. Imní go dtachtfar mé ag an imní.'

D'fhág Aoife a hiníon ag teach a cara, Fionnuala, gar do Bhaile Chaisleáin, agus lean sí leis an turas fada go dtí an chathair in éineacht lena mac. Bhí bláthanna is flúirse féarach ag borradh is ag brúchtadh ar gach taobh den bhóthar, aoibhneas na Bealtaine ag teacht i réim. Peirsil bó, lása geal bán a cuid bláthanna i ngach claí. Samhaircíní buí ag damhsa ar na bruacha, magairlíní meidhreacha ar na bánta. Ar imeall na gcoillte, seans go mbeadh teacht ar an mbainne caoin, planda a bhí forleathan san iardheisceart agus annamh in áiteanna eile, de réir mar a d'inis Pat di. Dath neamhchoitianta glasbhuí ar na bláthanna beaga, agus nimh iontu a d'úsáidtí tráth chun éisc a mharú.

Nimh cheilte i saol Shinéad, de réir cosúlachta. Eolas ceilte aici ar Lelia freisin, b'fhéidir. 'Is féidir liom fiafraí de mo mhuintir', a dúirt sí ag deireadh a nóta, 'an bhfuil teagmháil ag éinne acu le Dónall. Níl a fhios agam an gcabhróidh sin leat, agus ní dúirt tú liom cad é go díreach atá tú ag iarraidh a fháil amach. Ná níor thaispeáin tú an nuachtán úd dom, ar deireadh thiar, cé go raibh tú ar tí é a fháil cúpla uair. Ní féidir liom a bheith cinnte, mar sin, gurbh é Dónall a scríobh an abairt a raibh tú ag trácht uirthi.'

'Níl a fhios agam ar chóir dom seo a rá, ach seans go raibh Lelia rófhiosrach faoi rudaí nár bhain léi féin. Nílim ábalta níos mó a rá, ach b'in a mheas mé féin. Tá brón orm go bhfuil an oiread nach féidir liom a insint duit i gceart, ach b'fhéidir go dtuigfidh tú dom lá éigin.'

* * *

Bheartaigh Aoife go ndéanfadh sí liosta.

Chuir sí i leataobh an nuachtán a bhí á léamh is á chíoradh aici ar feadh uair an chloig, nach mór. Í ina suí i halla fáilte an ospidéil i gCorcaigh, don dara lá as a chéile. Na páistí ar scoil an babhta seo, agus súil aici filleadh abhaile faoina trí a chlog. Ach bhí sé ag druidim le meán lae cheana, agus ní raibh deis aici Pat a fheiceáil fós. Na dochtúirí comhairleacha ar a gcamchuairt sna bardaí, agus gan cead ag aon duine muinteartha leis na hothair a bheith sa tslí orthu. Mallachtaí agus mionnaí á scaoileadh ag Aoife faoina hanáil. Í ar tí tabhairt faoin gcrosfhocal sa nuachtán, nuair a bheartaigh sí ar an liosta.

Teideal, b'iúd an chéad rud a bhí le scríobh. Nó cúpla teideal. Roinn sí an clúdach litreach a bhí á úsáid aici mar pháipéar nótaí in dhá cholún. Bhreac sí 'Amhras?' ar bharr an chéad cholúin, agus 'Eolas?' ar bharr an chinn taobh leis.

Pius. Arbh fhéidir go raibh baint ar bith aige le scéal Lelia? Scríobh sí roinnt focal faoina ainm sa cholún Amhrais, agus comharthaí ceiste leo uile. Báid gan soilse istoíche? Madraí ar garda? Cosc ar shiúlóirí? Bréaga?

'Aoife, ní féidir liom a bheith cinnte go raibh tábhacht leis.' B'in a bhí ráite ag Pat an iarnóin roimhe, nuair a d'inis sé di an chuimhne a bhí aige ar oíche a thimpiste. 'Seans maith nach raibh ann ach speabhraídí.'

'Ach in ainm Chroim,' a bhí ráite aicise lena fear céile, 'caithfidh go raibh rud éigin aisteach ar siúl? Cén fáth go samhlófá dordán innill, agus tafann madraí, mura raibh a leithéid ann?'

'Fan ort anois, a chroí, agus ná bí ag éirí corraithe faoi,' a dúirt Pat go foighneach. 'Bhí mearbhall orm ag an am, agus dá n-inseoinn duit go bhfaca mé púcaí ar an bhfarraige, ní dóigh liom go gcreidfeá gach focal uaim?'

Chogain Aoife ar a peann. Má bhí bád ag teacht is ag imeacht ar feadh uair an chloig nó níos mó, níorbh fholáir nó go raibh sé ag tarraingt ar ché éigin in aice láimhe. An ché taobh thíos de theach Phius, istigh i mbéal an ghóilín? Ar ndóigh, ní raibh sí cinnte an raibh aon ché eile máguaird, ach má bhí, ní raibh ann ach ceann nó dhó. Agus má bhí soilse an bháid curtha as, níorbh fholáir nó go raibh gnó éigin amhrasach ar bun aige. Cuir leis sin an cosc ar shiúlóirí ar an taobh ó thuaidh den ros, in aon áit a mbeadh radharc acu ar an ngóilín. Cuir leis freisin gur inis Pius bréaga di féin is do Phat maidir leis an ngort, á rá leo go raibh fadhb ann maidir le húinéireacht Shinéad. Ar mhaithe leis féin, ba chosúil, agus cluiche éigin á imirt aige chun greim a fháil ar an ngort ar phraghas íseal.

Bréaga agus cambhearta agus cúiseanna amhrais. An chéad chéim eile ná a rá go raibh eolas éigin ag Lelia ar ghnó mídhleathach a bheith ar bun ag Pius. Radharc breá aici ar an gcé ó rinn chreagach an Ghoib, í amuigh ag faire an oíche a fuair sí bás. Nó an oíche a maraíodh í.

Bhí bearnaí sa teoiric, a dúirt Aoife léi féin láithreach. Bearnaí a bhí níos mó agus níos leithne ná an góilín féin. Fiú má bhí Pius ag plé le drugaí nó le gunnaí nó le smugláil de shórt éigin eile, níorbh ionann sin is a rá go maródh sé duine a fuair fios a ghnó. Fiú má bhí sé ag plé le cóicín seachas le cannabas, nó go raibh dramhaíl nimhneach éigin á heasportáil go mídhleathach aige, níorbh ionann sin is a rá go raibh an gnó céanna ar bun aige ocht mbliana déag níos luaithe. Maidir leis an gcosc ar shiúlóirí, ní raibh aon dlí á bhriseadh aige agus níor chruthaigh an cosc aon rud.

Dónall. Scríobh Aoife a ainm sa cholún céanna a raibh ainm Phius breactha ann. Taobh leis, scríobh sí na focail 'Éalú go Londain?' Cad a thug air imeacht thar lear sular aimsíodh corp Lelia? Má bhí sé ag obair san óstán oíche na bainise, gach seans gurbh é an duine deiridh é a d'fhág an áit. Cá bhfios cá ndeachaigh sé ina dhiaidh sin? Bhí sé cairdiúil le Lelia, ón méid a bhí tuigthe aici ó Mhattie. B'fhéidir go raibh níos mó ná caradas eatarthu, agus gur chasadar ar a chéile tar éis na bainise, chun turas a thabhairt ar Ghob na Caillí.

Ba léir d'Aoife na bearnaí sa teoiric sin freisin. Ní teoiric a bhí ann, fiú, nuair a chuimhnigh sí air. Má bhí Dónall ciontach ar bhealach éigin, cén fáth gur fhág sé nuachtán ina dhiaidh sa teach agus ceist scríofa air a thug leid éigin ina choinne féin? Má bhí sé ag iarraidh éalú ó iniúchadh na nGardaí, cén fáth ar fhág sé soláthar cannabais i dteach Lelia, a tharraingeodh aird air féin láithreach?

Sinéad. Chaithfí a hainm a chur ar an liosta freisin. Bhí scéal á cheilt aici, mar a d'admhaigh sí féin. Tubaist nó corraíl éigin a chuir a saol bunoscionn an samhradh céanna a fuair Lelia Ní Dhubháin bás. De réir a hinsinte féin, chuaigh sí abhaile ón mbainis thart ar a haon ar maidin in éineacht le Marcella Osbourne, ach níorbh ionann sin is a rá gur fhan sí sa bhaile. B'fhéidir gur éalaigh sí amach arís ar chúis éigin, agus go raibh a fhios aici go díreach cad a tharla do Lelia. Dúirt sí gur chuir Lelia a ladar i ngnó nár bhain léi, agus cá bhfios nár bhain an gnó úd le Sinéad?

D'fhéach Aoife ar a huaireadóir. Ceathrú tar éis a dó dhéag. Dá mbeadh mórán moille eile uirthi, chaithfeadh sí glaoch ar dhuine éigin sa Ghlaisín agus socrú a dhéanamh chun Rónán a bhailiú ón scoil. Díomá uirthi féin nuair a dhiúltaigh sé dul ag súgradh le buachaill ina rang. É doicheallach, stuacánta ar uairibh, a dúirt sí léi féin. An doicheall aige óna athair, agus an cheanndánacht uaithi féin.

Dhírigh sí ar an liosta, agus ainm amháin eile á bhreacadh aici. Jody Nugent. Cá raibh Jody oíche na bainise? D'inis Sinéad di nár chuimhin léi Jody a fheiceáil ann in aon chor, agus más ea, cad a bhí ar siúl aige an oíche úd? Bhí cónaí air gar don bhóithrín amach go dtí an Gob. Ba é a fuair a corpán ceithre lá níos déanaí, agus chaithfí an cheist a chur, conas a bhí a fhios aige go raibh corpán thíos faoin bhfaill in áit chomh hiargúlta? Cuireadh ina leith, ba chosúil, go raibh bean á ciapadh aige i Sasana, agus mar ab eol di féin, d'fhéadfaí cúiseanna amhrais eile a lua leis.

Chuimhnigh Aoife ar bhlúire eile dá comhrá le Sinéad. Bhí cuid mhór branda ólta aici féin faoin am ar luaigh sí Jody lena cuairteoir, agus bhí a cuimhne measartha doiléir ar an méid a dúradh. Rud éigin faoi Jody a bheith ar scoil le Sinéad, nuair a bhí siad óg. Go mbíodh sé cúthaileach, mar a bhíodh sí féin. Go mbíodh seisean i dtrioblóid leis na múinteoirí, agus gur mheas na páistí eile go raibh sé corr, difriúil leo féin.

Liosta fánach ainmneacha, b'in an méid a bhí aici, a d'admhaigh Aoife di féin ar deireadh. D'fhéadfadh sí cur leis an liosta, agus gach duine nár thaitin léi a dhamnú le hamhras. I gcás Rita, mar shampla, cá bhfios nach raibh éad marfach aici le Lelia, ar chúis éigin nach raibh eolas ag Aoife air.

Samhlaíocht seachas fianaise, scáileanna seachas substaint. Cén fáth go ndeachaigh Lelia go Gob na Caillí ar a rothar i lár na hoíche? An amhlaidh go raibh sí ar meisce is gur bhuail fonn mire í, dul ag stánadh ar réaltaí na spéire? An amhlaidh go raibh *rendezvous* rúnda socraithe aici? Nó go ndeachaigh sí ann ina haonar, agus gur lean duine eile í, chun í a chiapadh nó a ionsaí? Eolas aici ar chambheart éigin a bhí ar bun, agus í ag faire is ag bailiú fianaise?

Bhain Aoife searradh aisti féin. Ní maith liom ceisteanna gan freagraí, sin í an fhírinne, ar sí. Ná ní maith liom a shamhlú go raibh bean óg ina luí cois faille oíche shamhraidh, agus eolas ceilte ag duine éigin faoin tuaiplis nó faoin bhfeall a thug a bás. A muintir cráite ina diaidh, díreach mar a bheinn féin is Sal is Rónán dá mbeadh Pat san uaigh anois, seachas sa bharda ospidéil mar atá.

Scríobh sí cúpla ainm i ndiaidh a chéile sa cholún a raibh 'Eolas?' mar theideal air. Sinéad, Dónall, Fiachra, Mattie, Cáit. Conas a gheobhadh sí a thuilleadh eolais uathu, b'in an dúshlán. Ba strainséir í féin, agus ní nach iontas, ní roinnfeadh gach éinne scéalta ceilte an cheantair go fial léi. Ach le himeacht ama, b'fhéidir go dtiocfadh athrú ar an méid sin. Agus b'fhéidir go smaoineodh sí ar bhealach éigin chun teagmháil a dhéanamh le Dónall, in ainneoin nach raibh a fhios ag a mhuintir cá raibh sé ar chlár an domhain. Seans, freisin, go gcuirfeadh sí glaoch eile ar Chaoimhín Mac Cába, an t-iarbhleachtaire.

D'fhill Aoife an clúdach litreach go teann, agus chuir sí ina mála é. Bhí féidearthacht eile nach raibh breactha aici ar a liosta in aon chor, ach a bhí i gcúl a hintinne mar sin féin. B'fhéidir nach raibh ciall ar bith leis an méid a scríobhadh ar chiumhais an pháipéir nuachta, agus go raibh an ceart ag na Gardaí a cheapadh gur de thimpiste a fuair Lelia bás. Tharla timpiste do Phat, mar shampla, agus dá marófaí eisean an tráthnóna úd, ní bheadh a fhios aici riamh cén fáth gur thug sé turas gan choinne go dtí an Gob. I gcás Lelia freisin, cá bhfios nach raibh ann ach tubaist a tharla go fánach, trí sheans.

***

'Ní theastaíonn uaim dul abhaile!'

'Cad atá i gceist agat, ní theastaíonn uait dul… Caithfidh go bhfuil ocras ort, nó b'fhéidir gur chaith tú an lá ag ithe milseán…?'

'Táimse ag obair anseo, agus táimid gnóthach. Níl an siopa dúnta fós, an bhfuil?'

Rinne Aoife gáire seachas argóint lena mac. Bhí tairiscint déanta ag Cáit Uí Dhonnabháin aire a thabhairt do Rónán, agus ligean dó cabhrú léi sa siopa, in éineacht le mac le cara léi. De réir mar a d'inis sí d'Aoife, bhí dreas mór oibre déanta ag an mbeirt óg, ag cur lipéad ar earraí éagsúla agus ag freastal ar na custaiméirí.

'Féach, tá's agamsa conas an t-airgead a thógáil ó na daoine...' Bhrúigh Rónán ar chnaipe ar an scipéad. Thosaigh sé féin agus an buachaill a bhí lena thaobh ag gáire nuair a bhain sé cling as an ngléas. 'Agus ní gá dom suimiú nó dealú i mo cheann...'

'A Thiarcais!' arsa Aoife. 'An bhfuil tú cinnte gur thug Cáit cead daoibh...?'

'Fuist, a chailín,' arsa Cáit, agus í ag teacht isteach sa siopa ón gcúlchistin. Bhí tráidire á iompar aici, ar a raibh pota tae agus dhá chupán. Thóg sí paicéad brioscaí seacláide ón seilf agus chomharthaigh sí d'Aoife í a leanúint amach an doras, go dtí an suíochán a bhí lasmuigh d'fhuinneog an tsiopa.

'Go raibh míle maith agat,' a dúirt Aoife léi nuair a bhí siad ina suí. 'As Rónán a thógáil, atá i gceist agam. Bhí sé ag gol aréir, mar a d'inis mé duit, mar go raibh orm iarraidh ar Fhiachra fanacht leis tar éis am scoile inné.' D'airigh Aoife go raibh gearránáil uirthi, amhail is gurbh éigean di na céadta mílte a rith seachas iad a thiomáint le cúpla lá anuas. 'Ach ní fhéadfainn aon rud a rá le Fiachra, mar tá sé chomh sásta a bheith cuiditheach...'

'Fuist, a dúirt mé leat, a chroí. An leaidín bocht, is dócha go raibh sé náirithe, agus an príomhoide ag tabhairt aire dó.' Chuir Cáit tae amach sa dá chupán, agus chuir sí steall maith bainne iontu freisin, sula raibh deis ag Aoife a rá léi nach mbeadh aici ach braoinín. Cuma sa tsioc, a dúirt sí léi féin. Bhí an ceart aici bronntanas beag a fháil i gCorcaigh do bhean an tsiopa, mar chomhartha buíochais.

'Ní fada go mbeidh mo bheirt traenáilte agam, ar aon nós,' arsa Cáit. 'Rinneadar jab breá, agus bhí na custaiméirí an-tógtha leo. Fiú Jody Nugent bocht, nach mbíonn focal as de ghnáth, rinne sé a dhícheall a bheith go deas leo.'

Ghlac Aoife leis an mbriosca a thairg Cáit di. Bhain sí greim as, an siúcra is an cócó sa tseacláid ag dul de rúid isteach ina cuid fola, dar léi.

'An dtagann Jody isteach go minic?' a d'fhiafraigh sí de Cháit go cúramach.

'Tagann sé isteach go rialta, ar ndóigh, agus dá dtiocfá féin ag ól sa bheár mar a gheall tú, d'fhéadfá tú féin a chur in aithne dó. Tógann sé tamall air labhairt le daoine de ghnáth, agus a bheith ar a shuaimhneas.' Thum Cáit a briosca féin ina cuid tae, agus thug sí súilfhéachaint ghrinn ar a compánach. 'Tamall de bhlianta, uaireanta! Agus tá's agam go scanraíonn sé daoine áirithe, nuair a sheasann sé ina staic ag stánadh roimhe…'

'Chonaiceamar gar don teach é cúpla uair.' Shlog Aoife bolgam den tae. D'airigh sí an leacht te ag sileadh inti mar a bheadh uisce ar thalamh tirim. Rith sé léi arís cé chomh héasca is a bhraith sí é, labhairt le Cáit. 'Deich lá ó shin nó mar sin a tharla sé, agus bhíomar buartha go leor, leis an bhfírinne a rá. Bhí mé féin i m'aonar sa teach nuair a bhain sé geit asam. An rud a tharla… Is amhlaidh a bhí sé ag stánadh isteach an fhuinneog, an dtuigeann tú?'

Níor fhreagair Cáit í láithreach. Bheannaigh sí do bhean chomharsan, a shiúil tharstu agus í ag déanamh ar dhoras an tsiopa. Sheas Cáit agus a cupán ina lámh aici, í ag iarraidh súil a choimeád tríd an bhfuinneog ar an ngnó a bhí á riaradh taobh istigh.

'Nílim ag iarraidh leithscéal a dhéanamh do Jody,' ar sise ar ball. 'Níl a fhios agam cad a bhí ar bun aige, ach b'fhéidir go raibh sé níos scanraithe ná mar a bhí tú féin, a chroí. N'fheadar nach fiosracht a thug go dtí do theach é?'

'Cén fáth a mbeadh sé fiosrach? Fúinne atá i gceist agat, nó faoin teach? Thuig mé go mbíodh cónaí air sa teach ar feadh tamaill, agus rith sé liom…?'

'Tá an ceart agat, bhí sé ag tabhairt aire don áit ar feadh scaithimh. Bhí Marcella fós beo an tráth sin, measaim, ach bhí sí imithe chun cónaithe le gaolta. Déarfainn féin go raibh fonn uirthi obair a thabhairt do Jody, mar bhíodh sí an-chineálta le daoine, tá's agat.' Stop Cáit arís agus í ag faire isteach ar an siopa. 'Ach mar a deirim, is deacair a rá cad a bhí ar bun aige nuair a bhain sé geit asat. Ní chreidim féin go bhfuil dochar dáiríre ann, agus seans nach dtuigeann sé uaireanta conas mar a fheictear do dhaoine eile é.'

Chuir Aoife fliuchadh tae eile lena beola. D'airigh sí go raibh a neart ag filleadh uirthi, tar éis na n-uaireanta fada a bhí caite aici ar an mbóthar. Go raibh duine eile ann chun lámh chúnta a thabhairt di, nó cúram a dhéanamh di mar a dhéanfaí de pháiste a mbainfí tuisle as.

'Chuala mé tamall ó shin go raibh amhras éigin faoi thall i Sasana? Go raibh na póilíní ina dhiaidh, toisc go raibh bean á leanúint aige?'

'A Chríost na bhflaitheas, n'fheadar cé a chuir nimh den sórt sin i do chluasa?' Tháinig faghairt i súile Cháit. 'Ní hea, ná habair a thuilleadh liom…'

'Nach raibh sé fíor, mar sin?'

'Ní raibh ná fíor, mar go bhfuair na póilíní amach tar éis tamaill go raibh gearáin déanta ag an mbean chéanna faoi thriúr fear eile roimh Jody bocht, is nach raibh bunús ná fianaise le haon cheann acu. Bhí *obsession* éigin ag cur as di, an créatúr.'

Bheannaigh Cáit arís don bhean chomharsan, a bhí ag fágáil an tsiopa, agus mála páipéir á iompar aici. Labhair siad lena chéile ar feadh nóiméid agus ansin chuir Cáit a cloigeann isteach an doras chun a dheimhniú go raibh an bheirt bhuachaillí ar a suaimhneas. D'fhan Aoife ina suí, gathanna suaimhnis á brath aici, agus teas bog an tráthnóna ar a craiceann. B'in a bhí in easnamh uirthi ó tháinig sí go Béarra, a dúirt sí léi féin. Cairde ban a bhféadfadh sí labhairt leo, gan bac ná breithiúnas sa chaidreamh, mar a dhéanadh sí lena cairde i mBaile Átha Cliath. Daoine a raibh sí ar a compord leo, mar a bhí le Cáit.

'Ach mar sin féin, dúirt tú féin go mbíonn Jody ag stánadh ar dhaoine?' ar sí le Cáit nuair a shuigh sise síos arís. 'Ach ní mheasann tú go bhfuil *obsessions* dá chuid féin aige…?

'B'fhéidir go bhfuil, a chailín,' arsa an bhean eile. 'B'fhéidir go bhfuil *syndrome* éigin air a chuireann bac leis an saol a chaitheamh mar ba mhaith le duine a dhéanamh. Níl a fhios agam, ach dá mbeadh sé ag dul ar scoil inniu, seans go ndéanfaí *assessment* gairmiúil air is go n-aithneofaí na nithe úd in am.'

'Goilleann sé ort, is léir, an riocht ina bhfuil sé?' D'fhéach Aoife as an nua ar an mbean óg lena taobh, iontas uirthi faoin bhfaobhar ar a glór siúd.

'Goilleann sé orm nuair a fheicim fir uaigneacha ina suí ag cuntar an bheáir, nach bhfuair cúnamh ná tuiscint ina saol ó éinne. Maidir le Jody, cá bhfios cad a bhí cearr ina shaol siúd ón tús? Bac tuisceana nó foghlama éigin, mar a deirim, nó ísle brí, toisc go bhfuair a mháthair bás agus é ina leanbh? Níl a fhios agam, bíodh do rogha féin agat, ach tá's agam go ndeachaigh sé in olcas ó bhí sé óg seachas a mhalairt. Bhí a athair aosta agus gan fios aige cad ab fhearr don bhuachaill. Bhí Jody cúthaileach is corr, é ag streachailt leis chomh maith is a d'fhéad sé. Bhí a chuid fiacla cam, is níor thug éinne go dtí an fiaclóir é. Fágadh é mar a fágadh go leor eile, ar a chonlán féin, agus daoine ag caitheamh anuas air.'

Shuigh siad beirt ar feadh tamaill, gan aon rud a rá. Ar deireadh, d'éirigh Aoife agus chomharthaigh sí tríd an bhfuinneog do Rónán go raibh sé in am dóibh dul abhaile.

'Caithfidh mé labhairt leat uair éigin faoin timpiste eile a tharla amuigh ar Ghob na Caillí.' D'fhéach Aoife go socair ar Cháit.

Thaispeánfadh sí an nuachtán di ach ní raibh aon deifir leis sin. B'fhearr léi aithne cheart a chur ar a cara nua ar dtús. 'Chuala mé rud éigin faoin mbean óg a fuair bás amuigh ansin na blianta ó shin, agus is dócha gur chuir mé suim sa scéal tar éis ar tharla do Phat.'

'Bhí daoine ag caint faoi ag an mbeár, ceart go leor,' arsa Cáit. 'Mór an faoiseamh nach tubaist a bhí ann an uair seo, a dúirt siad.'

Bhí solas an tráthnóna ag athrú ar Ros na Caillí, gathanna géara gréine ag titim air ó thaobh na farraige. Bhí an leithinis le feiceáil ag éirí go dáigh, diongbháilte os cionn na farraige, siar ó thuaidh ón sráidbhaile scaipthe.

'Ba é Jody a tháinig ar an gcorpán an tráth úd, nárbh ea? Caithfidh gur cheistigh na Gardaí é cuid mhaith, go háirithe nuair a bhí cónaí air gar don áit?'

'N'fheadar, a chailín, ach sin rud nach bhféadfainnse a insint duit.' Bhailigh Cáit na cupáin ar an tráidire. 'Ní raibh mé féin anseo ag an am, mar go raibh scrúduithe scoile éigin ar siúl agam, más buan mo chuimhne. Mí an Mheithimh a bhí ann, nárbh ea? Chaith mise blianta m'óige dúnta istigh i scoil chónaithe, bíodh a fhios agat, agus chaithfeá fiafraí de dhaoine eile conas mar a tharla cúrsaí an tráth úd.'

* * *

Thóg Pat an ghloine uisce a thug Aoife dó. Bhí sé ina shuí suas ina leaba féin sa bhaile, agus leabhar á léamh aige. Eachtraí taistil i sléibhte Atlas na hAfraice Thuaidh. Éalú ó Bhéarra, rud a thuig Aoife dó. Bhí comhairle dochtúra aige gan dua a chur air féin go ceann cúpla seachtain ar a laghad, agus sosanna rialta a ghlacadh. Bhí dea-scéal faighte mar thoradh ar an scanadh, agus bhí a chos nimhneach ag bisiú freisin. D'fhéadfadh sé a bheith ar a sháimhín só, dá mbeadh sé sásta a bheith díomhaoin.

Bhí an aimsir brothallach ó d'fhill sé abhaile, luathshamhradh Bealtaine a raibh fáilte ag gach éinne ach Pat féin roimhe. Bhí iarrachtaí déanta aige cúpla lá as a chéile tabhairt faoi obair ríomhaireachta nó deartha, ach d'éirigh sé astu ar deireadh. Ní raibh sé ábalta a aigne a dhíriú ar aon rud ar feadh i bhfad, a dúirt sé le hAoife maidin Dé Luain. B'fhearr gan a bheith ag cur dallamullóige air féin.

Bhí an t-aer socair, gan puth gaoithe. Ag druidim le meán lae, scaip na scamaill liathbhána sa spéir agus scairt an ghrian. Bhí portaireacht éan le cloisint aige trí na fuinneoga a bhí ar leathadh oscailte don ghairdín. Smólach ar ghéag ag ceiliúradh an tséasúir. Nuair a thóg sé a shúile óna leabhar, chonaic sé meantán ag tuirlingt is ag éirí ó leac na fuinneoige.

Shuigh Aoife lena thaobh ar an leaba. Bhí sciorta fada éadrom á chaitheamh aici, rud a d'oir di, dar le Pat. Thaitin leis go raibh a colainn cuartha seachas caol, tanaí. Rith sé leis nár thug sé mórán aird le tamall ar a raibh á chaitheamh aici, ná cé chomh mealltach is a bhí sí. Bhí beagán iontais air ag an am céanna go raibh sí gléasta mar sin agus í amuigh ag garraíodóireacht.

Bhí sú torthaí éigin ina gloine féin, agus bhain sí bolgam as agus í ina suí taobh leis. Ní dúirt ceachtar acu tada ar feadh tamaill seachas trácht go ciúin ar an duilliúr a bhí le feiceáil ag borradh ar gach crann, is na dathanna iomadúla glasa a bhí á lasadh go geal faoin ngrian.

'Tá sé damanta nach féidir liom a bheith amuigh ag obair in éineacht leat,' arsa Pat ansin, agus a ghloine féin á cur síos ar an urlár aige. 'Bhfuil mórán dul chun cinn déanta agat?'

'Roinnt. Ní chreidfeá an méid driseacha a bhí snaidhmthe ar a chéile taobh leis an sruthán, ach tá carnán mór díobh glanta agam. D'éirigh mé chomh te sin ón obair, bhfuil a fhios agat, gur rith mé isteach faoin gcith thíos staighre chun an t-allas a bhaint díom. Agus éadaí samhraidh a chur orm freisin.'

Thug Pat suntas dá cuid gruaige, a bhí tais agus in aimhréidh. Caithfidh go raibh sé ar intinn aici stopadh den gharraíodóireacht don lá, cé nach raibh Sal is Rónán le bailiú ón scoil go ceann uair an chloig eile.

'Bhí mé ar tí dul amach agus suí faoin ngrian,' ar seisean léi. 'Ach chuirfeadh sé fonn orm a bheith cruógach agus rud éigin fiúntach a dhéanamh seachas a bheith ag leisceoireacht mar atáim…'

'Bíodh ciall agat, a stór,' arsa Aoife leis go réidh. 'Tá's agam go bhfuil sé damanta deacair duit, agus go bhfuil míle rud le déanamh againn. Ach cad is fiú a bheith do do chrá féin…?'

'Beidh tusa imithe ar feadh ceithre lá, níos déanaí an tseachtain seo. Beimid go léir as baile, má leanaimid leis an socrú a rinne tú, agus níl a fhios againn fós cén uair a bheidh mise in ann tabhairt faoi shiúlóidí i gceart…'

'Táim á rá leat, ní fiú duit tú féin a chrá.' Scar Aoife fillteacha a sciorta, a bhí brúite idir a cosa is an phluid leapa. 'Réiteofar na deacrachtaí de réir a chéile. Féach go raibh Rónán cráite le mí go leith anuas, agus nach féidir é a choimeád ón siopa anois. Agus an scéal céanna le Sal, í ar mhuin na muice mar go bhfuil cuireadh faighte aici fanacht i dteach a cara, Fionnuala…'

'Tá sí ag éirí an-mhór leis an gclann sin, nach bhfuil? Ach, a Aoife, caithfidh go bhfuil tú traochta ag rith anonn is anall, agus an obair ar fad tite ortsa…?'

Leag Aoife a lámh anuas ar lámh Phat, an geal ar an dubh mar a deireadh sí uaireanta.

'Fan go bhfeice tú,' a dúirt sí leis. 'Beidh rudaí go breá amach anseo. Déanfaidh sé maitheas dúinn go léir imeacht as baile, agus tabharfaidh Mary is Des aire bhreá duitse i nDún Mánais. Beidh mé féin is Rónán breá sásta freisin, turais is *treats* go leor don phágánach óg, mar chúiteamh ar an gCéad Chomaoineach nach mbeidh ar siúl aige.'

D'ardaigh sí na súile, agus strainc ghealgháireach ar a béal.

'Nó ba cheart dom a rá, mar chúiteamh ar an slám airgid nach mbeidh á charnadh aige ó na comharsana is na gaolta, mar a bheidh á dhéanamh ag a chompánaigh ranga. Saint airgid agus sacraimint naofa, is léir go ngabhann siad go seoigh le chéile!'

D'fhéach Pat uirthi agus miongháire ag leathadh ar a cheannaithe. Théadh Aoife thar fóir uaireanta, leis na roscanna catha a scaoileadh sí, ach chuir a racht paiseanta gliondar anois air. Lasadh gréine a chonaic sise ar a aghaidh siúd, nuair a bhris a mhiongháire air. Gath solais a d'aimsigh ina croí istigh í, agus a súile araon ag dul i ngreim a chéile.

Chuir sí uaithi a gloine féin agus dhruid sí níos gaire dá fear céile. Bhí pluid éadrom á chlúdach go dtí a chom, agus shleamhnaigh sí a lámh isteach faoin éadach, gur airigh sí a chneas faoina méara.

'Mheas mé,' a dúirt seisean go ciúin, agus iontas suáilceach ar a éadan, 'go raibh comhairle dochtúra agamsa gan aon dua a chur orm féin?'

Níor thug sí mar fhreagra air ach an phluid a bhrú i leataobh pas éigin, agus tost cainte a chur ar a bhéal lena beola. D'airigh sé borradh pléisiúir mar a bheadh nótaí comhcheoil á gcanadh le chéile. Chorraigh sé ciumhais a sciorta go bog, agus nuair a shlíoc sé a lámh le hais a coise, fuair sé de gheit áthais go raibh sí nocht, fonnmhar roimhe. Ligeadar beirt osna chléibh in éindí agus fuadar fíochmhar á líonadh.

* * *

Chuimil Aoife a hordóg ar a béal agus dhún sí a súile seal beag. Bhí scáileán ríomhphoist roimpi ar an ríomhaire, agus clog leagtha aici in aice leis chun a chur i gcuimhne di go raibh málaí fós le pacáil roimh am lóin. Turas go cathair Chill Chainnigh roimpi, í féin is Rónán ag dul ar cuairt ar chairde. Ach thabharfadh sí cead brionglóide di féin ar dtús.

Drithlíní dúile an lae inné ag dul tríthi go fóill. Srutháinín beoga ag rince ina cuid fola. Í féin is Pat ina luí le chéile don dara huair, faoi choim na hoíche agus an fuinneamh teaspúil a bhí iontu níos luaithe ag dul i léig. Iad socair, leisciúil, míogarnach. Aithne á cur acu as an nua ar a chéile. Colainn a fir chéile mar a bheadh tírdhreach nach raibh siúlta le tamall aici, dar le hAoife. Gleannta boga folaithe nár thug éinne cuairt orthu ach í féin. Téagar na matán faoina chraiceann, a chruth is a chuisle le brath aici faoina lámha. Leoithne a anála ar a leiceann féin.

Chuir sí iachall uirthi féin a súile a oscailt ar deireadh. Bhí deis aici tabhairt faoi dhreas oibre sula bhfágfadh sí an Glaisín go ceann ceithre lá. Dreas ar an ríomhphost, chun tuilleadh eolais ar Lelia a lorg.

Bhreac sí teachtaireacht shimplí ar dtús, nóta chuig Caoimhín Mac Cába chun an socrú a bhí déanta acu casadh lena chéile a chinntiú. Comhrá fada déanta aici le Caoimhín cúpla lá roimhe sin ar an bhfón, é sásta fiosruithe a dhéanamh ar a son.

Scata nótaí ríomhphoist eile le seoladh aici ag an am céanna. Seift ceaptha aici chun teagmháil a dhéanamh le Dónall Huggaird, ach amhras uirthi conas a d'éireodh léi faoi.

Bhí blúire amháin eolais faighte aici ó Shinéad, idir an dá linn, ach ba bheag an tairbhe di é. An scéal a bhí ag máthair Shinéad ná go raibh Dónall i Meiriceá Theas, in Éacuadór nó b'fhéidir i Veiniséala. Cárta Nollag tagtha uaidh an geimhreadh roimhe sin, ach gan seoladh ar bith ar an gcárta.

Ceart go leor, arsa Aoife léi féin, seo liom. Bhí seans éigin ann gur bhain Dónall Huggaird úsáid as ríomhphost, b'in bunús na seifte. Bhí a mhuintir féin fágtha ina dhiaidh in iarthar na hEorpa ag Dónall, ach cá bhfios nach raibh teagmháil aige ó am go chéile le cairde nó le daoine eile a casadh air ar fud an domhain. Seal thall is seal abhus, b'in an saol spailpíneach a bhí roghnaithe aige dó féin, de réir cosúlachta. Agus dá bharr sin, má bhí seoladh ríomhphoist aige in aon chor, ní seoladh buan a bheadh ann, ach seoladh le ceann de dhá chomhlacht, *Hotmail* nó *Yahoo*. Le ceachtar acu siúd, d'fhéadfadh Dónall teacht ar a bhosca poist ó aon ríomhaire ar domhan.

Má bhí an méid sin fíor, ní raibh le déanamh ag Aoife ach an seoladh a bhí roghnaithe aige dó féin a thomhas go cruinn. Triail a bhaint as gach seoladh a d'fhéadfadh a bheith aige, agus a fháil amach ó chóras freastail na gcomhlachtaí cé acu a shroich ceann scríbe. Bhí leaganacha difriúla dá ainm liostáilte aici mar ábhar seoltaí. *DonallHuggaird@hotmail.com*, mar shampla. DonalHugaird, Dhuggard, Donall.Huggaird. Cad faoi leagan Spáinnise dá ainm, más i Meiriceá Theas a bhí sé? DonHugard, nó DonHugardo. Cad faoi leaganacha eile dá chéad ainm? Donie, nó Donald, nó Domhnall?

A dhiabhail, ní fiche teachtaireacht a bheadh le seoladh aici, arsa Aoife léi féin, ach daichead. Gach leagan a gcuimhneodh sí air, bheadh sé le triail faoi dhó, leis an dá chomhlacht. Agus b'fhéidir go mbeadh an bóthar caoch rompu uile. Comhlachtaí eile ann nach raibh eolas aici orthu, gach seans. Agus fiú dá sroichfeadh a teachtaireacht é, an mbeadh fonn ar Dhónall freagra a thabhairt uirthi?

Bhí sé beartaithe aici gan mórán a rá leis sa nóta. Ní raibh a fhios aici cén pháirt a bhí aige siúd in imeachtaí mhí an Mheithimh 1986, ná cá mhéad den fhírinne a d'inseodh sé di. Séard a theastaigh uaithi ar dtús ná nasc a dhéanamh leis. Puth gaoithe a shéideadh trasna an aigéin, agus a bheith dóchasach go spreagfadh sin cuaifeach cuimhní thall i Meiriceá Theas. A bheith dóchasach go mbeadh scéal éigin le hinsint aige.

D'éist Aoife leis an tic ar an gclog in aice léi, agus í ag iarraidh teachtaireacht oiriúnach a chumadh. Scríobh sí agus scrios sí í, cúpla uair as a chéile. Tháinig cathú uirthi ansin nótaí bána a chur chuig na seoltaí iomadúla a bhí ar a liosta. Nótaí gan aon rud scríofa orthu, chun a fháil amach ar dtús cé acu seoladh a bhí bailí. D'éirigh sí tar éis tamaill agus leag sí roinnt éadaí ar a leaba, chun tús a chur leis an bpacáil. D'aimsigh sí cluiche *Solitaire* ar an ríomhaire, agus d'imir sí dhá nó trí bhabhta de.

Dul sa seans, ní raibh de rogha aici ach é. An dorú a chaitheamh amach san uisce, agus fanacht go foighneach, le súil go meallfaí an t-iasc.

'A Dhónaill dhil,

Luaigh do dheirfiúr Sinéad—nó Jenny—d'ainm liom le déanaí, nuair a casadh orm í i mBéarra. Measaim go bhfuil rud éigin a bhain leat i mo sheilbh.

Má shroicheann an nóta seo tú, ba bhreá liom scéala a fháil uait ag an seoladh ríomhphoist thuas.

Gach rath,

Aoife Nic Dhiarmada'

6

Cruimheanna.

Cruimheanna ramhra bána, na céadta acu á mbeathú féin ar an gcorpán. Ó cuireadh an pictiúr in intinn Aoife, ní raibh sí ábalta é a ruaigeadh.

Bhí a fhios aici, ón gcéad uair a léigh sí scéal na timpiste, go raibh corp na mná óige ina luí ag bun na faille ar feadh roinnt laethanta tar éis a báis. Bhí a fhios aici go raibh an ghaoth is an bháisteach ag imirt ar an gcorp i rith an ama sin, agus tonnta na farraige ag bagairt ar Lelia. Shamhlaigh sí go mb'fhéidir go raibh fuil doirte ar na carraigeacha. Cosa Lelia briste, seans, ón titim a tharla di, nó a muineál casta, lúbtha as a riocht. A corp righin, mar a bheadh dealbh de chéir chrua.

Ach feithidí nó ainmhithe ag déanamh féasta ar an marbhán, b'iúd pictiúr nár rith léi in aon chor go dtí sin. Pictiúr gránna, scanrúil a bhí ann, a chuir múisc uirthi gach uair a chuimhnigh sí air. Pictiúr a bhí á bhrú féin ar a hintinn agus í ag faire ar an mbóthar fada siar ó dheas go Béarra.

Í féin is Rónán ag filleadh ar an mbaile, tar éis na saoire a thug siad i gCill Chainnigh. Deis do Rónán éalú ón scoil tráth a raibh am uile an ranga gafa ag sacraimint an chreidimh Chaitlicí. Deis d'Aoife briseadh a fháil ón tsíorobair ar an teach, agus deis di freisin casadh le Caoimhín Mac Cába.

I sráidbhaile Inis Tíog a bhí coinne déanta acu lena chéile. Chuaigh sí féin is a cairde ann ar maidin Dé Sathairn, agus thug siadsan Rónán leo ag eachtraíocht sna coillte os cionn an ghleanna. Seaneastát de chuid na n-uaisle ansin, a bhí á chóiriú don phobal le blianta beaga anuas. Siúlóidí i measc na gcrann agus sna gairdíní maisiúla, in aice le fothrach tí mhóir a dódh go talamh aimsir na nDúchrónach. Fothrach eile ar bhruach an chnoic, caisleán bréige a raibh radharc tobann le fáil uaidh ar abhainn na Feorach, is í ar a cuarshlí taobh thíos de na crainn. Mar a bhí in áiteanna eile ar fud na tíre, caoi is feabhas á gcur ar iarsmaí stairiúla a ndearnadh neamhaird díobh le fada.

Nuair a labhair Aoife le Caoimhín ar an bhfón an tseachtain roimhe sin, mhínigh sí méid éigin dó faoin iarsma beag staire a bhí aimsithe aici féin sa teach. Chuir sé spéis sa scéal láithreach, agus dúirt sé go gcuirfeadh sé glaoch ar a sheanchara a bhí fós ina bhleachtaire, a phléigh leis an iniúchadh cheana. Ach ar seisean de gháire le hAoife, ná cuir aon chruacheist orm faoin gconair a ghlacfaidh mé chun teacht ar eolas duit go neamhoifigiúil. Ná cuir tusa aon chruacheist ormsa, arsa Aoife, mar nach bhfuilim cinnte fós cén fáth a bhfuil an t-eolas uaim.

Fear meánaosta a bhí ann, é caol, scrogallach, agus nósanna an bhleachtaire aige go fóill, dar le hAoife. Leathshúil is leathchluas ar bior aige i gcónaí, ach bhí sé lách, gnaíúil ag an am céanna, agus bheannaigh sé di mar a bheadh seanchara ann. Bhí siad ina suí ar shuíochán adhmaid amuigh faoin aer, ar phlásóg féir gar don abhainn. Labhair siad tamall ar an seandroichead cuanna, maorga os a gcomhair, agus ar dhroichid eile ar abhainn na Bearbha is na Feorach. An tábhacht a bhíodh leis na droichid úd fadó, iad feidhmiúil is ealaíonta in aon turas.

Faoi dheireadh, thóg Caoimhín amach leathanach nó dhó, a raibh nótaí breactha aige air faoi chás Lelia. D'inis sé d'Aoife ar dtús faoi na deacrachtaí a bhí ag na húdaráis toisc an áit ina raibh an corpán ina luí. Ní raibh bád beag ná héileacaptar ábalta dul i dtír ar na carraigeacha, agus don chéad scrúdú, b'éigean an Cróinéir, an Paiteolaí is an fhoireann iniúchta a scaoileadh síos ón bhfaill ar théada. Ar an gcaoi chéanna a tógadh an corpán ón láthair, go dtí an mharbhlann don mhionscrúdú.

Gortú dá cloigeann a thug bás Lelia, a dúirt sé, nuair a thit sí ar an talamh crua ar a bhfuarthas í. Ní raibh aon doirteadh fola mór i gceist. Leag buille tréan í gan aithne gan urlabhra, agus toisc airde na faille, ní fhéadfadh éinne teacht slán óna leithéid de thitim. Bhí gualainn agus cos amháin léi briste, a craiceann scríobtha is a cuid éadaí sractha in áiteanna, ón gcuimilt a rinne siad le dromchla ghéar na faille ar a bealach síos. Ba chosúil le marmar dath a craicinn, de réir na tuairisce, agus mhínigh Caoimhín d'Aoife gurbh in a tharlaíodh nuair a bhíodh rian dearg na bhfuileadán le feiceáil faoin gcraiceann bán.

Cúis bháis agus cúinsí báis. Bhí freagraí áirithe ag lucht eolaíochta, agus ceisteanna eile gan freagairt. Ní fhéadfadh an Paiteolaí a rá go dearfach, mar shampla, go raibh Lelia ina beatha nuair a thit sí. D'fhéadfaí corpán a chaitheamh le faill, de réir cosúlachta, agus a bheith ag súil go gceapfaí ina dhiaidh gur thionóisc a bhí ann. Ach ní raibh aon rian uirthi gur tachtadh í, ná gur maraíodh le foréigean í roimh ré. *Injuries consistent with a fall over cliff*, a leithéid sin d'fhoirmle oifigiúil a bhí sa tuairisc. Ní fhéadfaí féinmharú a chur as an áireamh ach oiread, de réir mar a mhínigh Caoimhín an scéal. Ach i gcás féinmharaithe, ba ghnách don duine léim amach ón bhfaill, seachas sleamhnú lena taobh. Dá réir sin, ba ghnách gan scríobadh mórán a bheith ar an gcraiceann, mar a bhí ar Lelia.

Cur síos fuar, cliniciúil. Chomh fuar, neamhthrócaireach leis an mbás féin. Beirt acu ag caint faoi chorpán, a dúirt Aoife léi féin, fad a bhí uachtar reoite á ithe acu faoi ghrian bhog na Bealtaine. D'airigh sí míshuaimhneach agus í ag éisteacht leis an bhfear lách os a comhair. Nuair a labhair sí leis ar an bhfón an tseachtain roimhe, bhí lúcháir uirthi gur thairg sé cabhrú léi. Dúirt sé léi go raibh sé faoi chomaoin aici i gcónaí, ní amháin toisc an scéal nuachta a bhain lena theach féin, ach toisc scéalta eile a scríobh sí, go háirithe ceann faoi chaimiléireacht i measc scata beag Gardaí. Sular chas sí leis, d'airigh Aoife cigilt sásaimh go mbeadh fáil aicise ar eolas nach bhfeicfeadh an pobal sa ghnáthshlí. Bhí a fhios aici nach scaoilfeadh an Cróinéir toradh an *post-mortem* d'éinne ach do mhuintir Lelia amháin, má bhí sin uathu, agus go mbeadh an t-ádh uirthi cur síos a chloisint ar a raibh ann.

Ach anois agus í ag éisteacht le Caoimhín, ní sásamh a d'airigh sí, ach ciontaíl. *Voyeur* a bhí inti, ag faire go fuarchúiseach ar thábla na marbhlainne.

Bhí sí ag streachailt le smaointe dá leithéid nuair a luaigh sé na cruimheanna. Feicim go bhfuil d'uachtar reoite ite agat, a dúirt sé, agus mar sin, tá sé chomh maith agam rud eile a bhí i dtuairisc an Phaiteolaí a lua. Ná héist leis an méid seo, más fearr leat, ar seisean. Ach ansin, lean sé dá chaint sular éirigh léi stop a chur leis.

D'inis sé di nach bhfuarthas aon rian ar an gcorpán go raibh éin mhara ag priocadh as. Ach tharla rud eile, ar seisean, a rinne jab an Phaiteolaí níos deacra ná mar ba ghnách. Bhí aimsir shamhraidh ann nuair a fuair Lelia bás, gan amhras, agus bhí cuileoga san aer mar a bhíonn i gcónaí an tráth sin. Bhí ceithre lá acu chun a gcuid uibheacha a neadú ar an gcorpán, agus b'astu a d'fhás na cruimheanna. Mhéadaigh ar a líon lá i ndiaidh lae, gan amhras. Rud gránna, samhnasach, a dúirt Caoimhín, a tharlaíonn i gcásanna dá leithéid. Toisc go raibh an corpán ina luí cois farraige, ní raibh an oiread cruimheanna air is a bheadh ar chorpán intíre, agus toisc go raibh an aimsir gaofar cuid den am, bhí moill ar an díobháil a rinne siad. Ach bhí siad ann, thart ar shrón is ar shúile Lelia go háirithe.

'Cá mhéad ama eile a bheimid ar an mbóthar?'

Guth Rónáin a bhris isteach ar an bpictiúr úd a bhí tagtha arís eile chuig Aoife. Gheit sí nuair a labhair a mac léi ó chúl an chairr, é chomh ciúin ar feadh uair an chloig roimhe sin gur bheag nár dhearmad sí go raibh sé ann in aon chor. É ag éisteacht le téip scéil éigin, de réir mar a dúirt sé léi, agus cluasáin á choimeád bodhar ar an saol mór.

'An gceannóidh tú uachtar reoite dom?'

'Séard atá á rá agat ná, an gceannóidh tú uachtar reoite dom, led thoil?' Rinne Aoife iarracht ar mhiongháire le cúlscáthán an chairr. Bheadh sé deacair di féin uachtar reoite a ithe go ceann scaithimh, a dúirt sí léi féin, gan na diabhal créatúir a raibh Caoimhín ag caint orthu a shamhlú. Ach ba cheart di aird a thabhairt ar a mac ar feadh tamaill.

'Stopfaimid ar ball,' a dúirt sí leis. 'Agus nuair a shroichfimid Beanntraí, beimid ag casadh le Daid agus le Mary. Beidh na buachaillí in éineacht leo, agus is féidir leatsa dul ag spraoi leo i ngairdín Theach Bheanntraí.'

'B'fhearr liom dul go dtí páirc siamsa ná go dtí gairdín. Tá's agat, cosúil leis an áit sa Trá Mhór. An áit a rabhamar Dé hAoine, a Mhamaí, nuair a cheannaigh tú mo bhronntanas Chéad Chomaoineach dom. Beidh éad ar Shal, tá's agat…'

'Ach thaitin caisleán Chill Chainnigh leat freisin, nár thaitin? Agus na coillte in Inis Tíog? Agus ní bronntanas Chéad Chomaoinigh go díreach a fuaireamar, tá's agat…'

Díriú ar an mbeatha tamall, seachas ar an mbás. Rith sé le hAoife go tobann go raibh sí ag súil go mór le filleadh abhaile. Táim sa bhaile ar leithinis Bhéarra, a mheabhraigh sí di féin. Seo an chéad uair dom filleadh ar an nGlaisín, agus mé sa bhaile ann.

I gceann lae nó dhó eile, d'fhéadfadh sí suí síos, agus cuimhneamh ar an gcuid eile a d'inis Caoimhín di. An cuardach a rinneadh i dteach Lelia, agus an mála a fuarthas ar bharr na faille. An ceistiú a rinneadh ar Dhónall Huggaird, i measc daoine eile.

Bhí a fhios ag Aoife anois go bhfillfeadh sí ar scéal Lelia go dtí go mbeadh an méid tuisceana faighte aici air is ab fhéidir léi. Níor fhéad sí a shéanadh di féin feasta go raibh greim ag an scéal uirthi. Ní eachtra theibí staire a bhí ann, ó tharla an timpiste do Phat. Ní scéal ar mhaithe le scéal a bhí ann, ó chuala sí an cur síos gránna a roinn Caoimhín léi.

Ní san uaigh a thosaigh meath an bháis ag imirt ar Lelia, ach amuigh faoi aer an tsaoil mhóir. Bhí fianaise i seilbh Aoife a thug le tuiscint nach ina haonar a bhí sí nuair a thit sí ón bhfaill. Má bhí fírinne ar bith le baint as an abairt nó dhó a breacadh ar an nuachtán, níor thimpiste uaigneach a thug a bás. Bhí duine éigin ann a raibh a fhios aige nó aici go raibh sí ina luí ar na carraigeacha ar feadh ceithre lá is oíche, agus cruimheanna á mbeathú féin ar a bás. Duine a d'fhág ann í, nó a chuir ann í. Duine a choimeád a rún go docht ar feadh na mblianta.

*** *

Nuair a chuir Aoife a ríomhphost ar siúl, bhí liosta fada teachtaireachtaí roimpi. *Failure Notice, Failure Notice*, ceann i ndiaidh a chéile. An córas freastail ríomhphoist, a bhí ar nós oifig sortála, ag insint di go raibh scata mór nótaí curtha aici go dtí seoltaí ríomhphoist nárbh ann dóibh. DónallHugaird, DónallHuggaird, DomhnallHuggaird. Ní raibh éinne acu ar foluain amuigh sa chibearspás, ná suite i gcafé idirlín i gcathair challánach i Meiriceá Theas agus scéal ó Bhéarra á léamh aige. Clic, clic. Ghliogáil Aoife ar cheann i ndiaidh a chéile de na teachtaireachtaí diúltaithe a bhí fillte uirthi, is gan aon ró-iontas uirthi. Ba bheag an seans a bhí ann teacht ar Dhónall, bhí a fhios aici sin ón tús.

Fan, bhí nóta amháin ina measc nach raibh *Failure Notice* mar theideal air. A dhiabhail, DHugaird. In áit éigin ar domhan, bhí DHugaird cláraithe le seoladh ríomhphoist. D'oscail Aoife an nóta ar a scáileán gan mhoill.

'Buíochas as do nóta. Is oth liom a rá leat, áfach, nach bhfuil aon deirfiúr agam darb ainm di Sinéad, nó Jenny. Níl aon eolas agam ar Bhéarra ach oiread.

Tá súil agam gur cabhair duit an méid sin.

Is mise,

Deirdre Hugaird.'

Ní raibh le cloisint ag Aoife ach crónán a ríomhaire agus í ag stánadh roimpi. Deirdre éigin a chuir de dhua uirthi freagra a chur chun bealaigh chuici, ach ba bheag an sólás an méid sin. Mhúch sí an ceangal, agus na freagraí diúltacha á gcomhaireamh aici. Fiche ceann, ar a laghad. Chaithfeadh sí liosta a dhéanamh de na leaganacha ar fad d'ainm Dhónaill a bhí le cur as an áireamh. Ina dhiaidh sin, liosta nua le déanamh de na leaganacha nár thriail sí fós. Níor cheart misneach a chailliúint. Ní raibh an t-iasc ar an dorú fós, ach níorbh ionann sin is gan iasc a bheith san uisce.

Bhí súil aici Sinéad a fheiceáil arís faoi cheann cúpla lá. Bhí sise ag filleadh ó Chontae an Chláir, ba chosúil, agus fonn uirthi casadh le hAoife. Teachtaireacht fóin a bhí fágtha aici, agus a fón póca féin múchta ó shin. 'B'fhéidir go labhróimid ar chuid de na rudaí a bhí deacair dom an uair dheiridh,' a bhí ráite aici. 'Nílim réidh chun aghaidh a thabhairt ar dhaoine sa Ghlaisín fós, ach measaim go gcabhródh sé liom labhairt leatsa ar dtús. Is é sin le rá, dá mbeadh fonn ortsa sin a dhéanamh.' Chuir Aoife téacs fóin chuici, nuair a theip uirthi teacht ar Shinéad féin. Mhol sí am is áit dóibh chun casadh lena chéile, agus luaigh sí go raibh sí fós ag iarraidh teagmháil a dhéanamh le Dónall.

Thug sí spléachadh ar a huaireadóir. A deich a chlog ar maidin, agus lá oibre roimpi sa teach. Sula dtosófaí ar na seomraí a phéinteáil, bhí uirthi dromchla an adhmaid is na mballaí a réiteach. Poill is lochtanna eile a aimsiú, agus iad a líonadh, ceann ar cheann, le *polyfilla*. Obair mhall, fhoighneach, seanstruchtúir an tí a chíoradh is a chur ina gceart, sula gcuirfí cóta nua péinte os a gcionn.

Chuirfeadh sí chuige go luath, ach ar dtús, cheadódh sí tamall eile di féin chun scéal Lelia a chíoradh. D'oscail sí comhad ar leith a bhí déanta aici ar an ríomhaire.

Liosta ceisteanna, mar a bhí breactha ar dtús aici ar an gclúdach litreach. Liosta pointí a bhí luaite ag Caoimhín. Tuairisc an Phaiteolaí, agus breith an Chróinéara. Cuardach na nGardaí. Bhí mála faighte acu ar an talamh thuas ar imeall na faille. Mála láimhe, ina raibh sparán, bosca cipíní, ciarsúir pháipéir, agus beoldath nár úsáideadh mórán.

Earraí soineanta, nár inis mórán do na Gardaí, ach go raibh earra amháin eile mar aon leo. Soláthar den phiolla, an paicéad marcáilte le laethanta na seachtaine mar ba ghnách, agus na piollaí á dtógáil ag Lelia, de réir dealraimh, go lá a báis.

Bhí caidreamh gnéis aici le duine éigin, b'in a bhí le tuiscint. Ceart go leor, d'fhéadfadh bean an piolla a thógáil ar chúis sláinte seachas ar son frithghiniúna, ach bhí fiosrú éigin déanta ag na Gardaí lena dochtúir, agus níor léir go raibh fianaise ann chuige sin. Ná ní raibh aon toradh ar an bhfiosrú a rinneadh, i gceantar an Ghlaisín ná i measc a muintire, chun a fháil amach cé a bhí i gceist.

Ní raibh míniú ar an scéal, ba chosúil, ach go raibh a súil ag Lelia ar dhuine éigin, agus go raibh sí ag iarraidh a bheith réidh don oíche a rachaidís a luí le chéile. Nó sin, go mbíodh babhtaí caidrimh aon oíche aici le fear áirithe nó le fir éagsúla, agus nach raibh fonn orthusan é sin a admháil tar éis a báis. Ach de réir an scrúdú iarbháis, ní raibh gníomh collaí déanta aici go luath sular thit sí den fhaill. Nó, mar a dúirt an Paiteolaí go cúramach, níor chosúil go raibh.

Maidir leis an gcuardach i dteach Lelia, dheimhnigh Caoimhín d'Aoife go bhfuair na Gardaí cannabas ann, é fillte, fáiscthe i dtrí *joint*, agus méarloirg Dhónaill Huggaird ar dhá cheann acu. Bhíodar ar leac na tine sa seomra suite beag, istigh i bpota maisiúil a raibh bréagbhláthanna órga ina seasamh ann. Ní raibh aon nóta in éineacht leo, ach ba léir ón tobac is ón gcannabas nach raibh siad ann tréimhse an-fhada. Fuarthas méarloirg Dhónaill in dhá nó trí áit eile sa seomra, mar aon le rianta eile a mbeifí ag súil leo, cuid Lelia agus cúpla cara is comharsa eile.

Níor aimsíodh mórán eile ar tugadh suntas dó. Bhí bainne sa chuisneoir a bhí éirithe géar, a thaispeáin de réir cosúlachta go raibh coinne aici filleadh abhaile ón mbainis. Bhí a leaba cóirithe is ba léir nár chodail sí ann an oíche chinniúnach úd, ná nár luigh sí ann le héinne eile. Ach ní bhfuarthas litreacha ná cín lae ná aon rud eile sa teach a léireodh saol rúnda, ná socrú chun dul amach go Gob na Caillí i lár na hoíche.

Chogain Aoife ar a cuid ingne agus í ag féachaint ar an scáileán roimpi. B'fhéidir go raibh sé in am di an scéal ar fad a insint do Phat. B'fhearr dhá chloigeann ná ceann amháin, agus bhí bua an amhrais ag Pat. An scil ba láidre aici féin, dar le hAoife, ná tochailt eolais, agus cloí leis an gceistiú fiú nuair ba léir do dhaoine eile go raibh fios an scéil ar fáil. Maidir le Pat, níor chreid seisean cuid mhaith den mhéid a deirtí leis, ar an gcéad éisteacht. Bheadh sé ábalta féachaint as an nua ar na blúirí fianaise a bhí aici.

Labhróidh mé leis faoi i gceann cúpla lá, ar sí léi féin. Tá na bearnaí fianaise rómhór fós, agus seans nach ndéanfaidh sé ach magadh fúm. Fanfaidh mé go gcloisfidh mé cad atá le rá ag Sinéad.

Dhún sí an comhad agus d'fhill sí ar scáileán an ríomhphoist. Cúpla nóiméad eile agus thabharfadh sí faoin b*polyfilla*. Nóta tapa chuig Caoimhín ar dtús, buíochas as an méid a bhí faighte amach aige di go dtí sin. Rinne sí an ceangal ríomhphoist chun an nóta a sheoladh chun bealaigh, agus chuala sí fothram binn an bhosca isteach. *Ping* faoi thrí, a d'inis di go raibh an líon úd de theachtaireachtaí nua tagtha i dtír. Chliceáil sí ar an deilbhín a nocht an bosca draíochta os a comhair. Ná bí dóchasach, a dúirt sí léi féin, ní bheidh ann ach eolas ó na comhlachtaí troscáin a bhfuilim ag plé leo, nó nóta ó mo dheirfiúr féin, Muireann, ag beannú dom ón Astráil. Nó tuilleadh *Failure Notices* ón gcóras freastail.

Bhí ceann acu siúd ann, agus bileog eolais éigin a raibh fios curtha aici uirthi ó eagraíocht turasóireachta. Ina dteannta, bhí nóta ó *DonHugard@Yahoo.com*.

'Aoife dhil,

Fuaireas do nóta. Iontas, fiosracht is amhras araon. Cá bhfios cad iad na nithe a d'fhág mé i mo dhiaidh ar fud an domhain?

Bhí an t-ádh ort—nó an mí-ádh—teacht orm an tseachtain seo. Caithim sealanna móra i bhfad i gcéin ó ríomhairí. Táim ag obair sna hAindéis, atá níos iargúlta i bhfad ná Béarra, le pobail dhúchasacha atá ag iarraidh cearta talún a fháil dóibh féin. Is beag sealúchas atá ag éinne acu, ná agamsa ach oiread.

Abair liom, más mian leat, cad a fuair tú a bhaineann liom. Beag an seans go mbeidh mé á iarraidh, ach níl aon chíos ar an gceist.

Hola le mo dheirfiúirín,

Dónall'

Bhí teagmháil aici leis, agus bhí sé cairdiúil. Agus má bhí, bhí rogha le déanamh aici. An scéal a mhíniú dó go lom simplí, agus a bheith dóchasach go bhfreagródh sé go macánta í. Nó paidir chapaill a dhéanamh as mar ghnó, nótaí trialacha a sheoladh anonn is anall, í ag súil go méadódh a muinín ina chéile. Ag súil nach mbaileodh sé leis go harda na nAindéas, gan bacadh lena cuid ceisteanna.

Cá bhfios di an duine macánta a bhí ann nó a mhalairt? Cá bhfios di cad a bheadh le ceilt aige, nó cén seachrán a bheadh mar sprioc aige?

Ní raibh le déanamh ach cur chuige. Dóchas aici go n-aithneodh sí ar a chuid freagraí an raibh blas na fírinne orthu.

***

Sléibhte bioracha, creagacha. Loinnir fhliuch ag sileadh ar nós ríbíní ar a sleasa maorga, an ghrian ag taitneamh go tréan ar an ngaineamhchloch chrua a raibh báisteach tite uirthi tamall níos luaithe. Clocha ollmhóra ina sraitheanna idir féar is fraoch. Na sraitheanna ina línte is ina stríocaí, dar le hAoife nuair a chonaic sí i bhfad uaithi iad, amhail is gur fhág fathach feargach rian a chuid ingne ar chnapáin chré na sléibhte.

Bhí iargúltacht go leor i mBéarra, ar sí léi féin, gan dul chomh fada leis na hAindéis. Bhí díshealbhú le léamh ar an tírdhreach, tailte á dtréigean ón nGorta Mór i leith. Úinéireacht na talún bainte amach le fada, ach pobal dúchasach ag cailliúint dóchais dá ainneoin. Istigh i nGleann Inse Choinn, ní raibh ach corrtheach le feiceáil cois locha nó ar imeall na gcnoc. Saol an ghleanna ag athrú de shíor, gan mórán daoine fágtha ag streachailt chun slí bheatha a scríobadh ó ghabháltais bheaga. Lucht saoire i gcuid de na tithe, iadsan ar thóir an uaignis seachas a bheith ag teitheadh uaidh.

An socrú a bhí ag Aoife le Sinéad ná bualadh léi ag casadh an bhóthair isteach sa Ghleann, roinnt mílte siar ó dheas ón Neidín. Thug siad an turas cúng, casta le chéile ansin, agus iad ag déanamh ar an eas iomráiteach ag barr an ghleanna. Bhí an Cnoc Riabhach is Cnoc na gCorrmhíolta ag éirí os a gcionn ar dhá thaobh an ghleanna, agus gathanna gréine ag rince ar uiscí locha ar a slí. De réir mar a chuaigh siad suas an gleann, tháinig athrú ar dhreach na sléibhte. Géaga an fhathaigh sínte, dar le Aoife, chun fáiltiú rompu beirt i mbaclainn na sléibhte.

Nuair a fuair sí radharc go tobann ar thitim an easa síos balla lom ábhalmhór carraige, d'airigh Aoife sceitimíní ag preabadh ina bolg. Bhí sí ag tnúth le fada turas a thabhairt ar an ngleann, agus dul ag siúl ar na cosáin a bhí déanta don phobal thuas os cionn an easa. Leithscéal maith aici chuige, a coinne le Sinéad. Bhí sceitimíní uirthi faoin gcoinne chéanna ar chúiseanna eile.

'D'iarr Dónall orm a bheannachtaí a thabhairt duit,' a dúirt sí léi siúd, agus iad ag tabhairt aghaidh ar an gcosán rompu. 'Ba léir go raibh sé sásta scéal a fháil ón taobh seo den domhan.'

'Go raibh míle maith agat,' arsa Sinéad. 'Is dócha go bhfuil iontas ort… Séard atá á rá agam ná gur dócha go gceapann tú gurb ait an dream sinn.' Mhoilligh Aoife ar a céim, ionas nach rachadh sí chun tosaigh ar a compánach. 'Toisc nach bhfuil teagmháil rialta againn lena chéile, atá á rá agam,' arsa Sinéad ansin.

'Nár tháinig Dónall abhaile riamh? Nó cé chomh fada is atá sé ó chonaic sibh é?'

'Tháinig sé abhaile uair amháin, abhaile go Sasana atá á rá agam. Ach is dócha nach raibh nós teagmhála déanta againn riamh.' Bhí guth Shinéad ciúin, cúramach, agus b'éigean d'Aoife casadh agus féachaint uirthi, chun na focail a thuiscint go réidh. 'Bhí an traidisiún sa teaghlach, tá's agat. Imeacht gan focal, mar a rinne m'athair.'

Bhí fána ghéar leis an gcosán, agus ní dúirt ceachtar bean aon rud ar feadh tamaill. Thíos fúthu, bhí machaire glas féir spréite cosúil le bratach síoda, agus an gleann ag síneadh go scéimheach idir guaillí na gcnoc. Idir an machaire agus bun an easa, bhí carracáin chorcra-liatha chloiche ina luí ina gcarnáin bhriste, iad scoilte is tite ó aghaidh an tsléibhe na cianta ó shin. Bhí an cosán ag lúbadh is ag dreapadh trí bhearna ar thaobh an ghleanna, agus sheas Aoife is Sinéad ag féachaint ar an radharc, sular fhág siad slán leis ar feadh seal. Rompu amach, bhí arda sceirdiúla, gan teach ná bóthar le feiceáil, agus gan aon duine beo ina dtimpeall.

Bhí Aoife ar bís agus í ag feitheamh le leid ó Shinéad go raibh sise réidh chun tosú i gceart ar a gcomhrá. Ach bhí an bhean eile ag streachailt inti féin, dar léi, agus í fós ag iarraidh a shocrú cad a déarfadh sí. Ag an am céanna, bhí Aoife ar bís chun a cuid nuachta féin a roinnt. Nóta ríomhphoist eile a bhí faighte aici ó Dhónall an mhaidin sin. Splancanna eolais, a chaith léas solais éigin ar scéal Lelia.

'Dúirt tú ar an bhfón…?' Thug Aoife spléachadh ar a compánach. Ní raibh aon chupáin bhranda acu an uair seo, chun líofacht a chur lena gcuid cainte. 'Níl a fhios agam ar mhaith leat…?'

'Tá's agam go ndúirt mé, ach… Tá sé deacair, is dócha.' Tharraing Sinéad ar a hanáil. Bhí an bheirt acu ag druidim le lochán a bhí cuachta in ascaill an tsléibhe. Loch Choimín an Duilliúir, de réir mar a chonaic Aoife ón léarscáil. Bhí an t-uisce dubh, domhain, agus cuilithíní boga ag gluaiseacht tríd, ionas go raibh an dromchla ina scáthán doiléir ar an radharc os a chionn.

'Nílim ag iarraidh aon bhrú a chur ort, gan amhras,' arsa Aoife. 'Más maith leat, d'fhéadfainn insint duit…'

'Tá brón orm,' arsa Sinéad. 'I gceann tamaill, b'fhéidir go mbeidh sé… Ach cinnte, inis tusa dom conas mar atá ag éirí leat.'

'Níl aon rud ráite ag Dónall liom fós,' arsa Aoife, 'maidir leis an abairt cháiliúil. Ní dóigh liom gur luaigh sé í, fiú.' Tharraing sí féin ar a hanáil, cé nach raibh an tsiúlóid ag cur dua uirthi. Í ag faire ar Shinéad, agus chomh giongach is a bhí sí. 'Ach seans go bhfuil sé ag iarraidh a bheith cúramach, mar nach bhfuil aon tuairim aige cén sórt duine mise…'

'Sé an sórt duine é,' arsa Sinéad, 'a bheartaíonn go tapa cé acu an maith leis tú nó nach maith. Nó ar a laghad, b'in mar a bhíodh sé nuair a bhíomar… Nuair a bhí aithne éigin agamsa air.'

'Ach an rud a dúirt sé liom,' arsa Aoife go buacach, 'ná go raibh caidreamh ag Lelia le fear anseo i mBéarra. Séard a scríobh sé ná, 'Bhí Lelia i ngrá, faraor'. Níl a fhios agam cad a chiallaíonn sin go díreach, ach…'

'Cé bhí ann, mar sin? An raibh a fhios aigesean…?'

'Creidim go raibh a fhios aige, ceart go leor.' Stop Aoife dá siúl, agus sheas sí ag féachaint ar uiscí dorcha an locha. Radharc a bhí álainn agus gruama in aon turas, dar léi, sleasa loma an tsléibhe ag cur bac ar sholas na gréine go deo ar an loch. 'Thuig mé uaidh gur inis Lelia dó cé a bhí i gceist, an oíche chéanna a fuair sí bás.'

'Oíche na bainise? Ach cheap mé nach raibh sí in éineacht le héinne…?'

'Caidreamh rúnda a bhí ann, is cosúil, agus caithfidh go raibh cúis leis sin. An rud ná, níor inis Dónall an t-ainm dom, níl a fhios agam, b'fhéidir toisc nach bhfuil aithne aige orm, ach…' Chas Aoife agus d'fhéach sí ar a compánach. 'Ach seans gur féidir é a oibriú amach. Thug sé nod nó dhó dom, go bhfeicfeadh sé cén chiall a bhainfinn astu.'

'Tá brón orm, ní thuigim go díreach…'

'An rud a dúirt Dónall ná go raibh an fear seo blianta áirithe níos sine ná Lelia. Agus go raibh seasamh aige i measc an phobail. Tá cúpla duine a rith liom…'

Stop Aoife dá sruth cainte, mar go raibh a droim casta ag Sinéad léi, agus í ag siúl go dtí carraig ar imeall an chosáin. Bhí lámh amháin aici ar a béal agus a lámh eile ar a bolg.

'Cad atá cearr?'

Thóg Sinéad a súile go mall, amhrasach.

'Tá dul amú ar Dhónall. Nó ortsa. Ar dhuine éigin, ar aon nós.'

'Cén fáth go ndeir tú sin?'

'Ní raibh a fhios ag Dónall… Níor inis mé dó riamh, ná d'éinne eile…'

Dhruid Aoife in aice léi, agus chuaigh sí ar a gogaide ar an talamh. Chuala sí an ghaoth ag cogarnaíl ar an bhféar garbh idir na clocha.

'Ní féidir go raibh sé in éineacht le Lelia,' arsa Sinéad ar deireadh. Chrom Aoife isteach chuici, chun í a chloisint. 'Bhí sé in éineacht liomsa, agus chuala mé iad…'

'Cé hé a bhí in éineacht leat?' D'fhiafraigh Aoife an cheist go séimh, cineálta.

'Fiachra.' Chas Sinéad a ceann i leataobh, ionas nach raibh sí ag féachaint sna súile ar Aoife. 'Bhí caidreamh agamsa leis agus…' Bhailigh Sinéad anáil éigin misnigh chuici féin. 'Agus bhí a fhios ag Lelia go raibh… Chuala mé iad ag argóint fúm.'

'Chuala tú Lelia agus Fiachra ag argóint?'

'Oíche na bainise. Lasmuigh den óstán. Bhí a lán daoine lasmuigh, agus…' Bhí a lámh ag Sinéad ar a béal arís, amhail is go raibh múisc uirthi. 'Bhí Lelia ag tabhairt amach d'Fhiachra, agus bhí a fhios agam ansin…'

'Cad a dúirt sí leis?' D'airigh Aoife a croí féin ina béal. 'Nó ar chuala tú mórán den mhéid a dúirt siad?'

'Chuala… Bhí mé ag iarraidh…' Chas Sinéad go dtí Aoife, agus thosaigh a cuid focal ag titim ar a chéile, mar a bhí uisce an easa ag titim ar an gcloch i bhfad thíos fúthu sa ghleann. 'Dúirt sise leis go raibh sé náireach, go mbeadh caidreamh rúnda aige le bean i bhfad níos óige ná é féin. Cad a mheasfadh muintir na háite faoi, dá mbeadh a fhios acu é, b'in a dúirt sí…. Bhí sí ag argóint leis, agus bhí iontas orm… É ina phríomhoide scoile, a dúirt sí leis, agus é pósta agus mar sin de. Cad a tharlódh dá scaipfí an scéal is go mbeadh air éirí as an gcur i gcéill… Bhí sí ag bagairt air, b'in a chuala mé…'

'Agus cad a dúirt Fiachra le Lelia, má chuala tú sin freisin?'

'Dúirt sé rud éigin… Go raibh sise meallta ag bréaga, agus go raibh dul amú uirthi a bheith ag bagairt air. Bhí uirthi rogha a dhéanamh, a dúirt sé, agus b'fhearr di a leas féin a roghnú seachas a mhalairt.'

***

Leag Pat i leataobh an leabhar a bhí á léamh aige. Leabhar taistil eile a bhí ann, cur síos ar eachtraí sléibhteoireachta san Antartach. Fuílleach ama aige don léitheoireacht, ach lena chois sin, leisce air aghaidh a thabhairt ar na dúshláin is na deacrachtaí ina shaol féin.

Ní raibh seans ar bith go mbeadh an teach réidh in am do chuairteoirí an tsamhraidh, b'in rud amháin a bhí ag goilliúint air. Bhí lár na Bealtaine ann, agus ní raibh na seomraí péinteáilte, ná veain ceannaithe chun na cuairteoirí a thabhairt ó áit go háit. Bhí an soláthar airgid sa bhanc ag titim go tubaisteach, agus Aoife ag trácht ar dhearthóir gairdíní a fhostú. Ní raibh an suíomh idirlín seolta fós, ná an t-ainm 'Siúlach Scéalach' amuigh ar an margadh siúlóidí.

Mheas sé go raibh amhras ar Aoife faoin ngnó, freisin, ach nach raibh sí sásta an méid sin a admháil dó. Ní raibh aon chomhrá ceart déanta acu faoina gcuid pleananna le tamall. Aoife ag iarraidh a bheith dearfach, diongbháilte de shíor. Agus bac éigin air féin a thuairim a thabhairt os ard. É ag déanamh leithscéalta le hAoife faoin suíomh idirlín, ag áitiú uirthi go raibh moill leis seo nó siúd, seachas a rá amach nár theastaigh uaidh an gnó siúlóidí a fhógairt ar an margadh. Nár chreid sé ann, i ndáiríre.

D'fhéach sé ar chlúdach a leabhair. Dream eachtrúil ag treabhadh tríd an sneachta is an leac oighre, na daoine beag bídeach i gcomparáid leis an tír fhairsing bhán ina dtimpeall. Níorbh ionann is é féin, bhí misneach ag na daoine sin, dar le Pat. Nuair a tháinig sé abhaile ón ospidéal, dúirt sé leis féin go ndéanfadh sé a dhícheall a bheith dearfach. Bhí gliondar air go raibh Aoife chomh grámhar, tuisceanach is a bhí. Níorbh fhada go mbeadh sé ag obair lena taobh, agus go bhfillfeadh a chuid fuinnimh air féin.

B'in a bhí ráite aige leis féin, ach níor chreid sé ann a thuilleadh ach oiread. Bhí ísle brí air, ba chosúil, agus d'airigh sé go raibh ualach á iompar aige a bhí róthrom dó. Ísle brí, agus rud níos measa fós ná í, náire.

Dúirt sé an focal os ard. Ualach náire, b'in a d'airigh sé ag brú síos ar a ghuaillí ó bhí an timpiste aige. Conas a d'fhéadfadh sé grúpaí siúlóide a stiúradh, nuair a bhí sé féin tar éis titim ó charraig? Carraig nár chóir dó dreapadh síos chuici in aon chor, agus gan cuimhne aige, fiú, cén fáth a raibh a leithéid de bhotún déanta aige. Éan éigin a raibh sé ag iarraidh a nead a fheiceáil, saidhbhéar nó crosán, níorbh fholáir, a neadaíonn i measc na gcreagacha. Ba chuma cad a bhí ar siúl aige, ach go raibh botún déanta aige. Cinnte, bhí timpistí tarlaithe dó cheana, nuair a bhíodh sé i mbun siúlóirí a stiúradh ar an mór-roinn, ach bhí an scéal difriúil an uair seo. Bhí sé ina chónaí anois sa cheantar inar tharla an timpiste, agus bhí fios an scéil ag na comharsana. Iad á rá leis go raibh an t-ádh air nár maraíodh é, mar a tharla do bhean óg na blianta roimhe, ba chosúil, tamall ón áit ar shleamhnaigh sé féin.

Rudaí eile á rá, freisin. An té atá caoch, b'fhearr dó féachaint cá leagfaidh sé a chos. B'in a dúirt Pius le Rita, nuair a chuaigh Pat isteach san óstán an lá roimhe. Bhí sé ar intinn aige ceist éigin a thógáil le Rita faoi chúrsaí béilí, ach bheartaigh sé ar an toirt gan a bhéal a oscailt léi. Bhí a fhios ag Rita is a custaiméir dílis go raibh Pat in ann iad a chloisint, agus bhíodar ag scigeadh d'aon ghnó, ba chosúil. Conas caoch, a d'fhiafraigh Rita de Phius go soineanta. Caoch, arsa Pius léi, toisc nach bhfaca sé an fógra a chosc cead siúlóide amach go dtí an Gob.

Chas Pius thart ansin, ag ligean air go raibh Pat á fheiceáil aige den chéad uair. 'Bhí comhrá ag mo dhlíodóir liom faoin rud a tharla, a Phaddy,' ar seisean. 'Mhol sé dom bille a chur go dtí an fhoireann tarrthála, nuair ab éigean dom an geata a oscailt dóibh i lár na hoíche. Agus níor chreid sé nár thrasnaigh tusa mo chuid talún an tráthnóna céanna.' Bhí an brocaire gruagach lena thaobh, agus rinne an gadhar gnúsachtach íseal le Pat. 'Ach d'aontaíomar nárbh fhéidir aon rud a chruthú, agus ar aon nós, dúirt mise leis nár mhaith liom aighneas a chothú leis na comharsana.'

Paddy the African Man a thit i bpoll carraige, a leithéid sin. Agus Pius ag déanamh scigaithrise ar an tuin iasachta ar a chuid cainte. Ach nuair a luaigh Pat an comhrá san óstán le hAoife, rinne sí beag is fiú de. 'Ná bac leo,' a dúirt sí, 'níl meas ag mórán de na comharsana orthu. Beidh tusa amuigh ag siúl arís gan mhoill, agus fiú má dhéanaimid séasúr gearr de, caithfimid triail a bhaint as an ngnó an samhradh seo.'

Chonaic Pat Fiachra ag dul thar fhuinneog an tseomra suite. Shroich sé féin an doras tosaigh díreach nuair a bhí an cuairteoir ag cnagadh air. Ba bheag nach raibh dearmad déanta aige go raibh socrú déanta aige leis an bpríomhoide. Seisiún cainte faoi logainmneacha an cheantair, mar a bhí molta ag Fiachra roinnt seachtainí roimh ré.

'Beimid inár n-aonar,' a dúirt sé le Fiachra nuair a tháinig seisean isteach. 'Chuaigh Aoife amach níos luaithe, agus fuair mé teachtaireacht uaithi ar ball go bhfuil moill éigin uirthi.'

'Tá tú féin ag bisiú, pé scéal é,' arsa Fiachra go suáilceach. 'Déanfaimid féin dreas cainte, agus seans go mbeidh sí linn ar ball, le cúnamh Dé.'

Rith sé le Pat go raibh Aoife tar éis fios a chur ar bhileog eolais a d'fhoilsigh eagraíocht turasóireachta éigin, faoi logainmneacha ina gceantar féin. Bhí an bhileog faighte aici, mheas sé, agus seans go mbeadh sé úsáideach dóibh féin, maidir le leagan amach is eile. Rinne sé leithscéal le Fiachra, á rá nach dtógfadh sé ach cúpla nóiméad air an bhileog a lorg i mbosca ríomhphoist Aoife.

'Tá sin go breá,' arsa Fiachra. 'Agus ós ag caint ar bhileoga atáimid, tá ócáid á eagrú agam féin i gceann deich lá, agus d'fhéadfainn roinnt eolais a thabhairt daoibh faoi, nó sin, bheadh fáilte romhaibh féachaint ar an suíomh idirlín atá agam.'

Dheifrigh Pat suas an staighre go dtí ríomhaire Aoife, agus las sé é. D'aimsigh sé a bosca ríomhphoist gan mhoill, ach thóg sé níos mó ná cúpla nóiméad air teacht ar an mbileog. Chuardaigh sé i measc liosta na dteachtaireachtaí, agus ainm na heagraíochta a sheol í mar cheangaltán á lorg aige. B'fhéidir gurbh fhearr dó fanacht go dtiocfadh Aoife féin abhaile, a dúirt sé leis féin, seachas a chuairteoir a fhágáil ag feitheamh ina aonar.

Cad a bhí ar bun ag Aoife, go raibh an scáileán plódaithe le *Failure Notices* ón bhfreastalaí ríomhphoist? Ceann acu i ndiaidh a chéile, breis is fiche ceann acu san iomlán. Agus cérbh é Don Hugard, a raibh trí nó ceithre nóta tagtha uaidh le seachtain anuas?

***

Bhí Sinéad trí chéile, rian dearg ar a súile ón ngol.

'B'fhéidir nár thuig tú i gceart cad faoi a bhí an argóint?' a d'fhiafraigh Aoife go cúramach.

'Ní thuigim go díreach…'

'Ghlac tú leis go raibh Lelia agus Fiachra ag argóint fútsa, ach b'fhéidir go raibh dul amú ort? B'fhéidir go raibh siad ag argóint fúthu féin?'

Ní dúirt Sinéad aon rud ar feadh tamaill. Bhí sise agus Aoife ina suí ag bord adhmaid amuigh faoin aer, ar ché bheag cois cósta, agus deochanna faighte acu ón teach tábhairne trasna an bhóthair. Bhí an tráthnóna ag éirí fionnuar, ach roghnaigh siad an suíochán lasmuigh, ionas nach mbeadh éinne ag coimeád cluaise leo, ná ag fiafraí go fáiltiúil an raibh siad ar saoire sa cheantar.

Bhain Aoife lán na súl as an radharcra ina timpeall, agus í ag fanacht go labhródh a compánach. Bhí an tábhairne suite idir cnoc is cuan, agus inbhear farraige idir iad agus slabhra glasghorm de shléibhte Bhéarra. Bhí na sléibhte á soilsiú ag grian íseal in iarthar spéire, saigheada gile ag titim go tobann ar ghort anseo is ar chreagacha géara ansiúd. Os cionn na talún, bhí na scamaill leata go fairsing ina bpluideanna ramhra.

Bhí siúlóid fhada déanta acu beirt ar an gcosán os cionn an easa i nGleann Inse Choinn, agus scéal a caidrimh le Fiachra inste ag Sinéad di. Seacht mbliana déag d'aois a bhí sí nuair a chuir sí aithne ar dtús air, a d'inis sí d'Aoife. Bhí seisean tagtha go dtí an Glaisín cúpla bliain roimhe sin mar phríomhoide, agus é sna tríochaidí. Bhíodh Sinéad is duine nó beirt dá deartháireacha ag teacht ar saoire go dtí an ceantar go minic, fáilte ag Marcella rompu i gcónaí.

Ba chuimhin le Sinéad go beacht an chéad lá a raibh comhrá aonair aici le Fiachra. Bhíodh sé de nós aici dul ag fánaíocht léi féin, ag siúl na mílte slí ar feadh an chladaigh nó trasna na gcnoc. Bhí taithí aici ar a comhluadar féin, a dúirt sí le hAoife, agus í aonaránach mar dhéagóir.

Ar an lá úd i mí Iúil 1985, bhí sí ina suí ar bhruach na farraige ar thrá ar Ros na Caillí. Trá a bhí chomh huaigneach léi féin, cé nár thuig sí i gceart go raibh greim ag an mothúchán úd uirthi.

Clocha duirlinge ba mhó a bhí ar an trá, seachas gaineamh, agus ba chuimhin léi gur chaith sí mórán ama ag féachaint go grinn ar na clocha an lá sin, agus á gcuimilt lena méara. Bhí dathanna éagsúla orthu, bán is buí, gormliath is ruadhearg, agus bhí siad bog, mín istigh i mbois a láimhe, dar léi. Bhí cuid acu greanta le marcanna éadroma, amhail is go raibh rian na taoide fágtha orthu de réir mar a luasc na tonnta anonn is anall orthu. Bhí Sinéad ag iarraidh a shamhlú cá mhéad milliún bliain a d'imeodh sula ndéanfaí gráinní gainimh díobh, nuair a bhraith sí go raibh duine eile ar an trá.

Fiachra a bhí ann, é ag féachaint go socair ina treo. Rinne sé leithscéal as cur as di, ach níor mhiste léi a chomhluadar agus dhruid sé in aice léi ar ball. Labhair siad faoi na clocha, mar a fáisceadh as bolg na cruinne iad agus mar a rinne síon is gaoth imirt orthu leis na cianta. Thug Sinéad suntas dá ghlór, a bhí chomh mín, stuama, staidéartha leis na clocha féin. Agus d'airigh sí freisin conas mar a bhí a aird iomlán ag Fiachra uirthi, é ag éisteacht go fonnmhar lena cuid cainte, agus ag fiafraí di conas mar a tharla go raibh sí ar saoire i mBéarra agus cén saol a bhí tugtha ag a muintir ann.

Níor leag sé méar ná beol uirthi an uair sin, ná níor shamhlaigh sí aon suirí leis nuair a shocraigh siad casadh lena chéile ar an trá cúpla lá níos déanaí. Bhí Fiachra an oiread sin níos sine ná í féin, a dúirt Sinéad, agus thuig sí go maith an post agus an stádas a bhí aige sa saol. Mhínigh seisean gur bhreá leis an deis a fháil a ghrá don nádúr a roinnt le duine eile, agus gur bhreá an rud é éalú óna chuid cúraimí seal. An dara is an tríú huair a chas siad lena chéile, ní raibh eatarthu arís ach comhrá fada, díograiseach. Fiachra séimh is cúirtéiseach ina teannta, arsa Sinéad, a shúile gorma, gléineacha ag sú go fonnmhar gach cor dá gnúis is dá ghlór.

D'airigh sí mar a bheadh bláth earraigh ag oscailt den chéad uair. Bhí rudaí le rá aici, agus bhí fear ann a bhí ag iarraidh éisteacht léi. Níorbh fhada go raibh tnúthán ag éirí inti chuige, í ina luí istoíche ina leaba aonair á shamhlú in aice léi, ocras a coirp is a hanama á shásamh aige. A bheola á cuimilt féin go bog, séimh, cúirtéiseach i dtosach, go dtí go n-éireodh dúil nimhneach istigh ina cholainn siúd chuici, is go sanntódh sé go fíochmhar, dian, gátarach í.

D'éist Aoife lena compánach agus an bheirt acu ag déanamh a slí suas ar an sliabh os cionn an easa. Sruthanna faoistine á ndoirteadh ag Sinéad, damba na mblianta briste agus í ar bís chun a scéal a scaoileadh amach. D'fhan Fiachra go dtí go raibh sí ag dul ar mire le teann dúile ann, a dúirt sí, sular thóg sé a lámh ina lámh is gur iarr sé cead uirthi í a phógadh. Bhí sé ar a dhícheall gan géilleadh, a dúirt sé léi, ach ní raibh neart aige níos mó ar a éileamh. Ní raibh fonn air a bhean chéile Treasa a ghortú, ná a bheith mídhílis di le focal ná gníomh. Ní raibh an tsláinte go maith aici, a deireadh sé, agus ní fhéadfadh sé dul i mbaol scarúna léi. Ach ba chuma sin, bhí sé meallta is millte le grá do Shinéad, agus ba chuma leis ach oiread an bhearna mhór aoise a bhí idir eatarthu.

Ghlac Sinéad agus Aoife sos nuair a shroich siad céimeanna adhmaid a chabhródh leo dul síos arís ón sliabh. Bhí radhairc mhóra sciamhacha nochtaithe os a gcomhair, locha spréite sa ghleann fada a shín chun na farraige, agus beanna na gCruach Dubh le feiceáil i gcéin. Bhí eagla ar Aoife go raibh a compánach ag éirí traochta, ach ó thosaigh sise ag caint, ba dheacair í a stopadh. Ar a slí anuas ón sliabh, d'inis sí d'Aoife conas mar a tharla idir í féin agus Fiachra nuair a tháinig deireadh leis an gcéad samhradh sin nuair a casadh ar a chéile iad.

B'éigean di féin filleadh ar Shasana, ar ndóigh, agus ní ligfeadh Fiachra di aon litir a chur chuige, ar eagla go scaoilfí a rún le Treasa. Ar mhaithe lena bhean chéile a chosaint, b'éigean dóibh cloí le rúndacht. Ní thuigfeadh pobal na háite an scéal ach oiread, a mhínigh sé, agus b'fhearr gan iad a chorraí le scannal. Ach dá bhfillfeadh Sinéad ar an nGlaisín ag Oíche Shamhna, a gheall sé di, bheadh sé ag feitheamh léi. Dá mbeadh gaoth an fhómhair ag séideadh go fuar, feanntach ar an trá, d'fhéadfadh siad casadh le chéile roinnt mílte ón sráidbhaile, agus thabharfadh sé ar sciúirdeanna ina charr í, go coillte is go cúlbhóithre tréigthe.

Chonaic sí é Oíche Shamhna agus arís uair nó dhó um Nollaig, a dúirt sí, ach ba dheacair dóibh socruithe a dhéanamh chun casadh ar a chéile. Ní raibh fóin phóca ann sna hochtóidí, ach oiread, a chabhródh leo chun teagmhála, agus ní raibh aici mar chuimhneachán air ach duilleoga a bhailigh sí i gcoill ina ndeachaigh siad ag siúl, agus clocha ón trá ar Ros na Caillí. Cloch bheag amháin acu a bhí aici ar a slabhra muiníl, í chomh bán le marmar, nach mór, agus í mín, fionnuar nuair a shlíoc sí í. Chuir sí an chloch ar an slabhra, a mhínigh Sinéad d'Aoife, tamall tar éis di casadh le Fiachra, agus in ainneoin gach rud a tharla ina dhiaidh sin, chaitheadh sí fós é. Chuir sé laethanta buí an chéad shamhraidh úd i gcuimhne di.

I mí an Mheithimh 1986, d'fhill sí ar an nGlaisín. Bhí sí tinn le trioblóidí boilg ar feadh an earraigh, agus d'fhág sí an scoil sula raibh an téarma caite. Ar deireadh, thug a máthair cead di turas a thabhairt ar Bhéarra, chun cabhrú léi teacht chuici féin. Is ann a bhí sí, deireadh seachtaine na bainise san óstán. Thug Marcella go dtí an bhainis í, agus chuala sí Fiachra ag argóint le Lelia mar gheall uirthi.

'An dtuigeann tú cad atá i gceist agam?' a d'fhiafraigh Aoife, nuair nár thug Sinéad aon fhreagra ar a ceist. 'B'fhéidir go raibh argóint eatarthu, faoi chaidreamh a bhí acusan le chéile?'

'Níl a fhios agam, tá sé deacair a shamhlú,' arsa Sinéad ar deireadh. Bhí cuma chloíte uirthi agus í á rá. 'Dúirt Lelia rud éigin faoi go raibh sé náireach, caidreamh ag fear pósta le bean a bhí i bhfad níos óige ná é. Ní thuigim... Cén fáth a ndéarfadh sí sin, má bhí sí ag caint fúithi féin?'

'Níl a fhios agamsa ach oiread,' arsa Aoife. Bhí mearbhall uirthi féin, agus í ag iarraidh tuiscint a bhaint as an méid a bhí cloiste aici an tráthnóna sin. 'Ach b'fhéidir go ndúirt Lelia go mbeadh an caidreamh náireach i súile an phobail, seachas ina súile féin? B'fhéidir go raibh sise ag éirí buartha go náireofaí an bheirt acu, dá sceithfí an scéal. Agus ansin, bhagair Fiachra uirthi mar nár thaitin leis go gcuirfí a leithéid i gcuimhne dó.' Chuala sí an t-uisce ag slaparnach go rithimiúil ar fhalla na cé thíos fúthu, nuair a thit tost eatarthu arís ar feadh meandair. 'Ar aon nós, conas a bheadh a fhios ag Lelia go raibh caidreamh agatsa le Fiachra in aon chor? Ní raibh aithne agaibh ar a chéile…?'

'Bhí rud éigin ar eolas aici, ceart go leor.'

'Conas?'

'Bhí a fhios aici toisc… Sin é an fáth gur inis mé duit cheana gur chuir Lelia a ladar i ngnó daoine eile. An argóint a cheap mé a bhí fúmsa, atá i gceist agam.' D'fhéach Sinéad amach ar uisce an chuain, agus í ag iarraidh sruth a cuid cuimhní a stiúradh. 'Tháinig mise go dtí an Glaisín roinnt laethanta roimhe sin. Bhí mé ar bís chun Fiachra a fheiceáil, ach ní fhéadfainn cnagadh ar a dhoras á iarraidh ná socrú a dhéanamh…' Thosaigh a cuid cainte ag teacht arís ina tuile ó Shinéad. 'Rinne mé iarracht labhairt leis cúpla uair, ach bhí daoine eile thart ag an am, agus bhí orm éirí as. Dé hAoine, chonaic mé a charr lasmuigh den scoil ar a ceathair a chlog. Rith mé isteach go dtína oifig, agus leithscéal bacach agam d'éinne a chasfaí liom. Ach ansin, chonaic mé os mo chomhair é, agus sinn inár n-aonar…'

Mheas Aoife go sracfadh Sinéad an chloch dá slabhra, bhí sí ag tarraingt uirthi chomh tréan. Shlog an bhean eile ar a hanáil, agus lean sí uirthi. 'Ba chuma liom ansin… Ba chuma liom leithscéalta, agus rug mé greim air amhail is nach scaoilfinn leis. An chéad rud eile, shiúil Lelia isteach…'

'Agus greim agatsa fós air?'

'Níl a fhios agam cad a chonaic sí. Bhí mé chomh mór sin trí chéile… Agus bhí iontas orm go raibh múinteoir eile fós sa scoil ag an am sin tráthnóna Aoine. Deireadh seachtaine saoire a bhí ann, tá's agat. Mar sin, níl a fhios agam cad a chonaic sí, ach dúirt sise go raibh gnó scoile éigin aici le Fiachra, agus b'éigean domsa imeacht.'

'Ar chas tú leis ina dhiaidh sin?'

'An oíche dar gcionn, ag an mbainis. Bhí sé… Bhí sé séimh agus cneasta liom, ach bhí leithscéal éigin aige faoi Threasa…'

'An raibh sise ag an mbainis in éineacht leis? Treasa, atá i gceist agam?'

'Ní raibh, measaim go ndúirt sé nach raibh sí ar fónamh. Ach gheall sé…' Labhair Sinéad agus a ceann fúithi. 'Gheall sé go ndéanfadh sé a dhícheall casadh liom ar an trá i rith na seachtaine dar gcionn.'

'Agus toisc an méid a tharla ag an scoil,' arsa Aoife, 'ghlac tusa leis go raibh sé féin is Lelia ag argóint fútsa?'

'Cad eile a chreidfinn?' Bhí guth Shinéad ag dul i léig arís. 'Agus ansin, fuair mé amach go raibh toghchán ar siúl. Ní hea, ní toghchán, ach reifreann.' Thóg sí a ceann agus thug sí spléachadh ar Aoife. 'An chéad reifreann faoi cholscaradh. Bhí Fiachra páirteach i ngrúpa áitiúil a bhí ag argóint ar son an phósta, agus mheas mé… Dúirt mé liom féin go raibh sé á dhéanamh ar mo shonsa. Go raibh air seasamh go poiblí ar son an phósta, chun… Chun an rún a bhí eadrainn a chosaint, is dócha.'

D'fhan Aoife ag éisteacht le suaitheadh an uisce in aice leo. Bhí sí ar a dícheall ag coimeád a cuid mallachtaí is mionnaí chuici féin. Bhí meas aici ar Fhiachra go dtí an tráthnóna sin, dar léi. Agus anois chaithfeadh sí a mac a thabhairt ar scoil chuige agus ligean uirthi gur ghlac sí leis mar dhuine macánta, gairmiúil. Ach níor theastaigh uaithi a cuid breithiúnais a fhógairt os ard le Sinéad. Ná breithiúnas ar bith a dhéanamh ar an dallamullóg a chuireadh daoine orthu féin.

Chuimhnigh sí freisin ar an oíche a raibh Sinéad ina teannta, is iad ag feitheamh le scéal ón bhfoireann tarrthála. Sinéad trí chéile, ba chosúil, nuair a ghlaoigh Fiachra le scéal faoi ghluaisteán Phat. Míthuiscint ar Aoife féin, faoin ngeit a baineadh as a compánach, amhras uirthi go raibh baint ag an ngeit le cuimhne éigin a bhain le Lelia is le Ros na Caillí, seachas léi féin is le Fiachra.

D'éirigh sí go ciúin ón mbord, agus dúirt sí le Sinéad go raibh go leor cainte déanta acu ar an scéal go fóill. D'ólfaidís cupán tae lena chéile sula dtabharfaidís araon aghaidh ar an mbaile. Bhí soilse na cé á lasadh sa chlapsholas agus slabhra na sléibhte ina scáil dhubh os cionn an uisce. Gealach dheirceach ag éirí sa spéir, gan ach corrán caol dá héadan le feiceáil.

7

'Nach féidir libhse suí síos lena chéile go sibhialta?'

Tharraing Sal amach trí chathaoir thart ar bhord na cistine agus shuigh sí féin isteach ar cheann acu.

'Níl a fhios agam cé acu is measa,' ar sí. 'Ar dtús, bhíodh sibh ag béicíl ar a chéile nuair a bhí deacracht éigin le réiteach, agus anois níl sibh ag caint lena chéile.'

'In ainm Chroim, ní gá cur leis an scéal,' arsa Aoife. Bhí sise ina seasamh agus a droim leis an doirtlín, a lámha fillte ar a chéile. 'Ar aon nós, conas a bheadh a fhios agatsa cad a tharlaíonn sa teach seo, ó tharla nach bhfeicimid tú a thuilleadh ó cheann ceann na seachtaine?'

'B'fhéidir gurbh fhearr liom a bheith i dteach ina réitíonn daoine le chéile.' Bhí faghairt ina súile ag Sal agus í ag caint. 'Ar ndóigh, is Críostaithe iad, a Mham, agus seans go gcabhraíonn sé sin leo a bheith go deas…?'

'Bí tusa cúramach, Salomé! Níl aon chall le caint dá shórt.'

Níor chorraigh éinne ar feadh cúpla nóiméad. D'éirigh Pat as pé dreas oibre a bhí ar bun aige, ag aistriú giúirléidí cistine ó bhosca pacála amháin go dtí ceann eile. Faoi dheireadh, shiúil sé go mall go dtí an bord, agus lean Aoife é ar ball.

'Deireadh sibh i gcónaí liomsa agus le Rónán gurbh fhearr caint faoi pé rud a bhí cearr,' arsa Sal, 'seachas pus a bheith orainn ó mhaidin go hoíche. Agus anois féach sibh féin…'

'Filleann an feall ar an bhfeallaire,' a dúirt Aoife faoina hanáil.

'Abair liom cad a tharla inné,' arsa Sal. 'Tá's agam go bhfuil rud éigin nua cearr, mar b'in an uair a thosaigh sibh…'

'A Shal, tá fadhb nua ann, ceart go leor,' arsa Pat. Shocraigh sé leabhair agus bileoga éagsúla a bhí ina luí ar an mbord ina gcarnán néata. 'Fadhb nó dhó nua, mar aon leo siúd ar fad a bhí romhainn cheana.' Bhí a ghuth íseal, amhail is nach raibh an fuinneamh aige labhairt os ard. 'Agus tá an ceart agat, nílim féin is do mháthair ar aon tuairim faoi conas aghaidh a thabhairt orthu.'

'Deir d'athair gur chóir dúinn éirí as an ngnó ar fad don samhradh seo…'

'Is í an fhadhb nua atá againn,' arsa Pat, 'ná nach bhfuil an córas leictreachais ag obair i gceart sna cithfholcaí nua a cuireadh isteach. Is cosúil gur mheas do mháthair…'

'Stopaigí nóiméad,' arsa Sal. Tháinig luisne uirthi agus í ag féachaint ó dhuine go chéile dá tuismitheoirí. 'Níl sé seo éasca domsa, tá's agaibh, mar níl a fhios agam cad ba chóir… Ach ní maith liom nuair a deir sibh 'do mháthair' agus 'd'athair' mar sin, amhail is nach féidir libh caint lena chéile.'

'Féach,' arsa Aoife, 'b'fhéidir gurbh fhearr duit an phlé a fhágáil fúinne. Níor cheart go mbeimis…'

'Ní déarfaidh mé aon rud,' arsa Sal, 'ach go bhfuilim tinn, tuirseach de.'

'A Shal, tá an ceart ag do mháthair…' Chuir Pat strainc air agus é á cheartú féin. 'Tá an ceart ag Aoife gurbh fhearr duit filleadh ar do chuid obair bhaile. Ach ní dóigh liom gur féidir a bheith ag súil le réiteach éasca, ach oiread.'

D'éirigh Sal go drogallach ach níor fhág sí a cathaoir. Bhí trilseán aonair déanta aici ina cuid gruaige, a bhí ag sileadh síos ar shúil amháin. Thug Aoife faoi deara go raibh smidiú éigin ar a súile, stuif lonrach a bhí á thriall aici ina seomra codlata, níorbh fholáir.

'An rud a tharla,' arsa Aoife, 'ná go bhfuair mise amach inné go bhfuil an diabhal uisce sna cithfholcaí nua ar deargfhiuchadh an t-am ar fad. Má úsáidtear iad faoi mar atá siad, loiscfear na cuairteoirí go cnámh, rud nach mbeadh inmholta. Ar ndóigh, cheap mise gur seiceáladh iad nuair a bhí an leibide bradach úd, Larry, ag obair anseo, agus cheap Pat an rud céanna. Agus anois…'

'Nach féidir leat iarraidh ar Mhattie teacht ar ais chun iad a chur i gceart?' a d'fhiafraigh Sal.

'A Shal, is féidir linn gach fadhb a réiteach,' arsa Pat, 'ach soláthar mór ama agus airgid a bheith againn. Ach chualamar scéal ón óstán inné go mb'fhéidir nach mbeidh an bhialann ar oscailt in aon chor an samhradh seo, toisc nach féidir le Rita foireann oibre a fháil…'

'Nó ar a laghad, foireann oibre nach gá di ach pingin shuarach a íoc leo,' arsa Aoife. D'airigh sí a lámha ag dul san aer, agus í ag cur béime ar a hargóint. 'Ón méid a thuigimse, níl éinne den dream óg sa cheantar sásta leis an tslí a chaitheann sí leo…'

'A Aoife, tá sin go breá dúinne a rá, ach má aimsíonn sí cúpla Rúiseach nó Síneach, beidh fáilte againn go léir rompu, mar cá bhfios dúinn nach mbeimidne sa riocht céanna, maidir le duine éigin chun seomraí a ghlanadh uair sa tseachtain? Ach ar aon nós…'

'Ar aon nós, b'fhéidir gur bheartaigh sí nach dteastaíonn uaithi gnó a dhéanamh linn, sin é atá i gceist agat, is dócha? Mar gheall ar do thimpiste…'

Bhuail Sal a lámh ar an mbord, chun aird a tuismitheoirí a fháil arís. Rith sé le hAoife go mbeadh uirthi féin is Pat dul i dtaithí ar a n-iníon ag labhairt amach faoi ghnóthaí an tí, pé acu ar éilíodh a tuairim uaithi nó a mhalairt.

'Éistígí, ar son Dé,' arsa Sal. 'Nach gcloiseann sibh sibh féin, ag imeacht ar seachrán ón ábhar? Cén fáth nach réitíonn sibh ceist amháin, roimh dul ar aghaidh go dtí an chéad cheann eile?' Shiúil sí i dtreo an dorais go dtí an cúlstaighre. 'Tá a lán obair bhaile agam agus níl an tráthnóna ar fad agam…'

Tháinig luisne uirthi arís agus í ag iarraidh a cuid focal a roghnú. Tá sí dathúil, a dúirt Aoife léi féin gan choinne. Cnámha dea-dhéanta, mar atá ag Pat, agus súile bríomhara. Cumas argóna ag forbairt inti freisin,

pé áit in aon chor a bhfuair sí a leithéíd. 'Tá súil agam gur féidir libh…'
a thosaigh Sal arís. 'Tá súil agam go ndéanfaidh sibh cinneadh faoin
samhradh go luath, ionas go mbeidh a fhios againn cad atá i ndán.
Caithfidh sibh smaoineamh ormsa agus ar Rónán freisin, tá's agaibh.'

'Tá fadhb eile nár luamar,' a dúirt Pat, nuair a bhí Sal imithe ón
seomra.

'Cad atá i gceist agat?'

'A Aoife, níl a fhios agam cad atá ar bun agat, ná ní raibh aon phlean
agam dul ag fiosrú do chuid ríomhphoist, ach…'

'Ach, cad é? A Thiarcais, abair pé rud atá le rá agat, seachas a bheith
ag sleamhnú thart air!'

'An rud nach dtuigim,' arsa Pat, 'ná go bhfuil tusa ar bís chun gnó
a chur ar siúl an samhradh seo, agus nach n-éistfidh tú le haon argóint
ina choinne sin. Agus ag an am céanna, tá rud éigin eile ar bun agat nár
inis tú faic domsa faoi. Níl a fhios agam cad é féin, ach go gcaitheann
tú sealanna fada ar do ríomhaire, nó amuigh ag casadh le níl a fhios
agam cé hiad, agus gan baint ar bith aige sin leis an ngnó a bhfuil tú
chomh tógtha leis…'

'Tá rud éigin ar bun agam, ceart go leor, ach ar a laghad, táim ag
déanamh mo dhíchill don ghnó ag an am céanna. Agus míneoidh mé
duit cad atá ar bun agam, má thugann tú seans dom…'

'A Aoife, níl a fhios agam an dteastaíonn míniú uaim. Tá brón orm,
ach níl a fhios agam an bhfuilim ábalta chuige sin faoi láthair. An rud
ab fhearr liom ná go bhfágfá i leataobh pé iniúchadh nó taighde
iriseoireachta atá ar siúl agat, go ceann tamaill ar aon nós. Is fútsa atá
sé, gan amhras, ach cheapfainn go mbeadh sé níos ciallmhaire díriú ar
chúrsaí an tí, ar a laghad go dtí go mbeidh an cinneadh úd déanta
againn faoina bhfuil ar siúl againn sa teach seo.'

* * *

'A Aoife dhil,

Tá moill orm ag imeacht as an gcathair—Quito anseo in Éacuadór, gan dabht—agus táim ag cuimhneamh ar na ceisteanna a sheol tú chugam ó Bhéarra. Bhí an scéal ar fad curtha faoi ghlas tréan agam i gcófra ceilte i m'inchinn, díreach mar a bhí na nuachtáin úd i gcófra eile, de réir cosúlachta. Anois gur oscail tú an dá chófra, tá na taibhsí ag léim amach ina sluaite, agus táim scanraithe acu.

Ní déarfaidh mé aon ní faoi conas a bhraith mé na blianta ó shin nuair a chonaic mé an cur síos ar bhás Lelia ar an nuachtán. Ní dócha go bhféadfainn focail a chur air. Fágaimís mar sin é go fóill ar aon nós.

D'iarr tú orm cur síos a thabhairt uirthi mar dhuine. Bhí sí spleodrach, b'in a dúirt gach éinne agus ní haon nuacht duit é. Níor mhaith léi go gceanglófaí le rialacha í, is ba chuma léi cad a cheap daoine eile. B'fhéidir gur thug sé sin saoirse di, ach bhí contúirtí leis freisin. Féach go raibh sí meallta ag mo dhuine.

Sea, bhí an ceart agat leis an ainm a scríobh tú i do nóta deiridh. An t-ainm céanna a d'inis sise dom tamall gearr sula bhfuair sí bás, ón méid a thuigim.

Ní mise a mhíneoidh duit conas a mheall sé í. Conas is féidir le héinne againn an ceol i gcroí eile a chloisint, pé scéal é? Ach déarfainn gur airigh sí go raibh sí ag dul sa seans nuair a thosaigh an suirí rúnda eatarthu, agus gur thaitin sin léi ar feadh tamaill. A bheith ar théad rite i ngan fhios do dhaoine eile, bhfuil a fhios agat? Bhí sí ag dul i gcontúirt go mór mar a thuigimid. Gan trácht ar an tubaist a tharla, ní raibh aici ach post sealadach, ach dá scaipfí an scéal fúthu, ní foláir nó go mbeadh an post úd i mbaol. Ní bhíodh daoine róthuisceanach sna cúrsaí úd ag an am, de réir mar is cuimhin liom. Ach maidir lena leannán dílis, b'fhearr liom gan faic a rá faoina raibh ina intinn siúd.

Cad eile? Tá mo chuimhní, mar a deirim, ag rith anonn is anall gan dealramh. Bhí sí dathúil, tá's agat é sin freisin. Ní álainn, dar liom féin, mar is annamh sin, ach dathúil cinnte. A cuid gruaige fada fionn ag sileadh léi, agus bricíní gréine ar a craiceann geal.

Rud eile de, ó bhí mé ag caint ar mhealladh. Ba dhuine éirimiúil í, ach is dócha go raibh sí rómánsúil freisin, is gur dhall sin ar go leor eile í. Thaitin an rúndacht léi, agus na mothúcháin mhóra a raibh sí suaite leo, agus theastaigh uaithi a chreidiúint go raibh daoine go maith is nach ndéanfaidís dochar dá chéile.

An bhfuil an méid atá ráite agam fíor? Is deacair a bheith cinnte, mar cad is fírinne ann ach an rud a thuigimid go macánta? Ní raibh aithne agam uirthi ach seal de sheachtainí, i ndáiríre, seachas a bheith ag beannú di agus í ag dul thar bráid roimhe sin.

Más fíor nó a mhalairt é, sin é an pictiúr a thagann chugam anois. Is fadó a chuaigh sí san uaigh agus níl insint a scéil le fáil againn uaithi. Bhraith mé féin ar feadh na mblianta go raibh cuid éigin den locht orm faoinar tharla. Bhí comhrá fada againn lena chéile oíche na bainise. Thart ar mheán oíche a tharla sin, agus uair an chloig níos déanaí, b'fhéidir uair go leith, chuaigh mé á lorg arís, ach bhí sí imithe. Dá n-éireodh liom teacht uirthi in am, agus labhairt léi uair amháin eile, cá bhfios nach mbeadh sí fós inár measc?

Ach cad is fiú a bheith á rá? Is dócha go seolfaidh mé chugat an nóta seo, ó tá sé scríofa agam. Má táim ábalta aghaidh a thabhairt ar a thuilleadh de do cheisteanna, b'fhéidir go gcloisfidh tú scéal uaim arís. Ach nílim á gheallúint duit. N'fheadar cad a déarfadh Lelia bhocht— gurbh fhearr féachaint romhainn ná ar ár gcúl?

Que te vaya bien,

Dónall'

D'fhill Aoife an nóta agus chuir sí i bpóca a seaicéid é. Bhí sí ina suí ar charraig lom agus a rothar ar an talamh in aice léi. Ní raibh duine ná deoraí ina timpeall, ná níor casadh éinne uirthi ar an dá mhíle bóthair idir a teach féin agus an Cuas Crochta. Áit scoite, iargúlta a bhí ann, a bhí níos faide intíre ón nGlaisín ná an teach. Ach fiú ar thuras rothair síos go dtí an sráidbhaile, a dúirt sí léi féin, ba bheag duine a chasfaí uirthi. Ní amuigh ar na bóithre a chuirfeá aithne ar na comharsana faoin tuath, dar léi, níorbh ionann agus i gceantair bhroidiúla cathrach.

Bhí an aimsir trom, marbhánta, agus smúit liath ar an léargas. Lár na Bealtaine, an séasúr ab áille is ab ansa léi den bhliain, duilliúr ag borradh ar na crainn agus gach claí ag cur thar maoil le torthúlacht. Ach ba bheag an sásamh a bhí le baint as faoi bhrat tiubh na scamall. Ní raibh sí cinnte, ach oiread, cad a thug uirthi teacht ar sciúird go dtí an Cuas Crochta. Léas dóchais go bhfeicfeadh sí rud éigin a spreagfadh tuiscint nua? Nó éalú ón obair sa teach, í ag teacht ar phoill is ar scoilteanna nua sna ballaí de réir mar a líon sí cuid eile le taos?

An cinneadh a bhí déanta aici féin is Pat, agus pléite tamall le Sal freisin, ná cinneadh críochnúil faoin ngnó a chur ar athló go ceann coicíse eile. Tar éis deireadh seachtaine an Mheithimh, déarfaidís Sea nó Ní hea. Dá socróidís cloí leis an bplean, ní thosóidís ag freastal ar chuairteoirí go dtí lár mhí Iúil, a dúradar. Dá socróidís éirí as go ceann bliana eile, chaithfidís féachaint le hairgead a thuilleamh go práinneach ar shlite eile.

Coicíos ag a mhéid, mar sin, chun fadhb na gcithfholcaí a réiteach agus tosú ar an obair phéintéireachta ar fud an tí. Coicíos chun urlár nua a chur sa chistin, ionas go bhféadfaí eagar leathréasúnta a chur ar an trealamh inti. Liosta jabanna le háireamh, agus ba chuma le hAoife aon cheann acu, dar léi, dá mbeadh Pat díograiseach, fuinniúil ina mheon. Bhí a míle dícheall déanta aici féin leis, dar léi, agus cé go raibh siad ag comhrá lena chéile arís, ba bheag sásamh a bhí le baint as. Drochscéal éigin aige an mhaidin sin féin, maidir le líon na dturasóirí siúlóide ag dul i laghad ar fud na tíre, toisc conpóidí faoi chead an bhealaigh. Pius beannaithe is a chairde. Nó siúlóirí a bhí ró-throdach faoina gcearta. Chaithfí an locht a chur ar dhream amháin nó an dream eile.

D'fhéach sí timpeall uirthi, ag iarraidh ábhar sásaimh éigin a aimsiú ón dúlra. Bhí sí ar ardán i measc na gcnoc, teach nó dhó aonair le feiceáil i gcéin, agus scrobarnach sceach is crann íseal mar chlúdach ar an gcré. Bhí meall mór carraige mar iomaire cuartha ar a cúl, agus carracháin chloiche tite as mar a bhí as balla an easa i nGleann Inse Choinn. Rith sé léi nach mbeadh mórán sásaimh le baint aici as an radharcra thuas sa ghleann féin, ar lá chomh gruama, liath. D'airigh sí a meáchan féin trom ar a suíochán cloiche, amhail is go raibh an t-aer meirbh ag brú síos uirthi.

Ní raibh aon rian de charbhán feicthe aici san áit, pé scéal é. Cad a bhí ráite ag Mattie faoin dream a bhíodh ag cur fúthu san áit, nach mór fiche bliain roimh ré? *Hippies* nó *crusties* na linne, nárbh ea, a tháinig anall as Sasana chun éalú ó *regime* Thatcher? Bhí cuid acu fillte ar Shasana ó shin, níorbh fholáir, agus cúpla duine eile socraithe síos i dtithe cónaithe measúla. Thugadar leo na carbháin, agus d'imigh a gcara Dónall ag siúl na cruinne.

Tá dul chun cinn déanta agam, a dúirt Aoife léi féin, ach is é a mhalairt a airím. Mar fiú má fhaighim amach cén chiall atá leis an abairt dhamanta sa nuachtán, ní chuirfidh sé sin deireadh leis na ceisteanna.

An amhlaidh go raibh Fiachra ar Ghob na Caillí le Lelia, nó an raibh duine éigin eile ar a intinn ag Dónall? Ní raibh aon rud ráite aigesean faoin méid a bhreac sé fadó, a shoiléireodh an scéal. Agus ar aon nós, abair go raibh Fiachra ann. Cén fhianaise a bheadh ar fáil faoinar tharla, nó má rinne sé feall, conas a chruthófaí a leithéid ocht mbliana déag níos déanaí?

An pictiúr a tháinig in intinn Aoife ná dreapadh sléibhe. Chonaic tú mullach amháin romhat, agus cheap tú go mbeadh éacht déanta agat a bharr a shroichint. Ach fuair tú amach ansin go raibh mullach eile romhat, agus ceann eile fós ina dhiaidh sin, agus go raibh barr an tsléibhe i bhfad níos faide uait ná mar a shamhlaigh tú ar dtús é.

***

'Tar i leith anseo, a chailín, agus glacfaidh mé féin sos i do theannta. Déanfaidh fear an tí an cúram tamall, mar táimse ar mo chosa le dhá uair an chloig, geall leis, agus beidh an slua ag plódú isteach chugainn gan mhoill.'

Thug Aoife sracfhéachaint trasna an bheáir, sular lean sí Cáit isteach go dtí seomra suite beag ar a chúl. Oíche Dé hAoine, agus bhí seisiún ceoil fógraithe i dTigh Uí Dhonnabháin. Bhí slua bailithe cheana féin, agus scata ceoltóirí i gcúinne an bheáir. Mhol Aoife do Phat go rachaidís go dtí an seisiún lena chéile, ach dúirt seisean nach mbainfeadh sé mórán suilt as. Ríleanna is poirt a bhí seanchloiste aige, ar seisean, agus slua ag béicíl is gan aird acu ar an gceol. Uillinn do chomharsan sáite idir d'easnacha, agus pórtar doirte ar do léine.

Bheartaigh Aoife ar deireadh dul ann ina haonar. Bheadh Mattie i láthair, bhí a fhios aici an méid sin. Bhí cúpla iarracht déanta aici ar theagmháil leis, maidir le córas teasa na gcithfholcaí, agus bhí téacs fóin faighte ar ais aici uaidh, á rá go bhféadfaidís caint lena chéile i dTigh Uí Dhonnabháin, dá n-oirfeadh sin di. Ach níor thuig sí, go dtí gur shiúil sí isteach doras an tí tábhairne, go mbeadh an leictreoir i measc na gceoltóirí. Chonaic Aoife é ina shuí eatarthu, uirlisí ceoil á gcur i dtiún agus gloiní lána á leagadh síos os a gcomhair.

'D'fhág tú fear an tí i do dhiaidh?' a d'fhiafraigh Cáit go caidreamhúil. Shuigh sí siar ar chathaoir uillinne, agus a cosa sínte aici ar stóilín. 'An bhfuil sé ar fónamh fós, nó conas mar atá sé in aon chor?'

'Tá sé go measartha, is dócha,' a dúirt Aoife go cúramach. 'Níl sé tagtha chuige féin go hiomlán ón timpiste, is cosúil.' Choimeád sí tuin éadrom lena guth. 'D'fhág sé an obair chrua fúmsa anocht, dul amach ag ól leanna is ag damhsa go maidin!'

'Mo ghreidhin tú!' Scuab Cáit siar ribí dá cuid gruaige, a bhí scaoilte ó na fáiscíní, agus thug Aoife suntas arís dá grástúlacht. Bhí moill shéimh lena gluaiseacht, in ainneoin luas a cuid cainte.

'Cogar, a chailín,' arsa Cáit, agus í ag suí in airde ar a cathaoir. 'Bhí tú ag caint liom tamall ó shin faoi Jody Nugent, agus d'fhiafraigh tú rud éigin díom faoi, más cuimhin leat? Anois, mar a tharla, bhí comhrá agam le hathair mo chéile faoin scéal ó shin, agus bhí sé ar bharr mo theanga cúpla uair a insint duit cad a bhí le rá aigesean faoi…'

'Fan ort nóiméad,' arsa Aoife, agus í ag miongháire lena cara. 'Tabhair seans dom cuimhneamh ar an gceist a chuir mé ort, ar an gcéad dul síos…'

'An timpiste úd na blianta ó shin, agus an ceistiú a rinne na Gardaí ar Jody ag an am…'

'A Thiarcais, maith thú gur chuimhnigh tú air,' arsa Aoife. Rinne sí a dícheall labhairt ar nós cuma liom. 'Mar a dúirt mé leat, tá greim éigin ag an eachtra sin ar mo chuid samhlaíochta, mar gheall ar an rud a tharla do Phat, ar ndóigh…'

'Tuigim go maith duit, a chroí. Ar aon nós, chuir mé an cheist úd ar an seanleaid, athair Bhreandáin, mar go mbíonn faobhar i gcónaí ar a chuimhne siúd. Anois, is amhlaidh a bhíodh aintín leis siúd ina cónaí taobh le Jody. Nellie a bhí uirthi siúd, agus bhí scéal na hoíche úd cloiste ag athair Bhreandáin uaithi. Tá sise ar shlí na fírinne ó shin, go ndéana Dia grásta uirthi, ach thugadh sí cúnamh ó am go chéile do Jody bocht, nuair a bhíodh seisean ag tabhairt aire dá athair…'

'Fan ort arís,' arsa Aoife. 'Sea, is é an rud a bhí ar m'intinn, measaim, nuair a labhraíomar faoi cheana, ná gurbh é Jody a tháinig ar an gcorpán.' Cheap Aoife gurbh fhearr di an comhrá le Cáit a dheifriú, ó tharla go mbeadh uirthi siúd filleadh gan mhoill ar a cuid oibre sa bheár. 'Agus dá bharr sin, mheas mé go mbeadh go leor ceisteanna curtha ag na Gardaí air, agus b'fhéidir brú á chur acu air faoinar tharla?'

'Chuir siad brú air, go deimhin, ón méid a thuigim, agus ní á lochtú atáim, mar go raibh jab le déanamh acu. Ach an rud a bhí á rá agam faoi Nellie, ná go raibh Jody ag caint léi siúd an oíche a cailleadh Lelia. Bhí an tsláinte go holc ag athair Jody an tráth sin, agus is cosúil go raibh sé siúd ag casachtach go tréan i lár na hoíche. Bhí Jody ag iarraidh *toddy* a dhéanamh dó, an fear bocht, le braon fuisce is bainne te lena chéile, bhfuil a fhios agat? Séard a tharla ansin ná go ndeachaigh sé ag triall ar a chomharsa, nílim cinnte cén fáth, ach is dócha nach raibh aon bhainne fágtha aige sa teach…'

'Ní raibh Jody ag an mbainis, mar sin?' Bhí Aoife ag iarraidh greim a choimeád ar shruth an chomhrá. Chuimhnigh sí ar an rud a deireadh Pat i gcónaí, go raibh sé de nós ag Éireannaigh turas timpeallach a thabhairt le linn comhrá, seachas cúrsa díreach a stiúradh. Agus ní turas timpeallach a bhíodh ann i gcónaí, a deireadh sé, ach turas seachránach.

'Bhí Jody sa bhaile ag tabhairt aire dá athair, mar a deirim, agus dá bharr sin, ceistíodh é faoi cá raibh sé ag an am seo is siúd an tráthnóna sin. Agus mar atá á mhíniú agam duit, bhí sé ábalta a rá leis na Gardaí go raibh sé thíos i dteach a chomharsan pé am ar tharla sin, thart ar a haon ar maidin, nó leathuair tar éis…'

'Caithfidh gur chabhraigh sin leis, más ea, nuair a ceistíodh é? Go raibh finné eile aige, chun a rá go raibh sé sa bhaile an oíche úd, go háirithe nuair a bhí cónaí air féin chomh gar don Ghob?'

'Faraor, a chailín, is cosúil nár chabhraigh sé mórán leis.' D'éirigh Cáit agus d'oscail sí an doras idir an seomra suite agus an pasáiste, a bhí idir é agus an beár. Bhí callán an tslua le cloisint go hard sa chúlra. 'Dúradh leis, ón méid ba chuimhin le hathair Bhreandáin, go raibh Lelia fós ag an mbainis ag an am, agus dá bharr sin, lean na Gardaí á cheistiú. Agus dá mhéad ceisteanna a chuir siad, ba lú a bhí Jody ábalta iad a fhreagairt.'

'Deirtear go mbíonn cúis amhrais ann i gcónaí faoin té a aimsíonn corpán, nuair a bhíonn aon rud as an ngnáth sa scéal.' D'éirigh Aoife agus lean sí bean an tábhairne isteach go dtí an beár. 'Ach n'fheadar cad a bhí ar siúl ag Jody nuair a tharla dó féachaint síos le taobh na faille? Nó an raibh míniú aige air sin?'

'N'fheadar cad a bhíonn ar siúl ag an bhfear bocht riamh? Téann sé amach ag bailiú sliogán is a leithéid ar an gcladach, creidim, agus cloisim go bhfuil eolas aige ar éanlaith na mara chomh maith…'

'Ach ní cheapann tú féin go raibh aon chúis amhrais dáiríre faoi? Ón méid atá cloiste agat?'

'Ná bac an rud a cheapaimse, a chailín, mar is scéal eile é an rud a cheap na Gardaí ag an am.' Thóg Cáit an ghloine a bhí ina lámh ag Aoife, agus thosaigh sí á líonadh. 'Nó an rud a cheap an dream nach raibh meas ná aird acu ar Jody ón tús. Fágadh comhartha ceiste san aer in intinn daoine áirithe, is féidir an méid sin a rá, cé go raibh an Cróinéir sásta a rá gur thionóisc a tharla, mar is eol duit.'

Bhí an ceol tosaithe, agus éilimh ar dheochanna ag méadú. D'íoc Aoife as a deoch, agus thosaigh sí ar a slí a dhéanamh i measc an tslua. Bhí spás beag chun suite feicthe aici ar leac na fuinneoige, agus radharc aici ón suíochán cúng ar na ceoltóirí. Seachtar acu a bhí ann ar fad, le fidleacha, feadóga stáin, feadóg mhór, mandoilín, agus spúnóga. Agus consairtín, a bhí á sheinm ag Mattie, a shúile dúnta aige agus a mhéara ag gabháil go mear ar na cnaipí.

Bhí rithim an cheoil le léamh ar a cheannaithe, agus gliondar réchúiseach ag gabháil tríd. Ba chuimhin le hAoife gur luaigh sé gléas ceoil uair éigin. Tá cúpla nóta agam, a bhí ráite aige, ach ba mhó ná cúpla nóta a bhí le cloisteáil uaidh anocht. Chonaic sí a mhéara ag damhsa ar na cnaipí, iad éadrom is íogaireach. Mar a bhí tugtha faoi deara cheana aici, an tráthnóna úd a chaith siad cois tine lena chéile. Nuair a dhún sí a súile féin, chonaic sí fós a mhéara ag damhsa go spleodrach os a comhair.

Bhí sí ag féachaint arís ar a lámha nuair a d'oscail seisean a shúile. Gheit sí nuair a d'airigh sí a amharc ag preabadh anall ina treo, a shúile siúd ag dul i ngreim inti i ngan fhios don slua ina dtimpeall. Soicind nó dhó, b'in uile, sular chas sé a aird ar a chomhluadar. A amharc ag filleadh arís uirthi nuair a bhíodar ag tosú ar an gcéad dreas eile. A shúile ar oscailt aige an babhta seo, é ag gáire lena chairde agus snaidhm dhiamhair an cheoil á nascadh acu lena chéile. A amharc is a gháire ag triall ar Aoife ó am go ham trasna an tseomra.

Rithim is teaspach an cheoil á roinnt acu. B'in rud a d'airíodh sí uaithi riamh le Pat, mar nárbh iad na buillí fuaime céanna a chuireadh a gcosa araon ag preabadh. Bhí sé sásta éisteacht go béasach le ceol de gach cineál, ach luathcheol clasaiceach ab fhearr a thaitin leis, agus ní dhearna Aoife mórán argóna leis, nuair a dúirt sé nach mbainfeadh sé sult as an seisiún i dTigh Uí Dhonnabháin.

Cén sult a bhain Pat as an saol trí chéile, a d'fhiafraigh Aoife di féin. An mbíodh sé chomh duairc ann féin i gcónaí is a bhí le déanaí? An amhlaidh nár thug sí a thréithe faoi deara i gceart cheana, mar nach mbíodh sí sa bhaile in éineacht leis ó mhaidin go hoíche? Eisean cantalach, agus ise á fhreagairt mar an gcéanna.

Fág i leataobh é, a dúirt sí léi féin. *Live for the moment,* an tráthnóna seo ar a laghad. Bhí fonn mall á sheinm ag Mattie, mar aon le bean a raibh feadóg mhór aici. Sruth binnis ag leathadh uathu ar fud an tseomra. Fuaimeanna ar foluain san aer, ciúnas an tslua á gcumhdach. Súile Mhattie dúnta aige arís, tonnta an cheoil ag imirt go réidh ar a chlár éadain. A mhéara ag slíocadh na gcnaipí go mall, cneasta, tuisceanach.

Tháinig deireadh leis an bpíosa ceoil. D'oscail Mattie a shúile agus scaoil sé lena amharc trasna go dtí leac na fuinneoige, áit a raibh Aoife ina suí ag féachaint air. Slua ina dtimpeall, bualadh bos ag briseadh an chiúnais. Sruth leictreachais eatarthu beirt ar an aer.

* * *

'Ba mhaith liom iarraidh ar gach duine agaibh labhairt leis an ngrúpa, de réir mar is féidir, duine ar dhuine. Labhair ó do chroí amach, mar is eadrainn amháin a bheidh gach rud a déarfar. Inis dúinn i d'fhocail féin cad atá ag cur bac ort do shaol a chaitheamh mar is mian leat. Inis dúinn faoin bhfuascailt atá á lorg agat, na freagraí nach bhfuair tú fós i do shaol.'

Thug Aoife spléachadh tapa ar Shinéad, le linn do stiúrthóir an chúrsa teiripe a bheith ag caint. Bhí siad féin is ochtar eile ina suí ar chuisíní boga ar an urlár, i seomra óstáin i gCill Airne, agus Fiachra os a gcomhair. Bhí an troscán bainte as an seomra, seachas bord amháin taobh leis an doras, a raibh gloiní uisce, babhla caor finiúna agus crúsca ollmhór bláthanna air. Bhí píosa ealaíne crochta ar bhalla amháin agus crois shimplí adhmaid ar bhalla eile. *Batik* a bhí sa phíosa ealaíne, dathanna gormliatha is liathbhána ar a íochtar, solas buí ina stríocaí os a gcionn siúd, agus néalta bána ar foluain go héadrom. Éirí gréine, aiséirí dóchais.

Bhí Aoife fiosrach, agus beagáinín faiteach, faoina raibh rompu. Cúrsa lae seachas deireadh seachtaine a bhí i gceist, rud a d'fhág go bhféadfaidís éalú ón áit faoi cheann ocht n-uaire an chloig. Ach bhí iontas fós uirthi go raibh sí féin is Sinéad i láthair in aon chor. Leathmhagadh a bhí ann nuair a mhol sí an smaoineamh do Shinéad. Bhí eolas faighte aici faoin gcúrsa ón idirlíon, a d'fhógair go raibh turas pearsanta le tabhairt lena linn. Tabhair do shaol i dtiúin le do mhianta, agus cuir do mhianta i dtiúin le do spiorad. Nó do Spiorad, mar a dúradh.

B'in a bhí scríofa, ach níorbh shin an sprioc ba mhó a bhí ag ceachtar den bheirt acu. Ghlaoigh Sinéad ar ais uirthi an tráthnóna céanna, agus sceitimíní uirthi. Theastaigh uaithi freastal ar an gcúrsa, a dúirt sí, ach ní bheadh sé de mhisneach aici aghaidh a thabhairt ar Fhiachra ina haonar. Ba mhór an chabhair di é dá mbeadh Aoife i láthair, agus d'fhéadfaidís ligean orthu nach raibh aithne acu ar a chéile. Scéal éigin ag Aoife don stiúrthóir, go raibh sise i láthair le teann fiosrachta, agus mar ábhar taighde ar imeachtaí an cheantair. An t-ainm

Sinéad Ní Shé cláraithe ag a cara leis an lucht eagraithe, ionas nach n-aithneofaí roimh ré cérbh í féin.

Ba bheag an taithí a bhí ag Aoife ar aon chúrsa dá shórt, ach níorbh amhlaidh do Shinéad. Thug sise cur síos ar chinn eile a rinne sí. Éist le Guth an Linbh istigh i do Chroí, Tabhair Grá Duit Féin Seachas Crá. Do Rogha an Ród atá Romhat. Bhí tairbhe le cuid acu, a dúirt sí, agus a mhalairt le cuid eile. An chuid ba mheasa acu, bhí siad ag teacht i dtír ar dhaoine a bhí briste, cráite mar a bhíodh sí féin ar feadh i bhfad. Manaí simplí á dteagasc acu, agus í fágtha ar an trá thirim ina ndiaidh, a cuid mothúchán nochtaithe go nimhneach aici ach gan aon taca ná treoir ar fáil, chun na deora a ghlanadh ina dhiaidh. Slám airgid fágtha aici le mangairí an tsonais.

Bhí a leithéid ann, agus bhí cúrsaí fiúntacha ann freisin, a dúirt Sinéad. Bhí triail bainte aici as réimse teiripe le blianta anuas, de réir cosúlachta, idir theiripe intinne, colainne is anama. Comhairleoireacht is suathaireacht, *yoga* is *reiki*. Drugaí nádúrtha is mínádúrtha araon, damhsa *sufi* is damhsa seite féin. Machnamh suain, an teiripe ba mhó ar chloígh sí leis. Bhain sí tairbhe mhór as go leor acu, dar léi, agus thuig sí go dóite an dóchas a bhí le tairiscint acu. Ancaire nó taca don té a bhí trí chéile, mar a bhí gach éinne uair éigin sa saol.

Bhí comhrá fada eile déanta aici féin is Aoife lena chéile, cúpla lá roimh an gcúrsa. Labhair Sinéad arís ar an riocht ina mbíodh sí, sna blianta tar éis 1986. *Acute anxiety syndrome*, mar a thug sí air. Faitíos na bhfaitíos. Í cráite ag imeachtaí a saoil, agus cráite ina dhiaidh sin ag an gcrá féin. Buillí a croí ag cnagadh go bodhar ar a cuid easnacha. A corp uile ar tinneall, agus a hintinn mar an gcéanna. Ach dá olcas na laethanta, ba mheasa fós na hoícheanta. Uaireanta an chloig á mbualadh ag tonnta rithimiúla a cuisle, uair i ndiaidh uaire. Gan fáil ar chodladh ná suan ná samhail an dóchais. Fuath aici di féin agus trua aici di féin. Uaigneas anama á slogadh.

D'inis sí d'Aoife conas mar a chaith Fiachra léi, tar éis bhás Lelia. Bhí sealanna fada caite aici ar an trá úd ar Ros na Caillí, an tseachtain tar éis na bainise. Guí diachrach agus dóchas fánach aici go dtiocfadh sé ann chun casadh léi. Clocha boga, míne á gcuimilt aici ina bosa agus í ag feitheamh leis. I lár na seachtaine sin, scéal na tubaiste á scaipeadh ar fud an bhaile, corpán Lelia faighte ag bun na faille. Fiachra is gach éinne eile sa scoil buailte le brón is le mearbhall. D'éirigh sí as dul go dtí an trá, agus chuaigh sí abhaile go Sasana tamall ina dhiaidh sin.

Níos déanaí sa samhradh, thug sí cuairt eile ar an nGlaisín. Seans amháin eile, a gheall sí di féin. Tar éis cúpla lá, chonaic sí Fiachra ina aonar, é ina sheasamh lasmuigh de Thigh Uí Dhonnabháin. Rith sí anonn chuige, agus focal nó nod éigin á lorg aici uaidh. Ba mheasa an tost is an neamhaird ná aon rud, dar léi. Rinne sí a dícheall labhairt go ciúin leis, is gan a lámha a shnaidhmeadh ina thimpeall. Thiontaigh sé a dhroim uirthi agus tháinig deora léi. Thosaigh sí ag impí air agus tháinig olc air, an nóiméad céanna a raibh a bhean chéile, Treasa, ag teacht amach as an siopa.

Tá an cailín bocht seo as a meabhair, a d'fhógair sé go tobann do Threasa, is do dhaoine eile a bhí in aice leo. Ní foláir dúinn fios a chur ar dhochtúir. Bhailigh daoine thart orthu, agus níorbh fhada gur cuireadh fios ar Mharcella agus ar dhaoine eile a chabhródh le Jenny Huggaird bhocht. B'éigean di dul faoi chúram dochtúra, agus faoi cheann roinnt laethanta, chonacthas don saol mór go raibh an ceart ag an bpríomhoide gníomhú mar a rinne sé. Bhí seal á chaitheamh ag Jenny in ospidéal meabhairghalair, agus gan míniú aici do na dochtúirí ar na deora a bhí léi gan smacht.

Bhí Aoife ag iarraidh a shocrú ina hintinn cad a déarfadh sí os ard leis an ngrúpa sa seomra óstáin, faoi na dúshláin is na deacrachtaí ina saol féin. Rud éigin nach dtarraingeodh aird uirthi, a mheas sí, ionas go bhféadfadh sí faire ar a raibh ag tarlú do

Shinéad. Bhí a cloigeann siúd tógtha aici den chéad uair, agus í ag féachaint idir an dá shúil ar Fhiachra.

'Bhí mise an-óg,' a dúirt Sinéad, 'nuair a thit mo shaol as a chéile.' Ba léir go raibh uirthi a glór a chur faoi smacht. 'Bhí mé i ngrá le fear a chaith go holc liom, agus a tharraing náire orm os comhair an tsaoil. Séard atá uaim anois ná an misneach chun aghaidh a thabhairt ar an bhfear sin, ionas go n-admhóidh sé an méid a rinne sé. Má éiríonn liom é sin a dhéanamh, beidh mé in ann dul ar aghaidh leis an gcuid eile de mo shaol.'

B'éigean d'Aoife a admháil gur éirigh le Fiachra guaim a choimeád air féin. Le linn an chéad sheisiúin úd, níor léirigh sé don ghrúpa gur aithin sé Sinéad, ná go raibh iontas air faoin méid a dúirt sí. Bhí seisiún *yoga* ag an ngrúpa ina dhiaidh sin, agus rith sé léi gur thug sin deis dó fócas a intinne a shoiléiriú.

Ach de réir mar a lean imeachtaí an chúrsa, cheap Aoife go raibh sé ag éirí míshuaimhneach. Bhí seisiún ar siúl roimh am lóin faoi chineálacha pearsantachtaí, agus conas do chineál féin a aithint. Conas a bheith fírinneach duit féin, mar a bhí tú ó nádúr. *The Perfectionist, the Giver, the Observer, the Romantic.* Iad siúd agus tuilleadh. Baineadh geit as Aoife nuair a labhair Sinéad amach agus gur cheistigh sí arbh fhéidir idirdhealuithe dá leithéid a dhéanamh. Nárbh amhlaidh, a d'fhiafraigh sí go neirbhíseach, go raibh meascán tréithe i ngach éinne, agus cuid acu ag teacht salach ar a chéile, fiú. An fear a raibh sí ag caint os ard faoi níos luaithe, a dúirt sí, bhí meascán dá shórt ann. *The Giver* agus *the Controller* in aon turas, dar léi.

'A Thiarcais, measaim gur bhuail tú buille air an uair sin,' a dúirt Aoife léi, nuair a fuair siad deis chainte lena chéile ag am lóin. 'Níor thuig mé go raibh sé ar intinn agat scigmhagadh a dhéanamh faoi mo dhuine, ná faoina chuid teagaisc?'

'An gceapann tú go raibh mé…? Is é sin le rá, nár mhaith liom dul thar fóir,' arsa Sinéad. Thug sí cúlfhéachaint thar a gualainn, chun a chinntiú nach raibh Fiachra in aice leo. 'Nuair a tháinig mé ar an gcúrsa, cheap mé go dtabharfadh sé deis dom casadh le Fiachra, ach fós gan iachall a bheith orm labhairt leis i m'aonar. Agus a dhúshlán a thabhairt, b'fhéidir, ionas go dtuigfeadh sé…'

'Ach anois tá níos mó ná sin i gceist?' Thug Aoife comhartha do Shinéad siúl in éineacht léi go dtí halla fáilte an óstáin, san áit nach dtabharfaí faoi deara iad i measc na dturasóirí. 'Tá *agenda* de shórt eile ag teacht i do intinn?'

'Tá critheagla orm gach uair a labhraím,' arsa Sinéad. 'Ní chreidfeá chomh deacair is atá sé…'

'Ach mar sin féin?

'Tá an ceart agat,' arsa Sinéad. 'Tá rud eile ag tarlú. Nuair a chonaic mé é…' Thug Sinéad cúlfhéachaint eile ina diaidh. 'Nuair a chonaic mé Fiachra ina sheasamh os comhair an ghrúpa, é chomh sásta leis féin mar ghúrú…' Chuir sí a lámh lena muineál, agus thug Aoife faoi deara nach raibh an chloch chrua bhán á caitheamh aici mar a bhíodh cheana. 'Ó, b'fhéidir go bhfuilim ag cur dallamullóige orm féin, ach ba bhreá liom anois píonós a chur air. É a chur i sáinn agus é a fheiceáil ag fulaingt.'…'

'Seans gur éirigh leat é sin a dhéanamh an chéad uair a labhair tú inniu,' arsa Aoife. 'Bhí faitíos air, ar ndóigh, go raibh tú ar tí an scéal iomlán a insint.'

'Bhí mé i mo dhúiseacht leath na hoíche aréir,' arsa Sinéad, 'agus mé ag machnamh ar mo phíosa cainte. Mé á chleachtadh dom féin os comhair an scátháin, fiú. Agus anois, níl a fhios agam…'

'Ní gá duit aon chomhrá pearsanta a dhéanamh leis inniu, tá's agat. D'fhéadfá é a fhágáil ag feitheamh, ionas go méadóidh ar a amhras, is nach mbeidh a fhios aige cad atá ar siúl.'

Ní raibh Aoife cinnte go seasfadh a misneach ag Sinéad. Seisiúin chainte i ngrúpaí beaga a bhí ann tar éis am lóin, faoin teideal 'Leigheas Anama—Trí Leid Luachmhara'. Manaí fógraíochta do thionscal na féintuisceana, dar le hAoife. Gan aon locht aici ar an bhféintuiscint, ach a mhalairt. Ach mar a dúirt sí os íseal le Sinéad, bhí an ghráin aici ar an mbéarlagair a ghabh leis an ngnó.

'Tá's agat go maith go bhfuilim ag iarraidh labhairt leat. Ach is léir go bhfuil tú do mo sheachaint, gach uair a dhruidim gar duit.'

De chogar a chuala sí Fiachra ag labhairt le Sinéad. Seisiún ealaíne a bhí ar bun, agus bhí páipéir is pinn luaidhe scaipthe ar fud an tseomra. Pictiúir a bhí á dtarraingt ag gach éinne, ní ar son ealaíne ach ar son féinléargais. Pictiúir a léireodh dóibh na deacrachtaí a bhraith siad ina saol, nó conas mar a shamhlaigh siad slánú óna gcuid deacrachtaí.

'D'fhéadfainn a mhíniú… Séard atá uaim a thaispeáint sna pictiúir…' Os ard a labhair Sinéad, ionas gur chuala daoine eile sa ghrúpa í.

Lig Fiachra air go raibh sé ag féachaint ar na leathanaigh ar an urlár taobh léi. Ar cheann amháin acu, bhí cruth mná le feiceáil óna cúl, agus í ag féachaint amach ón trá chun na farraige. Bhí scáil duine eile taobh thiar di, duine a bhí mór, téagartha i gcomparáid léi. Bhí an scáil dorcha, bagarthach, agus solas an lae á mhúchadh aige. Sa phictiúr eile, bhí cruth na mná le feiceáil ina luí, agus nathar nimhe á lúbadh féin timpeall ar a corp.

'Maith thú, maith thú féin,' a dúirt sé le Sinéad ina ghlór poiblí. Shín sé isteach ina treo agus labhair sé níos ísle. Ní raibh an tséimhe chéanna le cloisint uaidh is a bhíodh de ghnáth. 'Tá's agat gur cheart dúinn labhairt lena chéile go príobháideach,' ar seisean. 'Beidh mé ag feitheamh leat anseo tar éis an chúrsa, a Shinéad Ní Shé, mar a thugann tú ort féin.'

Cleachtaí coirp a bhí ar siúl roimh dheireadh an lae. Cleachtaí ar leith a bhí iontu, a bhí dírithe ar mhothúcháin éagsúla a ruaigeadh ón gcolainn is ón intinn araon. Bhí cúntóir in éineacht le Fiachra agus é ag míniú don ghrúpa conas a lámha a chuimilt ar a mbolg, chun éad nó ciontaíl a dhíbirt. Mhínigh Fiachra go raibh mothúcháin dá sórt díobhálach, do na daoine a bhí i ngreim acu. Péisteanna a bhí sna mothúcháin, a d'fhéadfadh an duine a chreimeadh is a chogaint ón taobh istigh. Dúirt an cúntóir ansin gurbh fhearr glacadh leis an méid a tharla inár saol, agus ár gcionta a mhaitheamh dúinn féin, chomh maith le maithiúnas a thabhairt do dhaoine eile as pé dochar a rinne siad dúinn.

Bhí Aoife ina luí ar an urlár, agus í ar a dícheall ag leanúint na dtreoracha a tugadh dóibh, nuair a d'airigh sí corraíl ina timpeall. Chas sí a ceann, agus chonaic sí Sinéad ag éirí ón urlár. Rug sise ar a mála, a bhí leagtha aici in aghaidh an bhalla, agus thiontaigh sí i dtreo an dorais, gan focal aisti.

8

Bhí na sceacha geala ag cur thar maoil le bláthanna. Clóca bán na bpiotal ina luí ar gach géag, mar a bheadh brat trom sneachta tite anuas orthu. Nuair a shroich Aoife an geata nua a bhí déanta ag Pat idir a gcúlghairdín féin agus an gort, sheas sí tamall chun sásamh a bhaint as an radharc. Clocha tréana liatha an tseanscióbóil ina sraitheanna ar chúl na sceach, téagar ealaíonta sa tógáil. Gile na mbláthanna agus glaise an duilliúir, sceada gréine idir néalta in airde sa spéir. Borradh is flúirse san áit ar shamhlaigh sí sneachta ar dtús. Samhradh, samhradh, bainne na ngamhna, ceiliúradh na Bealtaine á chanadh aici gan choinne.

Bhí an gort féin buí le bláthú an aitinn, agus thóg sé tamall ar Aoife bealach a aimsiú timpeall ar na sceacha garbha. Flúirse cealg orthusan chomh maith le clúdach na mbláthanna. Bheadh obair le déanamh, a dúirt sí léi féin, chun smacht a fháil ar an aiteann, agus ar na driseacha is na neantóga a bhí fréamhaithe in áiteanna eile sa ghort. Faillí déanta den talamh i gcaitheamh na mblianta nár thug Sinéad cuairt ar an nGlaisín, agus í ag streachailt ar chosán driseach a saoil.

Glaoch faighte ag Aoife ó Shinéad an lá roimhe sin, ar an Domhnach. Bhí sí chun filleadh ar Shasana go ceann tamaill, a dúirt sí. Bhí sí tuirseach, spíonta tar éis an chúrsa teiripe ar an Satharn, agus seachas an méid sin, b'éigean di socrú éigin a dhéanamh lena fostóir. Bhí seal míosa glactha aici mar shaoire chun teacht go hÉirinn, agus bhí an tréimhse sin nach mór caite. Chaithfeadh sí síneadh ama a chur leis, nó filleadh ar a post agus cúrsaí Bhéarra a chur i leataobh go ceann scaithimh. Táim ag cúlú arís, a dúirt sí le hAoife ar an bhfón. Gach uair a thugaim ruathar chun tosaigh, cliseann ar mo mhisneach agus caithfidh mé teitheadh ó láthair an chatha.

Leag Aoife a seaicéad fúithi ar phaiste féir, thuas ag barr an ghoirt agus í ag baint lán na súl as maise na timpeallachta. Snáth lonrach an inbhir ag síneadh chun na farraige móire, dlúth-chaille dhorcha scamall anuas ar na Cruacha Dubha, cruthanna na tíre ag athrú is ag claochlú de réir mar a thit scáil nó gealán orthu. An Glaisín fillte in ascaill an chuain taobh thíos di agus ardáin chorracha Ros na Caillí ar foluain, nach mór, ar an uisce. An Gob go stuacach, daingean ar imeall thuaidh na leithinse.

Tharraing Aoife chuici péire déshúileach, agus rinne sí iarracht teach Jody Nugent a dhéanamh amach, gar do chaol an rosa. Tar éis tamaill, d'aithin sí dath dorcha na gcrann giúise ar imeall an ghóilín, agus tamall uathu, chonaic sí ballaí bána a thí siúd, chomh maith leis an teach a bhíodh ag a chomharsa, Nellie. Os a gcionn, rian an bhóithrín amach go dtí an Gob, an bóithrín céanna a bhí cosctha ar shiúlóirí le cúpla bliain anuas. An bóithrín a ghlac Lelia, níorbh fholáir, ar a slí chun a báis.

Má bhí Jody i dteach a chomharsan oíche na tragóide, mar a bhí ráite ag Cáit, cá bhfios nach bhfaca sé Lelia agus é ag filleadh ar a theach féin? An t-athair ina luí tinn, an fear óg ag teacht is ag imeacht ar a thoil. Má bhí soilse ar rothar Lelia, nó solas na gealaí sa spéir, seans go n-aithneodh Jody a cruth agus í ag dul thar bráid. Má bhí duine in éineacht léi, bheadh an duine sin feicthe aige freisin. Nó más amhlaidh go raibh an múinteoir óg ina haonar, bheadh an deis aige í a leanúint, dúil rúnda ag méadú i gcroí an óganaigh faoi scáth an uaignis istoíche.

Pé leithscéalta nó tuiscint a bhí ag Cáit dó, ba chosúil go raibh dúghabháil ar intinn Jody ag smaointe áirithe. Thug Aoife sciúird rothaíochta amach go dtí an ros lá, agus chonaic sí an teach néata ina raibh cónaí air. A spéis i gcúrsaí an chladaigh le feiceáil sa chlós tosaigh, na céadtá nó b'fhéidir na mílte sliogán greamaithe sa bhalla. Sliogáin bheaga bhuí na bhfaochan ina sraith fhada, sliogáin mhóra na muiríní ina sraith eile. Sceana mara agus sliogán dobharchú, agus an iliomad eile nach raibh aon eolas ag Aoife ar a n-ainmneacha, iad greamaithe go néata le stroighin. Saothar foighneach, cúramach.

Istigh sa chlós, chonaic sí bailiúchán de shórt eile. Cnámha beaga, bídeacha leagtha amach go slachtmhar, agus cnapáin ar dhathanna éagsúla taobh leo. Fuílleach na mbéilí a d'fhág éin ina ndiaidh, ón méid a d'inis Pat di uair amháin, agus fionnadh, cnámha is cleytí rolláilte le chéile iontu. Cnámha luchóg is iasc, iad leagtha amach mar a bheadh cipíní ag triomú faoin aer. Jody á mbailiú chun staidéar a dhéanamh orthu, de réir cosúlachta.

Caitheamh aimsire soineanta, nó dúghabháil intinne. Cáit féin sásta a admháil go raibh sé de nós ag Jody daoine a leanúint go tostach ar an mbóthar. É fiosrach faoi dhaoine, b'fhéidir, is gan de mhisneach aige dul i mbun comhrá leo. Saol crua, aonarach aige, gan amhras, ach níorbh ionann sin is a rá nach raibh sé ciontach i bhfeall. Bhí an deis aige Lelia a leanúint go dtí an Gob, agus b'fhéidir go raibh an meon intinne ann freisin.

Tar éis a comhrá sa tábhairne le Cáit, thosaigh Aoife ag smaoineamh ar bhualadh isteach ar cuairt ar Jody, chun a breith féin a dhéanamh air. Rinne sí iarracht smaoineamh ar leithscéal éigin chun dul ann. Ceist éigin a chur air faoin saineolas a bhí aige ar an dúlra is ar éanlaith an chladaigh, nó iarraidh ar Cháit dul ina teannta, ar bhonn leithscéil amháin nó a chéile.

Ach chuir sí an smaoineamh i leataobh ar ball. Ní raibh sí ábalta a chur ina luí uirthi féin go n-éireodh lena leithéid de chuairt. Go n-éireodh léi an comhrá a stiúradh, chun ceist lom a chur ar Jody faoin gcorpán a chonaic sé ag bun na faille. Nó fiafraí de cá raibh sé féin oíche na tubaiste.

Chuir Aoife uirthi a seaicéad, nuair a d'airigh sí séideán fionnuar an tráthnóna ar a droim. Bhí sé in am di filleadh abhaile, agus aghaidh a thabhairt ar chúraimí an teaghlaigh. Gnáthchomhrá a dhéanamh le Pat, agus a croí ag preabadh dá gcuirfeadh Mattie a cheann isteach an doras. Luisne ag leathadh uirthi, agus an leictreoir ag trácht ar nós cuma liom ar chithfholcaí.

Ceist amháin eile nach raibh soiléir di, b'in cúrsaí ama an oíche a cailleadh Lelia. Luaigh Dónall go raibh sí imithe ón óstán faoi leathuair tar éis a haon ar maidin. Ach bhí fianaise tugtha ag daoine eile, de réir mar ba chuimhin le hAoife, go raibh an bhean óg i láthair ag an mbainis go dtí tar éis a dó a chlog ar a laghad. Bhí Fiachra féin ann go dtí a trí ar maidin, nó b'in a bhí léite ag Aoife in áit éigin. Cár fhág sé sin a chaidreamh le Lelia, má bhí sise imithe go dtí Gob na Caillí uair an chloig go leith roimhe? Agus cén t-am go baileach a thug Jody cuairt ar an mbean chomharsan?

Teagmháil a dhéanamh uair amháin eile le Dónall, a dúirt Aoife léi féin, dóchas fós aici go mbrisfeadh sí ar an tost óna ríomhaire siúd. Agus teagmháil le Caoimhín, sula mbeartódh sí an raibh sé in am di éirí as an iniúchadh. Deireadh seachtaine saoire an Mheithimh ag druidim leo, agus an cinneadh mór le déanamh faoin ngnó ina dhiaidh sin. Idir an dá linn, leanfadh sí a comhairle féin.

* * *

'Sinéad Huggaird atá ann. Duitse, creidim.'

Thóg Aoife an glacadóir óna fear céile. Fón tí den seandéanamh a bhí sa halla, agus níor fhéad sí siúl isteach i seomra ciúin leis, ná amach sa ghairdín san áit nach gcloisfí a comhrá. Bhí teachtaireacht fágtha aici do Shinéad níos luaithe sa lá, agus bhí ceisteanna le plé aici léi go príobháideach. Seift a bhí ar fiuchadh ina hintinn le cur aici faoina bráid.

Sheas Pat sa halla ar feadh leathnóiméid, é idir dhá chomhairle faoin treo a raibh sé ag dul. Thuig sé go maith, ón bhféachaint a thug Aoife air, nár theastaigh uaithi go mbeadh cluas aige lena cuid cainte. Ba léir dó go raibh a bhean chéile ar a hairdeall faoi. Í ar tinneall, dar leis, sa chás go dtosódh sé arís á lochtú féin nó a cuid pleananna nó tionscnamh.

Níor chóir go mbeadh iontas air, a dúirt sé leis féin, agus an doras tosaigh á dhúnadh aige ina dhiaidh. Rinne sé botún nuair a dúirt sé léi éirí as pé iniúchadh staire a bhí ar siúl aici. D'éiríodh sí gafa le daoine is le scéalta is le smaointe, b'in an sórt duine í. B'fhearr dó féin glacadh léi mar a bhí sí, agus labhairt léi faoin scéal a raibh sí gafa leis, seachas a bheith ag cur i gcoinne gach sprioc a chuir sí roimpi.

Tar éis an deireadh seachtaine, ar sé leis féin, agus duilleoga feoite á mbailiú aige ón gcosán. Tar éis an deireadh seachtaine, thabharfadh sé aghaidh as an nua ar shaol Bhéarra. An teach seo, a bhí pas gránna fós ar a shúile, é róchearnógach, róchorrach. Agus cúrsaí an tí is an teaghlaigh, pé rud a bhí rompu amach. Thabharfadh sé cluas le héisteacht d'Aoife, agus dhéanfadh sé a dhícheall gan breithiúnas géar a thabhairt ar a scéal.

Ach roimhe sin, bhí turas le tabhairt aige féin is na páistí go Baile Átha Cliath, agus bhí Aoife le fanacht sa bhaile, ag cur síos urláir nua sa chistin. Deis aige féin cúpla fiosrú a dhéanamh sa chathair faoi chonarthaí oibre mar ealaíontóir grafach, chun laghdú ar na fadhbanna airgid. Deis do na páistí cuairt a thabhairt ar sheanchairde. Sos aige féin is ag Aoife óna chéile, agus ina dhiaidh, b'fhéidir go réiteoidís níos fearr lena chéile, mar a tharla nuair a thug Aoife turas ar Chill Chainnigh.

Pé rud a bhí á phlé aici ar an bhfón leis an mbean úd, Sinéad, níorbh é an gort é, ar aon nós. Ní raibh aon réiteach ar an scéal áirithe sin, de réir mar a thuig sé ó Aoife. Ach bhí a focal tugtha ag Sinéad nach ndíolfadh sí an píosa talún gan labhairt leo faoi i dtosach. Í imithe ar ais go Sasana, a dúirt Aoife leis, agus gan ach cuairt nó dhó tugtha aici ar an nGlaisín.

Ba bheag nár inis sé féin do Phius Mac Oireachtaigh go raibh úinéir an ghoirt i dteagmháil le hAoife. Chuaigh sé amach ag siúl ar Ros na Caillí leis na páistí ar an Satharn, an lá céanna a raibh Aoife imithe go dtí an cúrsa i gCill Airne. Agus cé a thiocfadh an treo ach an fear uasal úd, dhá ghadhar ar théad aige agus strais ar a aghaidh. 'A Phaddy bhocht bhacach,' ar seisean go croíúil. 'Feicim go bhfuil tú ag cloí le cosáin an phobail, agus tréaslaím an méid sin leat, go deimhin.'

Bhí Pat ar a dhícheall ag iarraidh sleamhnú uaidh go leathbhéasach, ach lean an fear eile dá bhladar. 'Beidh trioblóid thuas in aice libh go luath,' ar seisean le Pat. 'Cloisim ráfla faoin gcailín bocht a fuair an gort ó Mharcella. Dúirt bean liom go ndúirt an duine eile go raibh sí inár measc le déanaí. Chonacthas istigh i mbaile an Neidín í, b'in a chuala mé. Ach chaithfí praghas íseal a chur ar a cuid sealúchais, chun gurbh fhiú d'éinne é a ghlacadh uaithi in aon chor.'

'Ní thuigim go díreach... An míneofá sin arís dom?'

'Cúrsaí ama oíche na bainise,' arsa Aoife le Sinéad ar an bhfón. 'Bhí difríocht idir an méid a dúirt Dónall liomsa, agus an méid a dúirt daoine eile leis na Gardaí. Agus nuair a d'fhéach mé siar ar an nuachtán, bhí comharthaí ceiste déanta ag Dónall taobh leis an gcur síos ar chúrsaí ama.'

'Agus cén tábhacht atá leis an difríocht? Nó cérbh iad na daoine eile?'

'B'in an rud a bheartaigh mé a fhiosrú. Dúirt mé leat, measaim, go raibh foinse eolais agam... Is fearr dom gan mórán a rá faoi, ach Caoimhín is ainm dó, agus bhí seisean ábalta níos mó a rá liom ná mar a bhí sna nuachtáin.'

'Agus cad a dúirt sé...?'

'Séard a fuair mé amach ná ainmneacha na ndaoine a thug an t-eolas eile do na Gardaí faoi chúrsaí ama. Agus chuir sin cruth spéisiúil ar an scéal.' Dhún Aoife a súile, agus sceitimíní ag filleadh uirthi, na sceitimíní céanna a d'airigh sí nuair a léigh sí an freagra ríomhphoist a bhí tagtha ó Chaoimhín. Leithscéal á dhéanamh aige go raibh sé ag scríobh chuici faoi dheifir. An domhan is a mháthair ag iarraidh gairdíní maisiúla thar oíche.

'Faoi mar a thuigim,' ar sí le Sinéad, 'bhí beirt iontaofa a dúirt leis na Gardaí go raibh Lelia fós ag an mbainis go dtí leathuair tar éis a dó ar maidin. Agus b'iad siúd Rita agus Fiachra.'

'Agus tá tú ag iarraidh a rá… Chreid na Gardaí iad, ar ndóigh?'

'Is cinnte gur chreid, agus ní féidir sin a lochtú orthu. Príomhoide na scoile agus bean ghnó a raibh rath uirthi. Agus maidir le Dónall, creidim go ndúirt seisean fíorbheagán leis na Gardaí, mar go raibh olc air go raibh siad ag cur brú air maidir leis an gcannabas.'

'Ach tá brón orm, nílim cinnte arís go dtuigim…'

'Tá brón ormsa,' arsa Aoife, 'má táim ag rith chun tosaigh ort.' Bhí a hintinn féin ag imeacht roimh a cuid focal. Bhí nóta eile ríomhphoist ag pocléimneach ar scáileán a cuimhne, nóta nua a tháinig ó Dhónall níos luaithe sa lá. 'Séard tá á rá agam ná gur thug Rita agus Fiachra araon fianaise áirithe, ach go mb'fhéidir nár inis siad an fhírinne.'

'An raibh siad ag obair as lámh a chéile, mar sin? Nó cén fáth…?'

'Deir Dónall go raibh Lelia imithe ón óstán faoi leathuair tar éis a haon ar maidin ag a dhéanaí. Bhí seisean ag obair ag an mbeár, mar is eol dúinn, agus dá réir sin, ní raibh sé caochta, ólta faoi mar a bhí an chuid eile den slua. Ach dúirt Rita agus Fiachra araon go raibh Lelia ann go dtí a leathuair tar éis a dó.'

Rinne Aoife a dícheall labhairt go mall, ionas nach gcaillfeadh sí a greim ar an scéal. 'Tá tábhacht leis an difríocht sin, dar liomsa. Abair gur chuala na Gardaí ráfla faoi chaidreamh idir Fiachra is Lelia. Sa chás sin, bheadh cosaint ar fáil dó. Bhí Lelia i láthair go dtí leathuair tar éis a dó, de réir a scéil siúd, agus bhí seisean imithe abhaile tamall ina dhiaidh sin. Thug sé síob dá chomharsa béal dorais, agus dá réir sin, bhí sé le feiceáil ag an saol nár imigh sé ar sciúird go dtí an Gob.'

'Ach séard atá á rá agat… Measann tú gur imigh sé ann níos luaithe? Agus gur fhill sé ina aonar ar an óstán?'

'Bhí an deis sin aige, ar aon nós,' arsa Aoife.

'Ach fiú má d'inis Fiachra bréag, ar mhaithe leis féin, cad faoi Rita? Cén chúis a bhí aicise…?'

'B'fhéidir gur bhotún a bhí ann i gcás Rita, ach de réir mar a thuigim, bhí sí diongbháilte ina fianaise. Agus b'fhéidir go raibh leid le fáil sna tuairiscí nuachtáin a léigh mé faoin gcúis a bhí aici…'

'Cad a bhí sna tuairiscí nuachtáin?'

'An sliocht cainte a bhí luaite le Rita ná gur thragóid a bhí ann, go bhfuair an múinteoir óg bás an oíche chéanna a raibh bainis ar siúl. Ach, a dúirt sí, ní fhéadfaí a bheith dearfach faoi cén t-am go beacht a fuair Lelia bás. Anois, an chiall a bhainimse as sin ná seo. Bhí a mac féin ag pósadh, agus de réir mar a thuigim, d'imigh an mac agus a bhrídeog ón óstán thart ar a dó ar maidin, agus iad ar a slí go dtí an t-aerfort ar mhí na meala, nó pé rud…'

'Agus má bhí Lelia fós i láthair nuair a d'imigh siad, ceapann tú nach raibh sin chomh holc mar thragóid in intinn Rita?'

'Go díreach. Bhí Béarra fágtha ag an *happy couple* sula raibh an bhean óg ina luí marbh sa cheantar, agus dá réir sin, laghdaíodh ar an smál a bhí ar ócáid na bainise.'

'Ach ní féidir leat a bheith cinnte…? Abair go raibh an ceart ag Fiachra is ag Rita?'

'Tá blúire fianaise eile ann nár luaigh mé leat.' Dúirt Aoife léi féin gan a bheith róbhuacach ina hintinn. Bhí mullach cnoic nua sroichte aici, ach ní raibh barr an tsléibhe bainte amach aici, ná baol air. 'Rud éigin a dúirt Jody leis na Gardaí.'

Bhí Sinéad ina tost agus í ag feitheamh leis an gcéad bhabhta eile cainte ar an líne fóin. Beidh an glaoch seo costasach uirthi, a dúirt Aoife léi féin, ach b'fhéidir go mbeidh a luach le fáil aici fós.

'Bhí Jody tar éis dul go dtí teach comharsan chun braon bainne a fháil, tar éis a haon ar maidin. Nellie an t-ainm a bhí ar an gcomharsa. Bhí solas ar lasadh sa chistin aici, agus b'in an fáth a ndeachaigh sé go dtí an doras. Dúirt sise rud éigin leis faoi a bheith ina shuí i lár na hoíche, agus thaispeáin sí an t-am dó ar a clog féin sa chistin.'

Bhí Sinéad fós ina tost, fad a tharraing Aoife ar a hanáil. Chuala sise guth a fir chéile sa seomra suite, agus guth a hiníne ina dhiaidh sin. Bhí argóint éigin ar siúl eatarthu, a bhain leis na pleananna don deireadh seachtaine saoire. Mheabhraigh Aoife di féin gurbh fhearr di gan fanacht ar an bhfón ar feadh an tráthnóna.

'An rud eile a thug Jody mar fhianaise ná go bhfaca sé soilse gluaisteáin, nuair a bhí sé ar a shlí ar ais ó theach Nellie. Gluaisteán a chuaigh píosa den tslí ar an mbóithrín go dtí an Gob, agus a d'imigh as radharc ansin, amhail is gur chas sé i leataobh chun páirceála. Thug Jody suntas dó, a d'inis sé do na Gardaí, mar go raibh gluaisteán feicthe aige tráthnóntaí eile ar an mbóithrín, ach go raibh iontas air go mbeadh éinne ag dul ann i lár na hoíche.'

'Ach níor creideadh Jody, nó cad é?'

'Ba chuma ar creideadh é nó a mhalairt, mar go raibh Lelia in ainm is a bheith san óstán fós ag an am a raibh an gluaisteán ag dul thar bráid. Agus seans gur ceapadh freisin go raibh scéal an ghluaisteáin á chumadh ag Jody, chun amhras na nGardaí a tharraingt uaidh féin.'

'Ach níl amhras ortsa…? Fiú mura bhfuil aon eolas agat ar cé bhí sa ghluaisteán? Nó fiú an raibh a leithéid de ghluaisteán ann?'

D'airigh Aoife arís na sceitimíní a bhí ag pocléimneach ina croí. Bhí amhras fós uirthi faoi go leor rudaí, ach níorbh fhada go mbeadh sé in am chun gnímh seachas chun amhrais. Bhí rogha ag druidim go gasta léi féin is le Sinéad, éirí as an tseilg, nó an chreach a aimsiú is a chur i sáinn.

'Cuirfidh mé an nóta nua ó Dhónall ar aghaidh chugat anocht,' ar sí le Sinéad. 'Agus ansin is féidir linn labhairt arís faoin tseift a luaigh mé leat. Beidh contúirt ag baint léi mar sheift, caithfear sin a rá, agus beidh sé ag brath ortsa a rá an bhfuil tú sásta dul ar aghaidh nó nach bhfuil.'

***

'A Aoife dhil,

Bhí mé idir dhá chomhairle an gcuirfinn scéala chugat arís. Cathú orm na taibhsí úd a d'éalaigh ón gcófra a ruaigeadh. Amhras orm ag an am céanna, ó tharla a laghad aithne atá againn ar a chéile.

Ach tá farraige mhór eadrainn, agus seans gur beag an difear domsa cad a thiteann amach i mBéarra, nó cén chiall a bhaineann tú as an méid a deirim leat. Agus chuir mé spéis sa nóta deiridh a tháinig uait. Tú ag iarraidh ciall a bhaint as an mbreacadáil úd a bhíodh ar siúl agam fadó, is a bhíonn fós ar uairibh. Súil mhór, agus súil bheag ag faire ón imreasc istigh ina lár, b'in an íomhá ba mhó a bhí tú ag iarraidh a thuiscint.

Drochshúil a shamhlaigh Jenny, nuair a bhí sise ina cailín óg. Scáil scáileanna, a mheas tú féin. Scáil súile le feiceáil ag faire ar an tsúil a bhí ag faire…? An tsúil laistigh is lasmuigh?

Níl freagra ar do chuid ceisteanna, a Aoife, ach is maith liom gur chuir tú orm iad. Shamhlaigh mé, nuair a léigh mé do nóta, go rabhamar féin ag féachaint idir an dá shúil ar a chéile, agus gur aithníomar a chéile, ar shlí éigin. Agus dá réir sin, seo chugat thíos mo scéal, chomh fada is a bhaineann sé le Lelia Ní Dhubháin.

Chuir mé aithne i gceart ar Lelia nuair a tháinig sí ar sciúird go dtí an Cuas Crochta, áit a raibh cúpla cara liom ina gcónaí. Thosaigh sí ag caint linn, agus thugamar cuireadh di deoch nó dhó a ól linn. Níor dhiúltaigh sí ach oiread don tobac úd a bhí á roinnt againn. Réitíomar go seoigh lena chéile, agus feiceadh domsa go raibh fonn eachtraíochta uirthi. Níor theastaigh uaithi socrú síos go hóg, déarfainn, agus bhí míshuaimhneas á tochas maidir leis an todhchaí. Ní gá a rá gur thuig mé go maith di.

Sea, thaitin sí liom go maith, más féidir liom é a rá amhlaidh. Agus tar éis roinnt seachtainí, dúirt mé léi go raibh mé féin chun filleadh ar Londain. Is breá liom Béarra i gcónaí, ach is breá liom gleo na cathrach, leis. Dúirt mé le Lelia go mbeadh fáilte roimpi teacht go Londain ar feadh an tsamhraidh, le linn a cuid saoire scoile, agus ina diaidh freisin, dá dteastódh uaithi an mhúinteoireacht a chur i leataobh ar feadh scaithimh. Ní bheadh cíos ná costas mór uirthi, a dúirt mé léi, mar go mbínn féin is mo chompánaigh inár gcónaí i *squats*, tithe folamha de chuid na gComhairlí Áitiúla, in Shepherd's Bush nó Hackney nó Kilburn féin. Ní bhíodh mórán compoird againn iontu, ach ba chuma linn sin, ó bhíomar óg is spórtúil. Bheadh post le fáil aici i bpub nó a leithéid. Dá dtuirseodh sí de Londain, d'fhéadfaimis bailiú linn go hAmsterdam nó Munich nó Istanbul. Pé áit ba mhian linn, agus an saol ar ár dtoil againn.

Cúpla lá roimh an mbainis a d'inis sí dom go tobann go raibh an scéal casta, is go raibh sí go mór idir dhá chomhairle. Bhí sí gafa le fear pósta le tamall, b'in a d'admhaigh sí dom, agus bhí seisean ag éileamh uirthi fanacht i mBéarra ar feadh an tsamhraidh. Bhí sí meallta go mór aige, agus fós bhí sí buartha go raibh botún á dhéanamh aici. Grá rúnda nó saoirse, b'in an rogha a bhí le déanamh aici.

Céard a d'fhéadfainnse a rá léi? Nach raibh ach croíbhriseadh i ndán di le fear pósta, agus gurbh fhearr i bhfad di teacht liomsa? Dúirt mé an méid sin agus níos mó, ach bhí a fhios agam gur fúithi a bhí an rogha. Oíche na bainise, bhí comhrá mór fada eile againn. Thíos ar an trá a bhíomar, thart ar mheán oíche. Bhí sos á ghlacadh agamsa ón mbeár, áit a raibh mé ag obair go dian, dúthrachtach, mar is eol duit. Bhí Lelia súgach go leor, déarfainn, go háirithe nuair a bhí gal cumhra caite againn lena chéile.

Labhraíomar ar a lán rudaí thíos ansin ar bhruach na mara, agus d'oscail mise mo chroí féin di ar shlí nach raibh coinne agam leis. Dúirt Lelia liom go ndéanfadh sí cinneadh faoi Londain an oíche sin féin, nó i rith an deireadh seachtaine ar aon nós. Agus d'inis sí dom cérbh é an fear pósta a raibh sí faoi dhraíocht aige. Táim á rá leat, dá mbeinn i mo sheasamh ar mo dhá chos nuair a dúirt sí a ainm liom, thitfinn i mo chnap ar an talamh le teann iontais.

Dúirt mé léi go mbuailfinn isteach ar cuairt ar a teach níos déanaí, nuair a d'éireodh liom éalú ón mbainis. Rinne mé é sin thart ar a ceathair ar maidin. Ní raibh éinne ann romham, ach d'fhág mé bronntanas beag di ar leac na tine, an bronntanas céanna a chruthaigh trioblóid dom leis na Gardaí níos déanaí.

Ní fhaca mé riamh arís í. Bhí iontas orm nach raibh sí ina teach, agus díomá freisin. Díomá níos mó fós orm nuair nach bhfaca mé thart in aon áit í níos déanaí ar an Domhnach ná ar an Luan. Cheap mé go raibh sí do mo sheachaint, agus gur imigh sí léi in áit éigin faoin tír, gan focal a rá liom faoina cinneadh.

Tháinig déistin orm leis an nGlaisín agus le gach ar bhain leis. Ní raibh pá faighte agam ó Rita, fiú, tar éis mo chuid oibre. Bhailigh mé liom go Londain ar maidin Dé Máirt, agus is ann a bhí mé beagnach coicíos ina dhiaidh sin, nuair a chonaic me cóip den pháipéar áitiúil ag cara liom. Bíonn díol mhór ar pháipéir áitiúla na hÉireann i gceantair áirithe i Londain, gan dabht, agus in Shepherd's Bush, bhídis crochta lasmuigh de na siopaí nuachtáin, agus na sluaite dár muintir á scanadh go dílis.

Seans maith go raibh daoine ag iarraidh teacht orm roimhe sin, chun an drochscéal a insint dom, ach ní raibh fón ná fiú seoladh poist agam. Léigh mé scéal na tubaiste arís agus arís eile, déarfainn, agus is cuimhin liom go dóite a bheith ag féachaint ar ghrianghraf Lelia bhocht ar an leathanach tosaigh. Mé ag fáil lochta orm féin gur fhág mé an Glaisín mar a rinne. Ansin, le linn dom a bheith ag léamh an scéil, tháinig pictiúr gan choinne isteach i mo cheann.

Oíche na bainise agus mise ag doirteadh deochanna ar chúl an bheáir. An oíche ag dul i bhfad, agus an slua ag dul i laghad. Lelia imithe as radharc le tamall. Mise ag faire an chloig, mé ar bís chun éalú ó mo chuid oibre. Tamall tar éis a dó ar maidin, tháinig fear go dtí an beár ag éileamh branda. Branda mór. Bhí luisne ar a aghaidh, agus a chuid gruaige suaite ag an ngaoth.

Ní raibh an fear céanna san óstán le tamall roimhe sin. Bhí mé cinnte nach raibh, toisc go raibh mé ag faire amach dó, agus bhí spéis agam ann ó tharla go raibh a ainm ráite i mo chluas thíos ar an trá ag meán oíche. Nuair a chonaic mé arís é, ní raibh sé cóirithe, slíoctha mar ba ghnách leis. Bhí critheán lena lámh, agus bhí blúire beag d'ábhar éigin ag glioscarnach ar bhóna a sheaicéid. Ábhar a chuir an gúna glioscarnach a bhí á chaitheamh ag Lelia an oíche sin i gcuimhne dom.

Is beag eile is fiú a rá faoin scéal. D'fhill mé ar Éirinn ó Londain, gan a fhios agam cad a déarfainn leis na Gardaí. Mé buartha, gan dabht, go raibh an bronntanas úd ar leac na tine aimsithe acu. Rud a bhí, agus a lán ceisteanna le cur acu orm, ba léir. Amhras orthu, ní amháin go raibh cannabas á dháileadh agam ar dhaoine soineanta sa Ghlaisín, ach go mb'fhéidir go raibh mé á iompórtáil freisin. Amhras orthu toisc gur imigh mé thar lear go tobann, de réir cosúlachta, sula bhfuarthas an corpán gránna sin ag bun na faille. Bheartaigh mé go gcoimeádfainn mo bhéal dúnta, agus cé a chreidfeadh mé dá ndéanfainn a mhalairt?

Sin a bhfuil, a chailín. Níl a fhios agam an bhfuil aon ní eile agam le rá leat. Níl a fhios agam, ach oiread, cad a tharla ar Ghob na Caillí an oíche dhamanta sin. Ní ina haonar a bhí sí, táim deimhin de go dtí an lá inniu. Más amhlaidh gur thit sí de thimpiste, d'fhan Fiachra uasal ina thost faoi, agus d'fhág sé ina luí faoin ngrian í, ag lobhadh, ar feadh ceithre lá as a chéile.

Ní chreidim, i ndáiríre, gur thit sí. Agus má tá seift nó smaoineamh agatsa chun an phéist atá i bhfolach i gcroí an phobail a nochtadh, go raibh gach rath is ádh ort san iarracht.'

***

Tráthnóna Dé hAoine, deireadh seachtaine saoire an Mheithimh. A cuid oibre leagtha amach ag Aoife sa chistin. An troscán glanta as an seomra, mar aon le boscaí pacála, giúirléidí de gach sórt, fiú an citeal féin. Toisí glactha is deimhnithe aici, chun oibriú amach conas na tíleanna cré a bhí le cur ar an urlár a leagan amach go cothrom. Cé nach raibh a leithéid déanta aici cheana, bhí sí ag súil leis an dúshlán roimpi, agus gan éinne eile den teaghlach sa tslí uirthi ar feadh cúpla lá. Tús agus críoch chinnte leis an jab, níorbh ionann agus an saothar fadálach a bhí déanta aici le ballaí an tí.

'An ólfaidh tú deoch i mo theannta? Do roghasa, an t-óstán nó an tábhairne?' Mattie a chuir an chloigeann isteach an doras chuici, thart ar a sé a chlog. Bhí sé cloiste ag Aoife i rith an lae, ag plé le cáblaí is le píobáin i gceann de na seomraí folctha, ach ba bheag comhrá a bhí déanta acu lena chéile. 'Caithfidh mé filleadh abhaile faoina naoi nó a deich anocht, mar go bhfuil cúpla rud le socrú agam le Susan. Tá sí ag imeacht ar cheann dá turais oibre go luath amárach.'

'Is dócha go bhféadfaimis suí lasmuigh den óstán ar feadh tamaill. Measaim go bhfuil boird is cathaoireacha curtha amach ag Rita.' Thug Aoife faoi deara nach raibh aon trácht ag Mattie ar dhul amach ag ól lena bhean chéile, ná cuireadh a thabhairt do Shusan casadh leo sa Ghlaisín. Dúirt sí léi féin go mbeadh deireadh seachtaine ciúin aici sa teach, go dtí go gcasfaí Sinéad uirthi tráthnóna Dé Domhnaigh. Bhí sé tuillte aici sos a ghlacadh ón obair, agus bheadh sé drochbhéasach diúltú do chuireadh Mhattie.

Bhí Pius Mac Oireachtaigh rompu ag cuntar an bheáir. Treabhsar bán air, mar aon le léine le stríocaí gorma agus bóna a bhí chomh bán, iarnáilte leis an treabhsar.

'Seo chugainn na siúlóirí tréana!' a d'fhógair sé go croíúil, nuair a chonaic sé Aoife ag druidim leis an gcuntar. 'Is folláin an caitheamh aimsire é, go deimhin,' ar seisean, 'seachas an baol tionóiscí a ghabhann leis.' Chonaic sé ansin nach Pat a bhí i dteannta Aoife, ach Mattie. 'Mo leithscéal, níl ach duine de na siúlóirí inár gcomhluadar, agus deoch á roinnt aici le mo leictreoir dílis féin.'

Rinne Mattie agus Aoife araon meangadh béasach leis.

'Nach tráthúil mar a tharla?' arsa Pius le Mattie ansin. 'Bhí tú ar m'intinn le tamall. Tá an mí-ádh orm leis an *intercom* atá agam ar gheata an tí, agus dá n-oirfeadh sé duit do shúil a chaitheamh air am éigin…?'

'D'oirfeadh, táim siúráilte,' arsa Mattie. 'Glacaim leis nach mbeidh obair mhór i gceist?'

'Ar éigean é,' arsa Pius. Chorraigh sé a ghloine ard, chun gliogar a bhaint as an leac oighre inti. *Cocktail* de shórt éigin, arsa Aoife léi féin. 'Ach caithfear a bheith cúramach i gcúrsaí slándála ar na saolta seo,' arsa Pius ansin. 'Is beag an meas atá ag daoine áirithe ar shealúchas príobháideach, faraor géar…'

'Mura bhfuil ann ach cúpla uair an chloig, d'fhéadfainn tabhairt faoi Domhnach éigin,' arsa Mattie.

'Domhnach nó dálach, a bhuachaill, is fút féin atá sé,' arsa Pius. 'D'fhéadfá teacht ag triall orm Dé Domhnaigh beag seo, sula dtéim féin amach ar an mbád.' Thug sé féachaint leataobhach ar Aoife. 'Mura bhfuil cúraimí eile ort ag an mbean álainn atá do d' fhostú?'

Bhí deochanna á ndoirteadh ag Rita, agus shín Aoife an t-airgead chuici chun íoc astu.

'Bhíomar ag caint ar do chomharsa ar ball,' arsa bean an tí, agus í ag féachaint go slítheánta ar Phius. 'Deirtear liom gur féidir linn a bheith ag súil le cuairt uaithi go luath.'

'Cé hí sin?' a d'fhiafraigh Aoife.

'Tháinig sí chomh fada leis an Neidín, de réir scéil,' arsa Rita. Shocraigh sí muinchille a gúna anuas ar a huaireadóir órga. Stríocaí a bhí mar phatrún ar an ngúna, iad buí, bán is dubh mar a bheadh craiceann tíogair. 'B'fhéidir go raibh sí ag póirseáil thart oraibhse chomh maith, an créatúr, agus í ag baint lán na súl as a cuid sealúchais.'

'Bhfuil tú ag trácht ar úinéir an ghoirt taobh thuas dár dteach?' a d'fhiafraigh Aoife. 'Nach raibh tusa ag caint le Pat fúithi tamall ó shin, a Phius?'

'Seans go raibh,' arsa Pius. 'Seans go raibh. Is maith liom sibh a choimeád ar an eolas, nuair nach *natives* sibh féin. Bígí ar bhur n-airdeall fúithi, mar a dúirt mé cheana.' Rinne sé meangadh pléisiúrtha le hAoife. 'Agus abair le d'fhear céile breá go raibh mé ag cur a thuairisce. Tá mo dhlíodóir fós ag cur brú orm faoin mbille úd don fhoireann tarrthála, faraor, ach táimse ar mo dhícheall á choimeád ar iall.'

Thug Aoife uillinn dá compánach chun é a stiúradh ar shiúl ón gcuntar. Níorbh fhada eile a d'éireodh léi guaim a choimeád uirthi féin.

'Go sábhála déithe uile an domhain sinn!' ar sí le Mattie nuair a bhain siad amach a gcuid suíochán lasmuigh. Chonaic sí siotgháire ar a aghaidh siúd. 'Tá sé ar a dhícheall ag coimeád an dlíodóra ar iall, mo thóin!'

'Anois, a chailín,' arsa Mattie, 'ná bí drochbhéasach, led' thoil, faoi dhuine a chuireann airgead i mo phócaí.' D'fhéach sé go grinn ar Aoife. 'Ach abair liom, cad é an gnó seo faoi ngort is a úinéir?'

'Cad é go díreach, sin í an cheist.' Chuir Aoife srian lena gáire. 'Séard atá ar siúl, measaim, ná go bhfuil cluiche á imirt ag Pius le tamall. Tá sé ag iarraidh an gort a cheannach ar phraghas íseal, agus tá ráfla curtha aige inár gcluasa go bhfuil trioblóid leis an teideal. Is dócha nár mhaith leis go mbeimis san iomaíocht leis. Agus seans go raibh sé féin is Rita ag iarraidh a fháil amach cad atá ar eolas agamsa faoin scéal.'

'Agus cad atá ar eolas agat? Níos mó ná mar a lig tú ort, pé scéal é?'

'Beagán níos mó, ceart go leor.' Chuir Aoife i gcuimhne di féin nár chóir di a insint dá compánach go raibh aithne mhaith á cur aici ar Shinéad. Ní fhéadfadh sí dul sa seans go scaipfí a thuilleadh ráflaí fúithi siúd, ar a laghad go dtí tar éis an deireadh seachtaine. Bhí seift le cur i bhfeidhm aici féin is ag Sinéad, agus go dtí sin, b'fhearr di a bheith cúramach, fiú le Mattie.

'Bhí teagmháil againn leis an úinéir, mar a tharla,' arsa Aoife leis. Measaim go bhfuil tairiscintí ar an ngort déanta ag Pius, agus go bhfuil sé ar a dhícheall ag iarraidh casadh léi, más amhlaidh go bhfuil sí in Éirinn. Ach theastaigh ón úinéir a fháil amach cén dearcadh a bhí againne ar an scéal, sula ndéanfadh sí aon chinneadh.'

'An fear bocht,' arsa Mattie, le bréagdháiríreacht. 'Cad atá uaidh ach cur leis an *property portfolio,* agus ar ndóigh tá an ceantar ag brath ar *entrepreneurs* dá shórt? Dá gceannódh sé an gort, cá bhfios nach glasraí orgánacha a chuirfeadh sé ag fás ann?'

'Cá bhfios?' arsa Aoife. 'Agus bheadh Rita thuas ann ina chomhluadar, tíogar orgánach fáiscthe uirthi mar ghúna, agus seilmidí á mbailiú go díograiseach ag an mbeirt acu!'

'Níl tú róthuisceanach do mhuintir na tuaithe,' arsa Mattie léi go magúil. 'Mar dhuine atá lonnaithe faoin tuath le cúpla mí anois.'

'Níl muintir na tuaithe ar fad cosúil le chéile. Ná muintir na cathrach ach oiread.'

Thug Aoife suntas arís don sciotaíl spórtúil a bhíodh aici le Mattie, agus chomh réidh is a thuig siad a chéile i gcúrsaí an tsaoil. D'airigh sí sult na hócáide á cigilt, mar aon le mothúcháin eile arbh fhearr léi gan aghaidh a thabhairt orthu.

'An cuimhin leat go rabhamar ag caint cheana faoi bháid a fheictear ag sleamhnú thart ar an gcósta istoíche? Níl a fhios agam ar inis mé duit faoin rud a tharla, an oíche a thit Pat ar na carraigeacha?'

'Ní cuimhin liom gur luaigh tú a leithéid, a chailín,' arsa Mattie. Bhí droim a láimhe á cuimilt aige ar a fhéasóg. 'Ach ní raibh mórán deiseanna cainte againn le déanaí, mar is léir go raibh tú féin fíor-chruógach sa teach.'

Agus toisc go raibh mé do do sheachaint, a dúirt Aoife léi féin. Mé ag díriú m'aird ar m'fhear céile chomh maith is a bhí ar mo chumas.

'Bhí amhras ar Phat féin faoi,' a dúirt sí, nuair a bhí an scéal mínithe aici. 'Bhí mearbhall air, ar ndóigh, leis an mbuille a buaileadh ar a cheann. Agus seachas sin, b'fhearr leis gan conspóidí a tharraingt air féin.'

'Seans go bhfuil eagla air go gcuirfí ina leith gur *blow-in* é, agus a ladar á chur aige i ngnó nach mbaineann leis.'

'Go díreach. Ní hionann is mé féin. Ba bhreá liomsa a fhios a bheith agam cad a bhí ar siúl.'

'Ba chóir don bheirt againn dul suas go dtí an Gob istoíche Dé Sathairn,' arsa Mattie, 'agus cúpla péire *binoculars* linn.'

Rinne Aoife miongháire leis. Ba bhreá léi insint dó faoin bplean a bhí aici féin is ag Sinéad, ní don Satharn ach don Domhnach. Ach bhí an baol ann go gcuirfeadh Mattie ina luí uirthi go raibh siad ag dul i gcontúirt, nó go mbeadh sé féin ag iarraidh a bheith páirteach leo.

Lean siad ag comhrá tamall eile, go dtí gur éirigh séideán fuar ón bhfarraige is gur dhorchaigh imlíne na tíre. Dhiúltaigh Mattie don dara deoch meisciúil, ó tharla go raibh air tiomáint abhaile ar ball, ach ní dhearna sé aon iarracht deifriú ón óstán. Bhí sé ina chlapsholas nuair a shiúil siad suas an cnoc lena chéile ón nGlaisín. Bhí a veain fágtha ag Mattie ag an teach níos luaithe. Ach dhiúltaigh sé don chuireadh a thug Aoife dó teacht isteach chun cupán tae a ól agus sheas siad lasmuigh tamaillín ag caint, iad ag éisteacht le glór na hoíche. Bhí na héin ina gcodladh agus gan le cloisint ach monabhar na gaoithe i measc na nduilleog.

D'iarr Mattie ar Aoife ansin ar mhaith léi dul amach chun béile leis, an oíche dar gcionn nó b'fhéidir Dé Domhnaigh. Turas a thabhairt ar an Neidín, mar shampla, agus greim blasta a ithe i mbialann cheart. Ba chuma leis tiomáint, a dúirt sé, nó d'fhéadfaidís haicní a shocrú chun iad a thabhairt abhaile. Ó tharla go raibh siad beirt aonaránach ar feadh an deireadh seachtaine, ar seisean, bhí sé chomh maith acu caitheamh go deas leo féin.

Sheas Aoife in aice leis, a cneas féin nach mór ag cuimilt lena cholainn. Níor ghá di ach síneadh beag a thabhairt chun é a phógadh. Ligean dá beola tuirlingt ar a bhéal. Nó fanacht go dtí go rachaidís amach le chéile, is go bhfillfidís ina dhiaidh sin ar an teach. Fanacht go nglacfadh sé lena cuireadh teacht isteach in éineacht léi. Iad aonaránach faoi dhíon an tí.

Ní raibh an talamh socair, staidéartha faoina cosa, dar léi. Mearbhall a bhí ag teacht uirthi, cathú millteanach a bhí i mbaol seilbh a fháil uirthi. Ligean di féin titim le faill, nó géilleadh don chathú léim amach i bhfolús an aeir, gan féachaint roimpi nó ina diaidh.

9

Bhí Fiachra déanach. Bhí Sinéad ar Thrá na Pluaise ar feadh leathuaire, is ní raibh aon rian de fós. Bhí scamaill mhóra ag scuabadh na spéire, ceathanna troma tuartha agus madraí gaoithe ag bagairt drochaimsire mar aon leo. Leithscéal d'Fhiachra gan teacht in aon chor, b'fhéidir, chun cur leis na leithscéalta eile a thug sé do Shinéad cheana.

Bhí Aoife ar an trá roimpi, agus glaoch curtha aici ar an mbean eile chun a chinntiú go raibh sise sásta dul ar aghaidh leis an socrú a bhí acu. Nuair a shroich Sinéad an trá, bhí comhrá tapa amháin acu lena chéile, agus thuig Aoife go maith go raibh a compánach corraithe, suaite. Sceitimíní agus mórscanradh araon uirthi. An chéad uair di féachaint ar Thrá na Pluaise lena dá shúil le blianta fada, ó thug sí sealanna foighneacha ina suí ansin ag feitheamh ar a leannán.

Thug Aoife turas ar an trá i rith na seachtaine, chun a dheimhniú go n-oirfeadh sé dá bplean. Bóithrín nua aimsithe aici timpeall ar chósta thiar an Rosa, an uair sin, chun an Gob a bhaint amach. Ach ar thráthnóna Domhnaigh, bhí sí measartha cinnte go raibh Pius amuigh ar an bhfarraige mhór ina bhád, agus nár bhaol di féin ná do Shinéad dreapadh thar an ngeata cosctha.

Bhí an trá cuachta idir an dá phointe arda talún, srón chúng is smig ghéar Ghob na Caillí, faoi mar a samhlaíodh d'Aoife iad. Bhí faillteacha ag éirí timpeall ar an duirling, seachas i gcúinne amháin, áit a raibh cosán garbh ag teacht anuas go dtí an trá. Istigh faoi shrón an Ghoib a bhí an phluais as ar ainmníodh an áit, agus ar an taobh thall den tsrón, roinnt céadta slat siar uaithi, mar a mheabhraigh Aoife di féin, a bhí na carraigeacha ar thit Pat síos eatarthu. Sa treo eile a bhí an áit a bhfuarthas corp Lelia, ag bun na faille amuigh ar an smig.

Istigh i mbéal na pluaise a bhí Aoife i bhfolach. Tollán a bhí sa phluais, a bhí gearrtha ag an bhfarraige tríd an Gob. Tollán fairsing, ard, a bhí oscailte ar thaobh na trá agus ar thaobh na farraige araon, ionas gur líonadh le huisce é de réir mar a líon an taoide. Bhí sraith charraigeacha ag gobadh amach uaidh i dtreo na trá, agus bhí Sinéad ina suí taobh leo, agus radharc aici trasna na duirlinge.

De réir mar a dheimhnigh siad níos luaithe, bhí Aoife ábalta comhrá ón taobh amuigh a chloisint go measartha. Pé scéal é, ba chuma mura gcloisfeadh sí gach focal, mar go raibh téipthaifeadán feistithe uirthi féin ag Sinéad. Bhí an micreafón bídeach i bhfolach istigh faoi bhróiste mór a bhí ceangailte lena bóna, agus scairf éadrom á chaitheamh aici chun an cábla caol a cheilt. Agus chuir Aoife i gcuimhne di féin go raibh sí féin i láthair ar dhá chúis. Bhí sí ann mar fhinné ar an méid a tharlódh, agus mar chúltaca dá cara. Dá mbeadh baol foiréigin ar bith ar Shinéad, chaithfeadh Aoife í féin a thaispeáint, agus teacht i gcabhair uirthi.

Seift bhuile, i ndáiríre. Ach nuair a labhair Aoife le Sinéad lá nó dhó roimhe, agus amhras ag teacht uirthi féin faoin rud iomlán, bhí Sinéad diongbháilte faoi dhul ar aghaidh. Chaithfidís triail a bhaint as an tseift ar a laghad, a dúirt sí le hAoife, agus mhínigh sí go raibh turas eitleáin curtha in áirithe aici chun filleadh ar Éirinn. Dá ndiúltódh Fiachra teacht go Trá na Pluaise chun casadh léi, d'fhéadfaidís cuimhneamh ar ionad iargúlta éigin eile. Bhí misneach nua á ghríosadh, faoi mar ba léir d'Aoife.

Ó tháinig deireadh leis an gcúrsa teiripe, a d'inis sí d'Aoife, bhí Fiachra ar a dhícheall ag iarraidh teagmhála léi. B'fhearr don bheirt bhan an deis a thapú, ar sí, sula n-athródh sé a intinn. Bhí a huimhir fóin fágtha ag Sinéad le lucht an chúrsa, agus bhí teachtaireachtaí fágtha ag Fiachra di ó shin. Níor fhreagair sí an chéad chúpla teachtaireacht, agus ansin ghlaoigh sí ar a uimhir bhaile maidin amháin, nuair a bhí sí cinnte go mbeadh sé ar scoil. Labhair sí lena bhean chéile, Treasa, agus dúirt sí léi siúd a rá le fear an tí go raibh Sinéad ag iarraidh teacht air, agus go raibh aithne acu ar a chéile. Dúirt sí le Treasa freisin go raibh obair *batik* dá cuid feicthe aici le linn an chúrsa teiripe, agus gur bhreá léi bualadh amach go dtí an teach lá éigin, agus píosa ealaíne a cheannach uaithi, dá mb'fhéidir léi.

Tráthnóna Dé hAoine, ghlaoigh Sinéad ar Fhiachra féin faoi dheireadh. Bhí sí réidh chun cainte leis, a dúirt sí leis, agus bhí rud éigin tábhachtach aici le plé leis. Ba mhaith léi cabhair is comhairle a fháil uaidh, chun na trioblóidí a bhí aici go dtí sin ina saol a chur ar a cúl. Gheall sí nach mbeadh i gceist ach coinne amháin, mar go raibh turas eitleáin in áirithe aici chun filleadh ar Shasana. Theastaigh uaithi casadh leis ag Trá na Pluaise, chun an ciorcal a bhain leis an mbeirt acu a dhúnadh. Mhol Fiachra, mar mhalairt air sin, go gcasfaidís lena chéile i gcathair Chorcaí nó i Luimneach. Ach faoi dheireadh, ghéill sé. An rud ba thábhachtaí, ar seisean, ná an gnó a dhéanamh agus a bheith réidh leis.

Socruithe agus pleananna, seifteanna is straitéis. Ach anois bhí an t-am tagtha chun gnímh. Dá dtiocfadh Fiachra in aon chor. Dá seasfadh misneach Shinéad agus í ag feitheamh leis.

Bhí Aoife ag éirí préachta is í ag feitheamh istigh sa phluais, a droim le balla tais nár shroich teas na gréine riamh. Bhí eagla uirthi aon fhocal a rá le Sinéad, sa gcás go dtiocfadh Fiachra ar an láthair an nóiméad céanna is go mbéarfaí uirthi. Chomh luath is a d'fheicfeadh Sinéad é ag teacht anuas an cosán, ar an taobh thall den trá, chaithfeadh sí dornán de chlocha beaga siar thar an tsraith charraigeacha, i dtreo bhéal na pluaise. B'in an comhartha a bhí aontaithe acu.

Chas Aoife a huaireadóir i dtreo an tsolais ag béal na pluaise, chun an t-am a dhéanamh amach arís eile. Beagnach a hocht a chlog. Ag druidim le huair an chloig tar éis an ama a bhí socraithe. Mura dtiocfadh Fiachra faoi leathuair tar éis a hocht, bhíodar chun éirí as an iarracht. D'fhágfadh Sinéad an trá ar dtús ina haonar, agus leanfadh

Aoife í tamall ina dhiaidh sin. D'fhéadfaidís glaoch fóin a chur ar a chéile, ach bhí sé riachtanach nach bhfeicfí an bheirt acu lena chéile, sa chás go gcasfaidís le Fiachra ag an nóiméad deiridh. Rachadh Sinéad go dtí an teach, agus dhéanfaidís pé beart ab fhéidir leo ina dhiaidh sin.

D'éist Aoife le torann na dtonnta sa phluais, iad ag réabadh is ag cúlú gan stad, cuisle na farraige ag éirí is ag titim. An réabadh ag sárú ar an gcúlú, de réir mar a bhí an taoide ag líonadh. D'fhan sí ag faire ar an uisce, ag iarraidh a hintinn a shuaimhniú. Sceitimíní is scanradh ag malartú ar a chéile, mothúcháin shuaite ag ionsaí is ag cúlú ina hintinn.

Go tobann, chuala sí clocha duirlinge ag bualadh ar an talamh gar di.

'Jenny!' arsa Fiachra. 'Is anseo atá tú.'

* * *

'Rud simplí atá á éileamh agam,' a dúirt Sinéad.

'Ní thuigim cén fáth gur theastaigh uait casadh liom san áit seo. Ní thagaim ann riamh. Tháinig deireadh leis an gcuid sin de mo shaol fadó.'

'Tuigim cé chomh deacair… Tá's agam go bhfuil cuimhní ar leith ag gabháil leis an áit seo. Duitse, go háirithe.' Bhí iontas ar Aoife chomh diongbháilte, soiléir is a bhí na focail ag teacht ó Shinéad. 'Tús an Mheithimh a bhí ann, nárbh ea? Díreach ocht mbliana déag ó shin?'

'Nuair a chasamar lena chéile anseo ar dtús? Ní cuimhin liom… Ach is cuma faoi dhátaí…' Bhí teannas le cloisint i nglór Fhiachra freisin. An t-ainmhí idir dhá chomhairle, troid nó teitheadh. Ní raibh Aoife cinnte an raibh sé ina shuí nó ina sheasamh. 'Níl uaim ach go ndéarfaidh tú amach cad atá uait, nó cén fáth gur tháinig tú gan choinne ar an gcúrsa, gan foláireamh ar bith a thabhairt dom…'

'Níl uaimse ach… Ba mhaith liom an fhírinne a chloisint uait, a Fhiachra. Faoin méid a rinne tú na blianta ó shin.'

'Tá tú ag iarraidh orm a admháil gur pheacaigh mé, an é sin é? A rá go bhfuil brón orm gur leag mé lámh ort?'

'Tá níos mó ná sin i gceist.'

'Bhí sé deacair domsa freisin, tá's agat. Tháinig cathú orm agus ní raibh mé láidir a dhóthain chun diúltú dó.' Fuair Aoife deacair é gach focal a chloisint ó Fhiachra. Seans go raibh sé ag siúl suas síos, rud a chiallódh nach gcloisfí gach a ndúirt sé ar an téip. 'Ach dúirt mé leat go minic…' Chuala sí an focal 'geallúint', agus beagán ina dhiaidh sin rud éigin faoi Shinéad a bheith ró-óg, agus go raibh sí á chiapadh. 'Bhí a fhios agat go raibh ceangal orm, dúirt mé leat ón tús…'

'An bhféadfá…? Tá brón orm, a Fhiachra, ach dá bhféadfá suí síos…? Tá seo deacair ormsa freisin.' Chuala Aoife a hanáil ag teacht go tréan le Sinéad, sular lean sise ag caint. 'Séard a theastaíonn uaim a rá leat, a Fhiachra… Nílim ag iarraidh troid leat, mar tuigim anois… Tuigim go raibh brú uafásach ort. An samhradh sin… 1986 a bhí ann, nuair a tharraing tú náire orm, slua bailithe timpeall orm i lár na sráide…'

Rinne Aoife iarracht a hanáil féin a smachtú, í ag guí go tostach nach gclisfeadh ar a compánach.

'Tá brón orm go raibh sé dian ort,' arsa Fiachra ar ball. Bhí a chuid cainte soiléir go leor an uair seo, agus chuala Aoife an osna faoisimh a scaoil sé. Shamhlaigh sí conas mar a bheadh a lámha nasctha lena chéile aige faoina smig. 'Ar mhaithe leat a bhí mé, creidim, cé nár thuig tú sin.'

Bhí tost eatarthu ar feadh seal. Nuair a labhair Fiachra arís, bhí a thuin chainte níos údarásaí, mar a bhíodh le cloisint i measc an phobail. 'Le cúnamh Dé, ní gá dúinn a thuilleadh a rá faoin scéal, agus go deimhin, murach gur rith tú amach ón gcúrsa sula raibh deis againn focal príobháideach a rá lena chéile… Bhí mé breá sásta labhairt leat an uair sin, bíodh a fhios agat, seachas dráma mór a dhéanamh de mar atá againn anseo…'

'Tá brón orm, tá níos mó i gceist.' Thosaigh a cuid cainte ag dul i léig beagán ar Shinéad. Agus cheap Aoife nach gcloisfeadh sí cuid ar bith dár dúradh, mar go raibh a buillí croí féin á bodhradh ina cluasa. 'Tá rud eile le rá agam leat, a Fhiachra.'

Téigh ag snámh anois san uisce domhain, a ghuigh Aoife lena cara. Ná cúlaigh, mar a tharla roimhe seo i do shaol.

'Ar an gcúrsa teiripe a thuig mé i gceart… Bhí eolas faighte agam roimhe sin faoin rud a bhí déanta agat, agus bhí mé trí chéile faoi go mór.' Bhí guth Shinéad ag bailiú nirt arís. 'Agus nuair a labhair tú faoi chiontaíl, b'éigean dom siúl amach ón gcúrsa mar gur ghoill sé orm…'

'Ach dúirt tú ar ball gur thuig tú dom…?'

'Nílim ag caint ar an méid a rinne tú ormsa. Nuair a lig tú síos mé nó nuair a náirigh tú go poiblí mé. Mar tuigim anois…' Thosaigh na focail ag rith ó Shinéad, cosúil le sruthanna uisce a raibh slí aimsithe acu chun na farraige. 'Tuigim anois go raibh tú ag streachailt go géar, i rith an tsamhraidh ar fad. 1986, mar a dúirt mé. Bhí ciontaíl ag goilliúint go nimhneach ort, ciontaíl i bhfad níos measa ná aon rud a bhain liomsa…'

'Ní thuigim ó thalamh an domhain cad atá á rá agat.'

'Measaim… Measaim go dtuigeann tú, a Fhiachra. Bhí tú thuas ar an bhfaill in éineacht léi, nach raibh? Gar dúinn anseo, an oíche a fuair sí bás?'

'B'fhéidir go bhfuil tú bog sa cheann fós, mar a bhí na blianta ó shin.' Bhí Fiachra ag labhairt go híseal, cosúil le nathair nimhe ag siosadh. Chuimhnigh Aoife go tobann ar an bpictiúr a bhí déanta ag Sinéad ar an gcúrsa, an nathair a bhí ag fáisceadh na beatha aisti. 'Rinne mé botún, ag ceapadh go bhféadfainn cabhrú leat…'

'Nílim ag iarraidh… Níl sé ar intinn agam tú a náiriú os comhair an tsaoil, a Fhiachra. Tuigim féin an tinneas anama a ghabhann leis sin, agus…' Bhí eagla ar Aoife fós go gcúlódh Sinéad, go dtiocfadh cathú uirthi géilleadh. Nó nach dtiocfadh na focail a bhí ag teastáil as a béal, le teann faitís. Ach lean a cara uirthi. 'Is cuimhin liom conas mar a bhí grá agam duit, a Fhiachra. Níor mhaith liom an chuimhne sin a scrios, agus b'fhearr liom maithiúnas a thabhairt duit ná a mhalairt…'

'Maithiúnas a thabhairt dom as céard?'

'Maithiúnas as an rud uafásach a rinne tú. Ní ormsa, mar a dúirt mé. Ach creidim go dtuigim anois conas mar a tharla sé…' Ba léir d'Aoife go raibh gearranáil ar Shinéad, go raibh na focail á mbrú amach aici le teann tola. 'B'fhéidir go raibh cuid den locht ormsa. Bhí mise ag cur brú ort, nuair a tháinig mé ar ais go Béarra, agus bhí mé de do chiapadh, mar a dúirt tú. Táim sásta a rá go raibh mise ciontach freisin, más féidir leatsa… Más féidir leat an rud uafásach a rinne tú a admháil dom os ard…?'

'A admháil go raibh mé i láthair nuair a fuair Lelia bás? Chun tusa a shásamh, an ea, ionas gur féidir leat mo chionta a mhaitheamh dom?' Shamhlaigh Aoife teanga na nathrach, ar nós ga nimhe ag bagairt ar Shinéad. 'Agus má dhéanaim de réir mar is mian leat, scaoilfidh tú liom, an ea?'

'Is tusa a luaigh ainm Lelia liom,' ar sise go bog. 'Ní dúirt mise cé a bhí i gceist agam. Ach ní theastaíonn uaim…' Níl uaim ach déanamh de réir mar a mhúineann tú. Glacadh leis an gciontaíl agus dul ar aghaidh leis an saol. An fhírinne a chloisint. Nach in a bhíonn á rá agat le daoine, a bheith fírinneach leo féin?'

Bhí Aoife righin, spíonta istigh sa phluais. Chorraigh sí ar a gogaide, í buartha go raibh a neart ag imeacht óna cosa. Ach bhí eagla an domhain uirthi freisin go gcloisfí í, dá gceadódh sí di féin seasamh suas. Ní raibh le cloisint aici ón saol lasmuigh ach ciúnas. B'fhéidir go raibh Fiachra tar éis éirí agus imeacht gan focal. Nó b'fhéidir go raibh sé ar tí géilleadh.

'Táim ag iarraidh a rá leat… Tuigim duit, a Fhiachra, agus is féidir leat labhairt amach liomsa…' Thosaigh guth Shinéad ag dul i léig arís. De chogar, nach mór, a labhair sí, amhail is a labhrófaí le hainmhí nó le páiste a bhí imithe ó smacht, í ag iarraidh é a mhealladh i ngan fhios dó. 'Sin an fáth a raibh orainn casadh lena chéile anseo. Amuigh anseo ar an ros, mar a raibh áiteanna rúnda agat chun casadh linn…'

'Imigh leat!' a bhéic Fiachra go tobann. Bhí eagla ar Aoife gur bhuail sé sonc ar Shinéad. 'Bailigh leat as seo, tú féin is na bréaga gránna atá á scaipeadh agat. Ní raibh an ceart agam teacht anseo in aon chor, mar tá tú as do mheabhair mar a bhí i gcónaí. Tú féin is do mhuintir, ní raibh aon mhaith riamh ionaibh!'

'A Fhiachra, is féidir scéalta a scaipeadh ar an idirlíon, tá's agat. Agus d'fhág mé féin litir le mo dhlíodóir, agus an t-eolas atá agam ann…' Bhí Sinéad ag impí ar Fhiachra anois. 'Tá cruthú ann go raibh tú in éineacht le Lelia an oíche a fuair sí bás, tá's agat? Ní theastaíonn uaim a bheith ag achrann leat, sin an fáth gur chuir mé muinín ionat agus go bhfuilim ag iarraidh ortsa…'

'Imigh leat,' a dúirt sé arís, a ghuth tanaí, fuar, sioctha an uair seo. 'Leanfaidh mise ar ball tú, ach imigh tusa ar dtús agus ná déan aon iarracht labhairt liom arís. Imigh leat ón gceantar seo freisin. Má chloisim nó má fheicim in aice liom arís tú, cuirfidh mé an dlí ort. Nó níos measa.' Bhí siosadh ina ghlór arís. 'Pé cionta atá mar ualach orm, ní gá dom iad a admháil d'éinne ach do Dhia féin.'

***

Pianta is crapadh ina cosa. Fuairnimh iontu, ón achar ama a bhí caite aici ar a gogaide. Í righin, préachta leis an bhfuacht. An fharraige ag lascadh is ag cúlú sa phluais. Dorchadas an tráthnóna ag bagairt.

Díomá. Teip. Fonn caointe uirthi, fonn béicíle istigh i gcillín na pluaise, áit nach gcloisfeadh éinne í.

Bhí Aoife tuirseach, traochta sular shroich sí Trá na Pluaise in aon chor. Bhí dhá oíche caite aici gan codladh ceart a fháil. Mearbhall ar a cuid smaointe, is líonrith ag preabadh ar a croí istigh ina cliabhrach. Roghanna le déanamh, géilleadh nó diúltú. Srianta a scaoileadh agus léim, nó cloí leis an rud a bhí ciallmhar, sábháilte, faoi smacht.

Istoíche Dé hAoine, lasmuigh den teach. Fonn damanta uirthi a béal a thairiscint go bog, triaileach, tnúthánach do Mhattie. Leideanna go leor uaidh go raibh an fonn céanna airsean. Géilleadh nó diúltú.

Istoíche Dé hAoine, d'éirigh léi an sruth teasa ina cuid fola a cheansú tamall. Ach bhí rogha fós le déanamh, glacadh nó diúltú don chuireadh a thug Mattie di dul amach in éineacht leis istoíche Dé Sathairn nó Dé Domhnaigh. Béile a ithe agus filleadh ar an mbaile i gcomhluadar a chéile. Saoirse acu. Daoine fásta iad, gan bac orthu a rogha rud a dhéanamh. Ní raibh aon phlean ag Aoife a fear céile a fhágáil ná a clann a bhriseadh suas. Ní raibh uaithi ach géilleadh, a fháil amach cad a tharlódh, conas a d'aireodh sí dá roinnfeadh sí dreas grá le fear eile. Ina dhiaidh sin, d'fhillfeadh sí ar a saol pósta mar a bhíodh. Cúpla lá idir lúibíní, b'in mar a theastaigh uaithi é a shamhlú.

Agus ní faoi Mhattie amháin a bhí sí ag streachailt ar feadh an deireadh seachtaine. Bhí rogha le déanamh freisin faoin turas go Trá na Pluaise. An tseift bhreá a d'aontaigh sí féin is Sinéad i rith na seachtaine, agus a raibh amhras ag teacht uirthi faoi ó shin.

Cad a bhí ar eolas acu, dáiríre, faoinar tharla ocht mbliana déag níos luaithe? Cé a bhí in ann féachaint i gcroí na gcomharsan, agus breithiúnas a dhéanamh ar an méid a bhí á cheilt? Fiú má bhí an ceart aici féin is ag Sinéad is ag Dónall, cén mhaith sin dóibh? Ní raibh cruthú acu, agus caolseans go n-admhódh Fiachra aon ní. Cur i gcéill a bhí ann, a dúirt guth an réasúin léi i lár na hoíche.

Ná ní raibh aghaidh tugtha acu ar an gceist ba bhunúsaí ar fad, agus b'in cúis amhrais eile. Cén fáth go maródh Fiachra Lelia? Ceart go leor, bhí argóint cloiste ag Sinéad eatarthu ag an mbainis. Agus de réir mar a dúirt Dónall, d'fhág Fiachra an t-óstán tamall tar éis do Lelia imeacht as radharc. Ach má rinne sé an feall, cén chúis a bhí aige? Eagla air go raibh Lelia ar tí an scéal a sceitheadh dá bhean chéile, nó don phobal mór? Cad faoi imeachtaí poiblí a bhí ar bun an tráth céanna, mar ba léir ó ailt eile ar nuachtáin na linne? An chéad reifreann faoi cholscaradh, agus seasamh poiblí glactha ag Fiachra ina choinne, de réir mar a bhí ráite ag Sinéad. An pósadh le cosaint, faoi mar a d'fhógair sé os comhair an tsaoil.

Níl a fhios agam, a dúirt Aoife léi féin arís is arís eile i rith an deireadh seachtaine. Agus d'airigh sí tuirseach, traochta de na síorcheisteanna. Cad a bhí le baint amach ón iniúchadh, ar aon nós? Saol an Ghlaisín á sracadh ó chéile ag strainséirí. Fear á dhaoradh aici féin, a chabhraigh chun Pat a thabhairt slán ó bhaol cúpla seachtain roimh ré. Bhí Sinéad ar thóir díoltais, bhí an méid sin soiléir. Cheap Aoife ar dtús go mbeadh éad uirthi le Lelia, an bhean ar thréig Fiachra í ar a son. Ach a mhalairt a bhí tarlaithe. Bhí an claíomh á nochtadh ag Sinéad, ní ar a son féin amháin ach ar son na mná a maraíodh le feall.

Rith sé le hAoife teagmháil a dhéanamh le Caoimhín, chun comhairle ghairmiúil a fháil uaidh. Ach ní túisce a thóg sí an fón ná gur leag sí uaithi arís é. Cad a mholfadh sé ach dul go dtí na húdaráis chuí? Nó glacadh leis nach bhféadfaí gach cás in aghaidh daoine ciontacha a chruthú?

Agus má bhí beart le déanamh, arsa Aoife léi féin, chaithfí dul ar aghaidh leis an deireadh seachtaine sin. Tús an Mheithimh, an tráth ba leochailí den bhliain d'Fhiachra, níorbh fholáir.

Go mall istoíche Dé Sathairn, chuaigh Aoife amach sa ghairdín, an meascán mearaí smaointe á coimeád ina dúiseacht. D'fhan sí seal fada ag stánadh ar bhrat na réaltaí os a cionn. Brat na síoraíochta, í féin chomh beag, suarach, sealadach ar an talamh thíos faoi. Sólás le fáil aici, mar a bhíodh i gcónaí, is í ag machnamh ar ollmhéid na cruinne. Buille croí i gcaitheamh na síoraíochta, b'in uile mar shaol a bhí ag an duine.

Ach fós bhí roghanna le déanamh. Chuimil sí a méara ar chré bhog an ghairdín, a bhí tais faoi dhrúcht na hoíche. An saol a chur ina cheart, b'in a bhí uaithi, a dúirt sí léi féin. Nó ligean uirthi go raibh sí ábalta an saol a chur ina cheart. Moill a chur tamall ar na cruimheanna gránna, bána a bhí ag feitheamh i gcónaí chun féasta a dhéanamh ar an mbeatha dhaonna.

Bhí a cuid brionglóidí trí chéile an oíche sin, nuair a thit suan míshuaimhneach faoi dheireadh uirthi. Cnámha Lelia ceilte faoi urlár na cistine sa teach. An stroighin úr agus na tíleanna a bhí á gcur síos aici le briseadh is le tochailt, chun an cnámharlach a nochtadh don saol. Ní fhéadfaí an teach a chóiriú is a phéinteáil fad a bhí boladh lofa an bháis ag éirí aníos ann.

Rinne sí an dá chinneadh go luath ina dhiaidh sin, nuair a dúisíodh í ag luathsholas an lae. Ní dhéanfadh sí mar a d'iarr Pat uirthi maidir leis an iniúchadh. Leanfadh sí leis an bplean a bhí socraithe, rachadh sí i bhfolach sa phluais, dhéanfadh sí a cuid chun Fiachra Ó Raghallaigh a chur i sáinn. B'in an chéad chinneadh. An dara ceann ná go bhfanfadh sí dílis dá fear céile i ngach slí eile.

Bhí téacs fóin curtha aici chuig Mattie Dé Sathairn, chun a rá leis nach mbeadh sí saor an tráthnóna sin. Maidin Dé Domhnaigh, chuir sí an dara téacs chuige. Focail ghonta, chairdiúla. Buíochas mór don chuireadh, ach b'fhearr di diúltú. Ní dúirt sí leis go raibh sí ag tnúth leis, ag dúil leis, ag iarraidh damba a chur le macnas a colainne. Chuir sí an teachtaireacht chun bealaigh agus mhúch sí a fón póca. Chuir sí an gléas freagra ar siúl ar an bhfón tí, sa chás go mbainfeadh Mattie triail as chun glaoch uirthi.

Istigh sa phluais, rinne sí iarracht eile síneadh a bhaint as a cosa. Ní raibh a fhios aici cén t-achar a bhí imithe ó d'fhógair Fiachra an ruaig ar Shinéad. Ach gach nóiméad acu, bhí amhras Aoife ag méadú faoina raibh tarlaithe. D'airigh sí amhail is go raibh clocha móra ina bolg, mar a bhí ar urlár na pluaise. Ní bheadh aon rud fiúntach ar an téip. Ní raibh faoistin ná fianaise luachmhar tugtha dóibh ag Fiachra. Chreid Aoife ar feadh tamaill go ngéillfeadh sé. Go scaoilfeadh sé an t-ualach a bhí ar a choinsias, agus a rá os ard an méid nár admhaigh sé riamh roimhe, dar léi, d'aon duine daonna. Chreid sí go mbeadh sí féin is Sinéad ag dul go dtí na Gardaí, agus cás cinnte acu go raibh lámh ag Fiachra i mbás Lelia.

Díomá agus aiféala. Dá n-éistfidís leis an téip, seans go dtuigfidís conas a shleamhnaigh an chreach uathu. Nó go dtuigfidís nach raibh seans acu ón tús. Ach cén tairbhe féachaint siar anois? Bheadh Sinéad i gcontúirt agus b'fhéidir nach bhféadfadh sí filleadh choíche ar Bhéarra. B'fhéidir nach bhfanfadh sí fiú ag an teach, mar a shocraigh siad, chun slán a fhágáil le hAoife. Eagla ar Aoife fós dul chun casadh léi, sa chás go gcasfaí Fiachra uirthi ar a slí trasna an rosa. A fón marbh istigh ina póca, agus ballaí na pluaise mórthimpeall uirthi.

Clapsholas ag titim ar Ghob na Caillí. Chuimhnigh Aoife ar an gcarraig chorr a bhí feicthe aici féin is Pat in áit eile i mBéarra, nuair a thug siad turas ón nGlaisín go dtí na hAoraí. An Chailleach Bhéarra a bhí luaite leis an gcarraig mhór, de réir ceann de scéalta na seanaimsire, agus an bhandia calctha, cloíte tar éis babhtaí coimhlinte is iomaíochta le naomh ón gceantar. D'airigh Aoife righin, calctha mar an gcéanna, ach go raibh sise sáinnithe istigh i bpluais, agus a neart daonna ag dul i léig inti. Teip, a dúirt sí léi féin, agus an ceann is fearr faighte uirthi ag a namhaid.

Ní raibh sí ag iarraidh cur suas leis an bhfuacht níos mó, ná leis an gcrapadh ina géaga. Shín sí a cosa an athuair, lámh amháin aici leis an gcarraig chun taca a thabhairt di. Bhí coiscéim á glacadh aici amach roimpi, nuair a dhorchaigh an phluais go tobann. Dhún sí is d'oscail sí a súile cúpla uair. Bhí scáileanna ag léim ar na ballaí, dar léi, agus mearbhall ag teacht uirthi.

Bhí an talamh aimhréidh fúithi, agus d'airigh sí greim a coise ag sleamhnú. De gheit, chuala sí torann tobann, balbh. Cloch éigin a chiceáil sí faoina cos, an chloch ag plabadh in aghaidh carraige eile.

D'airigh sí anáil duine eile ar an aer. Bhí Fiachra ina sheasamh os a comhair, a scáil i mbéal na pluaise ag múchadh an tsolais ar thaobh na trá.

***

Bhí Aoife ag iarraidh labhairt, ach ní raibh fuaim ar bith ag teacht as a béal. Chuala sí an guth fuar ag sleamhnú chuici, mar a bheadh braonacha leathreoite ar shruth oighir.

'Tuigim, tuigim agus ní thuigim. Mise i mo amadán amuigh ar an trá, mé ag iarraidh ciall a bhaint as an méid a bhí ráite ag Jenny Huggaird. Moill á déanamh agam sula leanfainn í ar ais go dtí an Glaisín. Bhí mé ar tí imeacht as an áit dhamanta seo nuair a thosaigh an bháisteach.'

Bhí Fiachra ag labhairt go mall, fad á bhaint aige as gach focal. 'Sea, cith throm, thobann a sheol isteach chugat sa phluais mé, an dtuigeann tú? Dia do mo stiúradh go cinniúnach, de réir cosúlachta.'

Bhí sé sa mhullach uirthi, nach mór, a chorp mór téagartha ag líonadh an aeir ina timpeall. Eisean an foghlaí anois, agus é ag spochadh as an gcreach a bhí aimsithe gan choinne aige.

Rinne Aoife iarracht ar chiceáil ar an talamh lena cosa. Cloch eile a bhualadh in aghaidh carraige, chun a aird a tharraingt uaithi féin ar feadh soicind nó dhó. Ní raibh sí ach cúpla coiscéim ó bhéal na pluaise, agus dá n-iompródh a cosa í, cá bhfios nach n-éireodh léi éalú. Rith, rith agus dul i bhfolach uaidh thuas ar an ros.

Chuala sí cling éadrom ag a cosa. Ní raibh ach imlíne Fhiachra le feiceáil aici sa duifean, ach cheap sí gur chas sé a cheann. Rinne sí iarracht a huillinn a bhualadh ina bholg, ach rug sé greim scrogaill uirthi sula raibh an dara coiscéim glactha aici.

Ní raibh aon tslí as ach an fhírinne. Gan labhairt go humhal, mealltach mar a rinne Sinéad, ach a dhúshlán a thabhairt. É a choimeád ag caint, go dtí go dtuirseodh sé nó go leáfadh an leac oighir reoite a bhí istigh ina lár.

'Mharaigh tú Lelia Ní Dhubháin, nach ndearna?' Chuala Aoife macalla a gutha sa phluais, amhail is go raibh na ballaí tréana ag magadh fúithi. 'Tá's againn go raibh tú amuigh anseo an oíche sin. Tá's againn cén staid ina raibh tú nuair a d'fhill tú…'

Choimeád sé greim ar a scrogall fad a d'fhreagair sé í.

'Tá's againn!' a deir tú. Tá sé de cheart agatsa breithiúnas a dhéanamh, an ea, agus gan bacadh le fianaise?' D'airigh Aoife teas a anála ar a haghaidh. 'Rinne mise seo is rinne mé siúd, an ea? Is dócha go raibh tú féin is *Miss* Huggaird thuas ar an nGob ag faire orm, an amhlaidh a bhí?'

Bhí Aoife ar tí gearradh trasna air, ach bhí sé ag dul dian ar a scornach na focail a sholáthar. Chuala sí saothar anála ar Fhiachra arís, a chliabhrach ag éirí is ag titim mar an fharraige.

'Sea, chonaic sibhse mé thuas ar an nGob,' ar seisean ansin. 'Agus is dócha gur féidir libh a insint dom cad é go díreach a tharla? Mé féin is Lelia ag argóint ar chúl na gcreagacha, an ea? Mo lámh sínte agam chun sonc a thabhairt di, an mar sin é? Mé ag tapú na deise a fuair mé chun í a bhrú amach thar imeall na faille?'

'Tusa atá á insint dom. Díreach mar a tharla sé, is cosúil.'

'Cá bhfios duitse cad a tharla?' Bhí Fiachra ag béicíl uirthi anois, nó b'fhéidir gurbh amhlaidh gur chuala sí faoi dhó é, de réir mar a bhí macalla na bhfocal ag clagarnaíl san aer. 'Is féidir liom pé scéal is mian liom a insint agus ní bheidh cruthú agat ar aon cheann acu. Níl de rogha agat ach glacadh le toil Dé, cuma an gcreideann tú ann nó nach ndéanann.'

Bhí Aoife ag dul i dtaithí ar an dorchadas, agus chuir sí iachall uirthi féin féachaint idir an dá shúil air. Bhí braonacha fliuchrais le feiceáil aici ar a chlár éadain. Allas, nó báisteach a thit air sular bhain sé amach an phluais.

'An rud a tharla, b'in an rud a bhí i ndán? An é sin atá á rá agat?' Bhí sí féin ag scréachaíl freisin, chun sárú ar thorann an uisce a bhí ag druidim leo. 'Mharaigh tú Lelia, agus ansin chuir tú ina luí ort féin gurbh é sin toil Dé?'

Bhí a ghreim á scaoileadh ag Fiachra uirthi. Chúlaigh sé leathchoiscéim uaithi.

'Tá tú ag déanamh cúitimh as ó shin, nach ea?' Lean Aoife uirthi, agus í ag déanamh dearmaid ar an eagla a bhí á tachtadh. 'Le do chuid cúrsaí is pé rud eile a bhíonn ar siúl agat. Gníomh aithrí, an ea, agus a leithéid chéanna ar siúl agat ocht mbliana déag ó shin? Tú ag labhairt amach in aghaidh an cholscartha, mar chúiteamh ar na caidrimh a bhí ar siúl agat go rúnda? Ach b'fhéidir go raibh Lelia ag éirí bréan de do chuid bréag.'

'Níl aon tuairim agat cad atá á rá agat,' arsa Fiachra. Bhí a ghuth ag éirí níos ciúine, níos cosantaí air féin. An sruth oighir ag coscairt beagáinín. B'fhéidir go gcúlódh sé coiscéim nó dhó eile. Coiscéim nó eile i leataobh, agus d'éireodh le hAoife sleamhnú go béal na pluaise.

'Ba chuma le Lelia faoi reifreann nó aon áiféis dá shórt,' ar seisean ansin. 'Thuig sí go maith go gcaithfinn seasamh a thógáil ina choinne. Ní raibh tábhacht ar bith leis. Duine neamhspleách a bhí inti, agus bhí sé deacair dom í a mhealladh in aon chor, níorbh ionann is do chara truamhéileach Jenny. Ní raibh aon chomparáid eatarthu. Ba dhuine tréan, tuisceanach í Lelia, go dtí gur thosaigh sí ag éisteacht leis an dream mícheart.'

'Duine eile de mhuintir Huggaird, atá i gceist agat? An deartháir Dónall, nach ea, a bhí ag éirí cairdiúil léi sula bhfuair sí bás?'

D'fhan Fiachra ina thost agus é ag féachaint uirthi. Chonaic sí a shúile ag glinniúint, tine bolcáin ag brúchtadh aníos iontu arís go tobann.

'Ó, sea, an deartháir Dónall!' Phléasc na focail uaidh ar deireadh. 'Is dócha go bhfuil seisean páirteach sa chomhcheilg atá déanta agaibh i mo choinne? Eisean an leibide nach ndearna lá oibre ceart riamh. É féin is a chairde ag magadh faoin gcuid eile againn. Ó sea, bhí Dónall óg agus spórtúil nuair a thosaigh sé ag cogarnaíl i gcluas Lelia…'

D'airigh Aoife go raibh a súile ag dul as fócas. Bhí solas lag le feiceáil aici i mbun na pluaise. Nó b'fhéidir go raibh an loinnir bheag istigh ina hintinn, agus í ag iarraidh an nóiméad thuas ar an bhfaill a shamhlú, nuair a shín Fiachra amach a lámh. An nimh a bhí ag imirt ar a intinn a shamhlú, nuair a roghnaigh sé a cinniúint do Lelia.

'Bhí Lelia ag imeacht uaim ar aon nós, ar seisean. 'Ag an mbainis an oíche sin, chonaic mé an rud a bhí ag tarlú… B'éigean dom a bheartú cad é an rud ab fhearr di…'

Rinne Aoife a dícheall an fócas a aimsiú. Greim a choiméad ar an lóchrann a las go tobann ina hintinn, an bhladhm léargais a chonaic sí roimpi.

'Bhí dul amú ort,' a dúirt sí le Fiachra ar deireadh. 'Bhí dul amú ort faoi go leor rudaí, ach thar aon rud eile, bhí dul amú ort faoi Dhónall.'

'Cad atá á rá agat?' ar seisean. 'Chonaic mé le mo dhá shúil conas mar a shanntaigh sé…'

'Ní raibh Dónall ag iarraidh Lelia a mhealladh. Bhí siad cairdiúil lena chéile agus labhair siad go hoscailte lena chéile, ach níorbh ionann…'

'Chonaic mé lena chéile iad, agus bhí a fhios agam…' Bhí an tine bolcáin ar tí pléascadh an athuair. 'Chonaic mé thíos ar an trá iad, iad i ngreim a chéile os comhair gach éinne. Chonaic mé conas mar a d'fhéach siad ar a chéile istigh san óstán. Rúin is cogarnaíl eatarthu, mar a bhíonn i gcónaí idir daoine atá ag titim i ngrá…'

'Bhí rún eatarthu, ceart go leor. D'inis Lelia do Dhónall go raibh sí buartha faoina caidreamh leatsa, is go raibh uirthi rogha a dhéanamh ar mhaithe léi féin. Agus d'inis seisean a rún féin di, nach raibh ar eolas ag éinne dá mhuintir. Rún nach raibh ar eolas ag a dheirfiúr Sinéad, fiú, go dtí gur inis mise di é cúpla lá ó shin.'

'Cén rún? Cén rún, in ainm Dé, nó cén bhréag atá á cumadh agat chun mé a chur le báiní?'

'D'inis Dónall di nár thit sé féin i ngrá le mná, ach le fir. Go raibh sé aerach, hómaighnéasach, pé focal is maith leat. Bhí sé ag iarraidh go rachadh sí go Londain leis, ach ní raibh sé ag iarraidh dul a luí léi. Cairde a bhí iontu, b'in uile. Bhí éad an domhain ortsa leis, a Fhiachra, agus bhí dul amú ort.'

* * *

Bhí greim scrogaill aige uirthi arís. Bhí sé á brú roimhe isteach sa duifean. Bhí uisce na farraige ag fliuchadh a cos, a bróga ar maos ann. Torann na farraige ag líonadh ina cluasa, mar a bhí an taoide ag líonadh sa phluais.

Rinne sí a dícheall é a chiceáil, ach bhí a cosa ag éirí róthrom fúithi. A treabhsar ar maos suas go dtí na glúine. Rinne sí iarracht béicíl air, chun a rá leis go mbeadh a fhios ag gach éinne an uair seo cad a bhí déanta aige. Go n-inseodh Sinéad don saol mór cé eile a bhí ar Thrá na Pluaise nuair a bádh Aoife Nic Dhiarmada. Nach bhféadfadh sé éalú an dara huair.

Ní raibh a fhios aici ar fhreagair sé í. Bhí sé á brú isteach sa tollán pluaise, á brú roimhe isteach san uisce. Bhí sise ag iarraidh a lámha is a cosa a úsáid ina choinne, ach bhí greim daingean aige uirthi. A racht feirge ag glacadh seilbhe air. Eagla an domhain ag glacadh seilbhe uirthi féin.

D'airigh sí an t-uisce fuar chomh hard lena com. Caithfidh go raibh seisean fliuch freisin. Cad a déarfadh sé lena bhean chéile nuair a shroichfeadh sé an baile? Cad iad na bréaga a d'inseodh sé, is a d'inseodh sise ar a shon? Cá mhéad branda a d'ólfadh sé an uair seo?

Ní raibh sé á brú chomh tréan anois. Caithfidh go raibh iachall air a anáil a tharraingt. A neart ag teip air, b'fhéidir. Rinne sí iarracht a ghreim uirthi a scaoileadh. A glúin a thógáil agus buille nimhneach a bhualadh air. D'éirigh léi a cloigeann a chasadh chuige. Bhéic sí arís air. Beidh a fhios acu, a bhéic sí, déarfaidh Sinéad leo cad a tharla.

Chrom sé a cheann chuici go mall. D'airigh sí go raibh gach rud ag tarlú go mall. Chonaic sí a bheola ag bogadh, ach níor chuala sí na focail go ceann tamaill. Bhí na focail ar foluain san aer sular shroich siad a cluasa. 'Cén duine a chreidfidh siad,' a bhí á rá aige. 'Mise, nó an bhean a bhí ar mire le fada. Mise, a bhí sa bhaile cois tine ar feadh an tráthnóna. Tionóisc eile a bhí ann, sin é a chreidfidh siad. Tionóisc, nach raibh aon bhaint agamsa léi.'

Chonaic sí uisce na farraige fúithi. Bhí a cloigeann os cionn an uisce, greim aige ar a muineál. Ní raibh a fhios aici an raibh a cloigeann ag dul síos san uisce, nó an t-uisce ag éirí ina treo.

Bhí sé ag tarlú go mall. Bhí a croí ag éirí aníos as a cliabhrach, é ar tí pléascadh amach tríd a cloigeann. Bhí boladh na mara ina pollairí. Torann na dtonnta ag briseadh ina cluasa. Macallaí ag plabadh ó na carraigeacha.

Í féin ag scréachaíl. Rónán is Sal ag scréachaíl is ag caoineadh. Pat ag glaoch amach uirthi sa dorchadas, é ag iarraidh filleadh uirthi ina chuid brionglóidí chun í a thabhairt slán. A hanáil ag scaradh lena corp, neart a hanama ag dul i léig mar an gcéanna. A corp ar snámh sa phluais, nó ag imeacht le sruth na taoide. Síoraíocht na réaltaí sa spéir os a cionn.

Bhí an t-uisce chomh fuar le maidhm sneachta. Bhí na tonnta ag pléascadh ina cloigeann. Guthanna i bhfad uaithi, Pat is Sal is Sinéad ag impí uirthi gan imeacht uathu. Seilbh uirthi ag an dorchadas. Macalla a saoil féin ag gliogar go balbh ina diaidh.

10

Breacadh an lae. Solas liath ag téaltú go mall, éiginnte ar na fuinneoga. Istigh sa seomra ina raibh ceathrar bailithe, ní raibh solas ar bith eile ar siúl.

Feitheamh fada ón oíche roimhe. Rónán sínte ina chodladh ar shuíochán de leathar bréige, a chloigeann i mbaclainn a athar. Sal ina suí ar an taobh eile de Phat, a ceann siúd ar a ghualainn. Bhí greim láimhe ag Pat uirthi, a dá dhorn dúnta, fáiscthe ar a chéile, agus bhí a lámh eile aige ar dhroim a mhic, á shlíocadh ó am go chéile. Scoite ón triúr acu, i gcathaoir uillinne dubh cnapánach, bhí Sinéad ina suí go righin, gan le feiceáil di sa leathdhorchadas ach a haghaidh bhán, thraochta.

Chorraigh Rónán agus thóg sé a chloigeann go tobann. Bhí rian goil ar a leicne, agus bhí a chuid gruaige trí chéile.

'Tá tú ceart go leor,' arsa Pat leis go bog. 'Is fearr dul ar ais a chodladh ar feadh tamaill.'

'Tá pian i mo bholg,' arsa Rónán. 'Tá faitíos orm go mbeidh…'

Bhí na súile ar oscailt ag Sal. Scaoil sí a greim ar lámh Phat, agus d'éirigh sí ina seasamh.

'Tabharfaidh mé go dtí an leithreas tú,' ar sí lena deartháir. 'Ní bheidh éinne eile istigh i seomra leithris na gcailíní ag an am seo.'

Shiúil Rónán amach an doras go míshocair lena dheirfiúr. Bhí macalla a gcoiscéimeanna le cloisint ag Pat is Sinéad ó phasáiste an ospidéil. D'fhan siad ag éisteacht leo, go dtí gur labhair Sinéad de chogar.

'Tá brón orm. Bhí a fhios againn go raibh contúirt, ach ar bhealach éigin…'

'Níl neart air anois,' arsa Pat. 'Níl neart ar an méid a tharla.'

Ba bheag fuinneamh a bhí ina ghlór ach oiread, é spíonta ag an stró is an dua a bhí air ón oíche roimhe. Ón lá roimhe freisin, nuair a thug sé féin is an bheirt óg an turas fada abhaile ó Bhaile Átha Cliath. Bhí sé pas buartha i rith an lae mar nach raibh sé ábalta teacht ar Aoife ar an bhfón, chun a insint di go raibh athrú plean déanta acu agus go sroichfidís an Glaisín an tráthnóna sin. Bhí sé fíorbhuartha nuair a bhain siad an teach amach.

Ní Aoife a bhí ann rompu, ach Sinéad. Bhí sí ar tí teacht amach as a gluaisteán. Bhí sí ag súil le hAoife go luath, a dúirt sí. D'aithin Pat go tapa go raibh sceon is eagla uirthi, agus níorbh fhada gur spalp Sinéad an scéal ar fad leis. An choinne le Fiachra ar an trá agus an socrú a bhí déanta acu go leanfadh Aoife í, nó go gcuirfeadh sí glaoch ar Shinéad dá mbeadh aon mhoill uirthi.

Ruathur mire ina dhiaidh sin. Sal agus Rónán á mbrostú ag Pat isteach sa ghluaisteán, a bhí lán fós dá gcuid málaí is eile, is gan míniú ceart dóibh ar cad a bhí tarlaithe. Cinneadh tapa go dtabharfadh Sinéad a gluaisteán féin léi, sa chás go mbeadh cúnamh le haimsiú faoi dheifir. Iad ag tiomáint thar theach Fhiachra, gan a ghluaisteán siúd le feiceáil páirceáilte os a chomhair. Pat trí chéile, é cinnte go raibh rud éigin mícheart is go gcaithfí gníomhú. Cuimhne a thimpiste féin ag pléascadh ina tonn tuile ina intinn, agus é ag iarraidh ag an am céanna labhairt go socair, smachtaithe lena mhac is a iníon.

Rith sé isteach go Tigh Uí Dhonnabháin le Rónán, agus d'iarr sé ar Cháit aire a thabhairt dó. Dhiúltaigh Sal glan fanacht lena dheartháir, agus ní raibh am ná aga ag Pat argóint léi. Tháinig an smaoineamh ina cheann bualadh isteach go dtí an t-óstán freisin, sa chás go mbeadh Pius ann, agus go bhféadfaí iarraidh air siúd an geata a oscailt ar an mbóithrín díreach amach go dtí an Gob. Ach b'fhearr gan bacadh, ar sé leis féin, mar ní bheadh mar thoradh ar an iarracht ach moilleadóireacht is útamáil, gan trácht ar Phius a bheith ag fonóid is ag casaoid leo.

Agus bhí súil ag Pat fós go mbeadh Aoife rompu ar an mbóthar ón ros isteach go dtí an sráidbhaile. Bhí súil aige ina dhiaidh sin go gcasfaidís léi ar an mbóithrín garbh a ghlac siad féin go dtí an Gob, a rúitín casta aici nó cúis shoineanta eile ag cur moille uirthi. Nó go raibh sise ar bhóithrín eile, is go dtiocfadh glaoch uaithi gan mhoill. D'airigh sé an gluaisteán ag preabadh is ag greadadh ar gach cnapán is poll ar an mbóithrín, agus é ag mallú go tostach gur leag sé féin nó Aoife súil riamh ar stuaiceanna mí-ámharacha Ghob na Caillí.

Sciob sé leis tóirse ó phóca taisce an ghluaisteáin, agus rith sé féin, Sal is Sinéad síos an cosán chun na trá de sciúird, agus trasna na duirlinge i dtreo na pluaise. Ghlaoigh siad amach ar Aoife sa chlapsholas, a gcosa ag sciorradh ar na clocha fliucha fúthu.

Istigh sa phluais, bhí an fharraige ag búiríl agus cruthanna dubha ag luascadh os a gcomhair. Cruthanna dubha a d'fhillfeadh orthu triúr mar thromluí.

Clampar agus achrann ina dhiaidh sin. Pat i ngreim scrogaill ar Fhiachra agus solas an tóirse á lasadh aige ina shúile. Liú glórach á scaoileadh ag Fiachra nuair a léim Sinéad air mar a dhéanfadh cat mire, a cuid fiacla ag baint plaice as a lámh. Aoife ina luí ar an uisce, Pat á tarraingt is á hiompar, a bhéal ar a béal is é ag iarraidh ocsaigin a chur ina scamhóga.

Fiachra ag brú thairis as an bpluais go borb, Sinéad agus Sal ag iarraidh stop a chur leis. A sheaicéad bainte de ag Pat, é ag impí ar an mbeirt eile cabhrú leis chun Aoife a thabhairt amach as an uaimh a bhí á líonadh ag an taoide. Fiachra ar a theitheadh i dtreo an chosáin, a chuid éadaigh ar maos le huisce ach fuinneamh fíochmhar á choimeád ar a chosa.

Anáil na beatha á séideadh ag Pat i mbéal a mhná céile. A lámha ar a cliabhrach, is é ag iarraidh buillí a croí a chur ag preabadh. A colainn chomh fuar le hiasc reoite, a craiceann liath is gorm faoi sholas an tóirse. A sheaicéad fillte ag Pat timpeall uirthi, is é ag iarraidh teas a choirp féin a roinnt léi.

Sal cromtha ar a glúine taobh léi, lámha a máthar á gcuimilt aici agus í ag caint léi, á rá léi arís is arís eile go mbeadh sí ceart go leor. Á rá léi teacht slán. Guí is paidreacha aici i gcluas Aoife.

Sinéad ar a fón póca, ag iarraidh treoir a thabhairt d'otharcharr go dtí an Glaisín agus as sin go dtí an Gob. Práinn is sceon ag gabháil le gach focal. Glaoch eile ar Cháit, ag iarraidh uirthi daoine a chur láithreach go Trá na Pluaise le pluideanna is soláthairtí eile. An ceangal fóin i mbaol cliseadh uirthi gach re nóiméad. Duibheagán na hoíche ina dtimpeall.

Fiachra ar a shlí suas an cosán, Sinéad ag rith ina dhiaidh, a fón ina lámh is í ag glaoch ar na Gardaí. An bhearna eatarthu ag méadú, gnúsacht anála le cloisint aici uaidh ar an ngaoth. Í ag béicíl is ag bagairt ina dhiaidh.

Fiachra ag teacht is imeacht as radharc, é ag déanamh ar an ngeata isteach ar thalamh Phius, é ag iarraidh éalú ar an mbóithrín gasta amach ón ros.

Fiachra ag dreapadh thar an ngeata. Sinéad ag scréachaíl i dtreo na trá go raibh sé ag déanamh ar an bhfaill ar an nGob.

Scread tobann, a réab tríd an duibheagán. Guthanna ag glaoch amach san oíche.

Otharchairr agus Gardaí agus slua. Míniú agus mearbhall. Turas fada síoraí go dtí an t-ospidéal i mBeanntraí. Pat san otharcharr lena bhean chéile, anáil stadach mhíshocair inti agus dath liath an bháis ar a ceannaithe. Socruithe is útamáil, Rónán ag caoineadh i mbaclainn Cháit, Sal ina suí go righin, tostach. Fuareagla ar Phat faoina raibh le teacht.

Aoife beo, ach baol ann go n-atfadh a scamhóga is go scriosfaí iad. Baol millteanach go raibh dochar déanta cheana féin dá hinchinn. Easpa ocsaigine ar feadh ceithre nóiméad agus faigheann duine bás.

Easpa ocsaigine ar feadh cúpla nóiméad agus is féidir nach bhfillfeadh ciall ná cumas feidhmeach go brách.

Osclaíodh doras an tseomra, ina raibh uaireanta an chloig caite ag an gceathrar ag feitheamh. Banaltra a bhí ann, ag iarraidh ar Phat teacht in éineacht léi.

Ar a shlí trasna an phasáiste, chonaic sé Sal is Rónán ag teacht amach as leithreas na mban. Chomharthaigh sé dóibh dul ar ais isteach go dtí Sinéad, agus lean sé an bhanaltra isteach sa bharda beag. D'fhill a thimpiste féin ar a chuimhne, nuair a d'airigh sé boladh aimrid an leighis. Fonn múisce air go tobann, agus tromluí na hoíche ag gabháil seilbhe air. É féin is Aoife ag sleamhnú ar charraigeacha fliucha, uaigneas na farraige ag tafann orthu. Iad ar thuras síoraí ar thóir ospidéil, ar bhóithre dorcha Bhéarra.

Chuir sé a lámh ar leiceann Aoife. Bhí an masc ocsaigine a bhí uirthi níos luaithe scaoilte, agus d'airigh sé an t-aer bog, milis a bhí ag gluaiseacht isteach is amach óna pollairí. Bhí píobáin is cáblaí ceangailte léi agus gléas monatóireachta croí ag crónán lena taobh.

Chonaic sé fabhraí súl Aoife ag corraí, agus ina dhiaidh sin a beola. Chrom sé isteach chuici, a chroí féin ag bualadh go tréan ina chliabhrach.

'Cad…?' Ní raibh sí ábalta aon fhuaim eile a scaoileadh aisti.

'Tóg go bog é, a stór,' ar seisean. 'Gabhadh Fiachra. Chuir Jody stop leis. Chonaic sé na soilse agus shroich sé an geata in am.'

* * *

'Tuigim rudaí áirithe anois nár thuig mé cheana.'

Thiontaigh Aoife ar a taobh sa leaba, a súile ar a fear céile. Bhí gléas fós ceangailte ar a géag chun brú a cuid fola a thomhas, ach seachas sin, bhí cúpla lá caite aici saor ón trealamh leighis.

'Bhí a fhios agam go raibh ísle brí orm tar éis na timpiste,' arsa Pat. 'Bhí sé éasca go leor an méid sin a aithint, fiú nuair nach raibh fonn orm é a admháil leatsa. Níl a fhios agam conas a chuir tú suas liom, nuair a bhí mé chomh duairc, doicheallach faoi gach aon rud.'

Thug Aoife faoi deara go raibh ribí liatha ina fholt ag Pat, nach raibh tugtha faoi deara aici cheana. B'fhéidir go raibh a lán rudaí nár thug sí suntas ceart dóibh, a dúirt sí léi féin.

'Ach bhí mé in ísle brí sular tharla an timpiste in aon chor. B'in an rud nár thuig mé go dtí gur thug mé an turas go Baile Átha Cliath le Sal is Rónán.'

Leag Aoife a lámh féin anuas ar lámh Phat. Bhain sé geit aisti, nach mór, chomh bán, mílítheach is a bhí a craiceann féin, i gcomparáid leis an dath tréan, dorcha air siúd. Shín sí a ceann siar ar a hadhairt agus í ag éisteacht go hairdeallach lena chuid cainte.

'Thug mé na páistí ar ais go dtí ár mbóthar féin i nGlas Naíon, tá's agat, chun iad a fhágáil ag súgradh lena gcairde. Nuair a bhí slán fágtha agam leo, shuigh mé síos ar an mballa beag trasna ónár dteach féin. Ní raibh éinne thart, agus d'fhan mé i mo shuí ansin tamall, ag féachaint trasna ar an teach.'

'Sé bliana déag, nach ea?' Chuala Aoife an laige ina guth féin. 'An t-achar a thugamar inár gcónaí ann?'

'B'in díreach an rud a bhuail mé tar éis tamaill, a Aoife. Tar éis dom mo shaol a chaitheamh ag dul ó áit go chéile nuair a bhí mé i mo pháiste, tá's agat. Ní raibh mé sa bhaile i gceart in aon áit go dtí go raibh cónaí orainn i mBaile Átha Cliath…'

'Rud a rinne deacair duit é imeacht go Béarra?' D'fháisc Aoife a méara ar lámh a fir chéile. 'Ach ní dúirt tú…?'

'Níor thuig mé féin é, sin é atá á rá agam. Níor thuig mé go ngoillfeadh sé chomh mór orm aistriú ó dheas. Is dócha gur thug sé gach sórt cuimhne ar ais chugam, mise ag tosú as an nua ag iarraidh cairde a aimsiú sa tír seo nó siúd, mé seacht mbliana d'aois, deich mbliana, cúig déag…'

Chomharthaigh Aoife do Phat an ghloine uisce a bhí ar an gcófra cois leapa a shíneadh chuici. Chuir sé an deoch lena beola, a lámh séimh agus téagartha in aon turas, dar léi.

'An bhfuil tú buartha faoi Rónán is Sal, nó an gceapann tú…?'

'Nílim pioc buartha. An deacracht a bhí agamsa ná aistriú rómhinic agus mé i mo pháiste. Ach maidir le cúpla babhta i gcaitheamh na hóige, is scéal eile é sin.'

Ní dúirt Aoife tada mar fhreagra air. Bhí sí ag cuimhneamh ar an bhfear eile a raibh sí meallta aige le tamall. Níorbh fhéidir comparáidí ciotacha a dhéanamh, a dúirt sí léi féin, ná míniú a lorg ar gach aon rud.

Bhris meangadh tobann ar Phat. 'Tá Rónán ar mhuin na muice anois, tá's agat, ó chuir tusa an ruaig ar an múinteoir nár thaitin leis…'

'Ní dóigh liom gur féidir liom caint air fós…'

'A Aoife, tá brón orm, cinnte ní féidir leat.' Bhí a fhios ag Pat go raibh a bhean chéile traochta ag an tromluí a bhí ag filleadh uirthi istoíche. Macallaí ag béicíl uirthi, agus fuacht marfach na pluaise ina cuid fola. Rinne sé útamáil leis an ríbín a bhí ceangailte ar dhos mór bláthanna a tháinig go dtí an t-ospidéal tamall roimh ré. Ainm nár aithin sé a bhí ar an gcárta, Caoimhín Mac Cába, dearthóir gairdíní.

'Beidh an samhradh ar fad agat chun teacht chugat féin, a stór,' a dúirt sé ansin.

'Tá's agam… An rud a bhí mise chun a rá…' Rinne Aoife iarracht ar mhiongháire. 'Tá's agam nár theastaigh uait dul ar aghaidh leis an ngnó i mbliana ar aon nós. Ach féach gur mise a chinntigh nach dtarlódh sin. Tá súil agam nach bhfuil tú róbhuartha faoi chúrsaí airgid…?'

'A Aoife, beidh go leor ama chuige sin feasta, ach faoi láthair, táimse ag glacadh sosa ó gach cúis bhuartha.' Thug Pat spléachadh i leataobh uaithi, agus é ag roghnú a chuid focal. 'Ach rud eile a thuigim anois…

Measaim go gcaithfidh mise foghlaim conas labhairt amach i gceart, nuair a bheidh cinní móra le déanamh feasta. Mar tá's agam gur mbínn ag seasamh siar…'

'B'fhéidir go mbeidh cúis nua chun troda againn, más ea!' D'fhéach Aoife go socair, geanúil air. D'airigh sí go raibh an saol mór lasmuigh i bhfad i gcéin uaithi, agus go raibh dearmad déanta aici féin ar na cinní a bhíodh le déanamh ó lá go chéile. 'An raibh aon rud ar leith ar intinn agat, mar thús?'

'Téigh go réidh, níl anseo ach an teoiric go fóill!' Scaoil Pat an ríbín ar na bláthanna, agus thosaigh sé á scaradh ón bpáipéar. 'Ach mar a tharlaíonn, tá tairiscint faighte agam ó dhuine ar mhaith leis cabhrú linn sa ghairdín i rith an tsamhraidh. Bheinn féin sásta triail a bhaint as, ach theastaigh uaim do thuairim a fháil freisin.'

'Cé atá i gceist agat?' Bhí an cárta ó Chaoimhín feicthe ag Aoife, ach ní raibh sí ag súil go mbeadh seisean saor chun dreas oibre a dhéanamh dóibh. Agus pé scéal é, ní raibh sí cinnte go bhféadfadh sí míniú i gceart dó cén fáth gur thóg sí obair na nGardaí uirthi féin.

'Duine a bhfuil cúpla comhrá déanta agam leis le seachtain anuas. Ní comhráití fada iad, caithfidh mé a rá, mar nach fear mór focal é. Ach tá suim againn i gceann nó dhó de na caithimh aimsire chéanna, agus cabhraíonn sin leis an sruth cainte.' Rinne Pat meangadh eile. 'Jody Nugent. Tá sé an-eolach ar éanlaith farraige, tá sin cinnte. Ach mar a dúirt mé, ní shocróidh mé aon rud leis má tá amhras ortsa faoi.'

Luigh Aoife siar arís ar a hadhairt. Bhí a guaillí fós nimhneach, brúite, agus bhí a cosa mar an gcéanna. Ba leor comhrá gearr chun í a thuirsiú mar a dhéanfadh siúlóid lae de ghnáth. Lig sí do Phat eagar a chur ar na cártaí a bhí in aimhréidh ar an gcófra cois leapa, agus crúsca glan a aimsiú do na bláthanna. D'airigh sí a cuid súl ag dúnadh uirthi, agus í ar tí sleamhnú go mall chun codlata.

Ach nuair a phóg Pat í, chun deis sosa a fhágáil léi, rinne sí moill tamall is a beola ar a bhéal. Bhí néal codlata uirthi, ach bhí leisce uirthi a bheith ina haonar. Eagla uirthi roimh an tromluí a bheadh ag feitheamh uirthi i gcúinní dorcha a cuimhne.

'Tá rud éigin nár inis tú dom…' a dúirt sí. 'Nó b'fhéidir gur inis is go bhfuil sé dearmadta agam?' Bhreathnaigh sí ar Phat agus é ag suí síos arís ar imeall na leapa. Chrom sé isteach chuici ionas nár ghá di labhairt os ard. 'Conas a tharla sé… gur fhill sibh ó Bhleá Cliath an tráthnóna sin?'

'B'fhéidir gur chóir duit iarraidh ar d'iníon an scéal áirithe úd a mhíniú duit.' Leath cár gáire ar Phat agus é á freagairt. Rith sé le hAoife nach bhfaca sí ag miongháire chomh minic é le míonna anuas.

'A cara dílis, Fionnuala,' arsa Pat ar ball. 'Tá deartháir ag Fionnuala, is cosúil, agus tá Sal s'againne…'

'Tá a súil aici ar bhuachaill! Conas a fuair tú amach…?'

'Nuair a bhíomar i mBaile Átha Cliath… Níor theastaigh uaithi teacht in aon chor, agus más cuimhin leat, bhí sí ag argóint linn roimh ré, agus ag fiafraí dínn an bhféadfadh sí dul ag fanacht le Fionnuala. Agus tá a haigne athraithe aici faoina hainm, freisin, mar go ndeir an buachaill báire go bhfuil an t-ainm Salomé *cool.*'

'Agus níor fhéad sí deireadh seachtaine amháin a chaitheamh scartha uaidh?'

'Theastaigh uaithi a bheith i láthair ag ócáid a raibh sé páirteach inti. Rud éigin a bhain leis na capaill, creidim.' Chuir Pat strainc chneasta air féin. 'Nó b'fhéidir gurbh amhlaidh a bhí an leaid ag canadh i gcór an Aifrinn an Domhnach úd…'

'Tá tú ag spochadh asam anois…'

'Seans gurbh fhearr duitse fanacht faoi chúram an Bhoird Sláinte, a Aoife, go ceann tamaill eile.' Shuigh Pat siar ar an adhairt taobh lena bhean chéile, a leiceann ag cuimilt go bog ar a leiceann siúd. 'Tá éirí amach faoi lán seoil sa bhaile, tá's agat. *Teenage rebellion* ag Sal.'

'Cén sórt…?'

'Is iad a cuid paidreacha a thug slán tú, sin rud amháin atá á rá aici liom. Agus níor mhaith liom argóint léi, nuair atá saigheada an ghrá imithe ina croí freisin...'

Chas Pat isteach go dtí Aoife, nuair a d'airigh sé a lámh ag dul go dtí a súil. Bhí a leiceann tais, agus í ag iarraidh sárú ar an tocht a tháinig ar a cuid cainte.

'Nílim... Ní mar gheall ar Shal atáim ag gol,' ar sí. 'Is féidir léi a rogha féin a dhéanamh, agus tá áthas orm...' Chúb Aoife isteach le taobh a fir chéile. 'Níl ann ach gur chuimhnigh mé go tobann ar Shinéad bhocht, nuair nach raibh sí ach cúpla bliain níos sine ná mar atá Sal anois, agus an méid a tharla di siúd nuair a thit sí i ngrá den chéad uair.'

* * *

Bhí clóca bán na bpiotal feoite ar na sceacha geala, agus glaise an tsamhraidh i mbarr réime. Fiú ar na sceacha tromán, a bhí ag fás idir an gairdín is an lána, bhí caipíní cumhra na mbláth ag dul i léig. Bhí an féar nár gearradh ar chúl an tí chomh hard le hascaillí Rónáin, agus bhí sé féin is a chara óg ag eachtraíocht ann, iad ag ligean orthu go raibh siad ar strae sa dufair. Thuas sa ghort, bhí Sal ag déanamh cúraim de chapall a bhí ar iasacht aici óna cairde.

Amuigh sa chlós le taobh na cistine, bhí éadach bán ar an mbord, agus bláthanna a tugadh abhaile ón ospidéal i gcrúscaí móra. Bhí beirt chuairteoirí suite ag an mbord, agus beirt eile ar a slí ar ball. Béile ceiliúrtha a bhí á réiteach. Fáilte le cur abhaile roimh Aoife, sláinte le hól lena gcairde, pleananna nua le comóradh.

Mattie ag ól bolgaim bheorach, Sinéad ag blaiseadh ológ lena thaobh. Plean an tsamhraidh ag Mattie ná turas trí mhí a thabhairt ar na Stáit Aontaithe, seal trialach scarúna idir é féin is a bhean chéile, Susan. Teannas is strus eatarthu lena gcuimhne, ba léir, ach eagla riamh ar an mbeirt acu a bheith aonaránach. Plean an tsamhraidh ag Sinéad ná cead pleanála a éileamh chun an seansciból sa ghort a chóiriú, mar theach saoire nó mar theach cónaithe di féin. Socrú déanta aici éirí as a post i Sasana, fonn uirthi le fada dul le fíodóireacht mar shlí bheatha.

'Beidh Aoife linn ar ball,' arsa Pat, agus tráidire á leagan aige ar an mbord. 'Tógann sé tamall uirthi an rud is lú a dhéanamh fós, ar ndóigh. Agus tháinig teachtaireacht ó Cháit, go mbeidh moill bheag uirthi féin is ar Bhreandán.'

'T'anam ón diabhail, dá mbeadh a fhios agam go raibh *bubbly* ar an gclár,' arsa Mattie go héasca, 'chuirfinn orm an *black tie*.' Thóg sé na gloiní caola seaimpéin den tráidire. 'Is mór an onóir é…'

'Creidim go bhfuil toradh ag teacht ar do chuid iniúchta féin,' arsa Pat. 'Cúis eile fós dúinn glincín a ól, déarfainn?'

'Fuist, a bhuachaill, mar b'fhearr liom go labhrófá go ciúin faoi,' arsa Mattie, 'sa chás go mbeadh mo chol seisear Rita i bhfolach ar chúl sceiche, is go gcloisfeadh sí go raibh baint agamsa leis…'

'Tá brón orm, ach ní thuigim…?' Bhí Sinéad ag féachaint ó dhuine go chéile sa chomhluadar. Thóg sise an ghloine uisce a bhí ar an tráidire, agus bhain sí súimín as.

'Is féidir leatsa do scéal a insint, a Mhattie,' arsa Pat. Thóg sé an tráidire folamh ón mbord agus chas sé i dtreo na cistine. 'Dá mbeadh lucht an dlí ag feitheamh le fianaise uaimse, maidir leis an mbád a sheol tharam san oíche…'

'Pius Mac Oireachtaigh,' arsa Mattie le Sinéad, agus é ag ligean air gurbh éigean dó cogarnaíl. 'Bhí galar na fiosrachta san aer, tá's agat, deireadh seachtaine na Cincíse nuair a bhí tú féin is Aoife gafa. Tharla domsa a bheith ag obair i m'aonar lasmuigh de theach ár gcara, agus chuaigh mé ag póirseáil is ag cur mo ladair i ngnó nár bhain liom.'

'Agus cén gnó…? Nó cad a bhí á rá ag Pat faoi bhád?'

'*Puppy farm*, b'in a bhí ar bun ag Pius. Is cosúil go bhfuil airgead mór le fáil ar choileáin de phórtha áirithe. Tá gnó mór easportála ann, chun na Fraince ach go háirithe.

'Ach cad é go díreach…? Níor chuala mé riamh caint ar a leithéid?'

'De réir mar a thuigim, tá feirmeacha dá sórt ar fud na tíre, nó ar a laghad, dúirt fear ón ISPCA liom gur gabhadh coileáin i dtrí nó ceithre áit cheana i mbliana. Suas le céad coileán san am, a dúirt sé liom, iad dearóil, ocrach, plódaithe isteach i mbothán bídeach amháin nó níl a fhios cad é féin…'

'Agus bhí a leithéid ar siúl ag Pius?' Leag Sinéad cloch olóige a bhí ina lámh isteach i mbabhla beag cré ar an mbord, agus chuimil sí a méara go cúramach.

'Ní raibh na coinníollacha chomh hainnis ina chás siúd, agus cloisim go bhfuil sé ag casaoid faoin ngéarleanúint a dhéantar ar an té a bhfuil *initiative* ann, is gan puinn tuisceana ag éinne do chás an fheirmeora, mo léan.' Thaosc Mattie a ghloine, sular dhoirt sé steall eile inti ón gcanna. 'Ach mar sin féin, bhí na coileáin á gcur sna báid aige chun na Fraince nuair nach raibh siad ach seachtain nó dhó d'aois, agus gan aon chúram leighis ná vacsaíniú déanta orthu. Brocairí gorma Chiarraí, creidim, agus roinnt éigin Alsáiseach. Pór na gcos gearr, freisin, na *Dachshunds*.'

'Agus cén bhaint a bhí ag Pat leis an scéal? Má bhí baint aige…?'

'Spiaireacht, dar m'anam!' Rinne Mattie gáire croíúil. 'Spiaireacht a bhí ar bun ag Pat, agus daoine soineanta ag ceapadh go raibh sé gortaithe i bpoll carraige!'

Rinne Sinéad a dícheall a gháire a roinnt leis, agus suí siar ar a suaimhneas ina cathaoir, mar a bhí á dhéanamh ag Mattie.

'Agus cad a tharlóidh do Phius?' a d'fhiafraigh sí ar ball. 'An gcuirfear an dlí air?'

'N'fheadar, ambasa, ach beidh cigirí cruógacha an *Revenue* ag cnagadh ar a dhoras, ar a laghad. Agus cloisim go bhfuil Rita chaoin ag fanacht glan amach ó Phius faoi láthair, sa chás go leathfadh galar na gcánacha go dtí leac a tairsí féin.' Scuab Mattie siar an ghlib gruaige a bhí tite ar a chlár éadain. 'Beidh scata dlíodóirí ag teastáil ó Phius ar aon nós, chun pé briseadh dlí is rialacháin a bhí ar siúl aige a chosaint. Cá bhfios nach mbeimid ag ceiliúradh arís nuair a chuirfear i bpríosún é, i dteannta ár gcara eile, Fiachra!'

'Botún a bhí ann.' Labhair Sinéad go tobann, diongbháilte. 'Tá brón orm, séard atá á rá agam...' Thosaigh sí ag útamáil lena slabhra muiníl, a bhí déanta d'ór simplí, snasta. Bhí a grua ar lasadh agus í ag caint. 'Tá's agam go raibh tú ag magadh, ach bhí an rud a rinneamar róchontúirteach.'

D'fhan Mattie ina thost, é ag iarraidh teacht i dtiúin leis an athrú aoibhe ar a chompánach.

'Dá n-éireodh leis Aoife a mharú,' arsa Sinéad, 'cén tairbhe dúinn eisean a fheiceáil faoi ghlas? Agus seachas sin, ní raibh go leor fianaise againn, agus rinneamar breithiúnas...'

'Ach bhí an ceart agaibh faoi Fhiachra, tá an méid sin soiléir...?'

'Ach b'in an rud a rinne seisean. Rinne sé breithiúnas ar Lelia, agus ansin rinneamar féin...' Scaoil sí a greim ar a slabhra muiníl, agus d'fháisc sí a lámha ar a chéile, amhail is go raibh uirthi smacht a choimeád orthu. 'Ní hamháin sin, ach bhí botún á dhéanamh agam féin i rith na mblianta. Ní raibh mé sásta scaoileadh le Fiachra, istigh i m'intinn. Lig mé dó seilbh a choimeád orm, sin an rud a thuigim anois...' Thug sí spléachadh amhrasach ar Mhattie. 'Ach tá brón orm, níl suim agatsa a bheith ag éisteacht liom...'

'Ná bí ródhian ort féin,' ar seisean go réidh. Shín sé isteach chuici agus bhuail sé a ghloine go bog lena ceann siúd, a bhí roimpi ar an mbord. 'Go mbeirimid beo,' ar seisean.

* * *

'A Aoife, a chroí,

Buíochas mór duit as an nóta breá fada a chuir tú chugam. Ní nóta a bhí ann, ambasa, ach litir cheart, mar a scríobhadh daoine fadó, fadó. Bhí moill orm freagra a chur chugat. Cúrsaí oibre, daoine a díbríodh dá dtalamh dúchais, an seanscéal ach go bhfuil seasamh is misneach i measc pobal áirithe sna hAindéis, a bhíodh faoi chois ar feadh i bhfad.

Caithfidh go bhfuil an Glaisín ar fad trí chéile agat, a chailín! An strainséir a tháinig ina measc, is a chuaigh sa bhearna baoil le tréan-mhisneach. Tá súil agam go bhfuil an saol á ghlacadh go breá, bog agat agus tú ag iarraidh teacht chugat féin.

Feicim ó do nóta go gcuireann tú spéis i gcúrsaí creidimh, agus sna ceisteanna móra. Fírinne is éagóir, toil is cinniúint, agus conas mar a bhain siadsan le heachtraí Ghob na Caillí. Ach n'fheadar cuid de na nithe a bhí á rá agat. Má tá Dia ar bith ann, a déarfainn féin, seans nach féidir é a lochtú as pé míthuiscint a bhíonn ag daoine suaracha ina thaobh. Agus ritheann sé liom uaireanta go mb'fhéidir go bhfuil creideamh sa tsíoraíocht greanta sna *genes* againn, mar gur chabhraigh a leithéid de chreideamh linn cur suas leis an saol cruálach riamh anall, ón uair a thánamar anuas de na crainn.

Ar aon nós, ná bac an méid sin faoi láthair. Séard atá á rá arís agam ná go réiteoimis go maith lena chéile, is sinn ag cogaint ar na ceisteanna úd. Ba bhreá liom bualadh leat amach anseo, gan dabht. Ach níl a fhios agam an bhfillfidh an strainséir seo ar a bhaile Béarrach go brách. Ní raibh daoine áirithe róbhuíoch díom an uair dheiridh a bhí mé ann, agus is deacair dul siar sa saol.

Ní fhágann sin ach rogha amháin, go dtiocfadh tú féin is do chuid amach chugamsa in Éacuadór, mar aon le mo dheirfiúirín ciúin, misniúil. Cuirfimid isteach na tráthnóntaí i mbun plé is argóna, agus an ghrian ag téaltú siar ar na sléibhte.

Rud amháin eile. Táim fós ag iarraidh a dhéanamh amach cén uair a scríobh mé an abairt úd ar an bpáipéar nuachta. Nó an dá abairt, má bhí an dara ceann ann riamh. Níl aon chuimhne agam ar a leithéid, leis an bhfírinne a rá, ach ní foláir nó tharla sé.

Beir bua,

Dónall.'

Ficsean ó Cois Life

Cailíní Beaga
Ghleann na mBláth
Éilís Ní Dhuibhne

Foilsithe: 2003
ISBN: 1 901176 39 8
Leathanaigh: 180

Clúdach: bog
Praghas: €15

Ficsean ó Cois Life

Foilsithe: 2003, an tríú cló
ISBN: 1-901176-19-3
Leathanaigh: 235

Clúdach: bog
Praghas: €12.60